越境するアフォリズム

シンポジウム「アフォリズムと通念——日仏独文学をめぐって」論文集

ボーヴィウ・マリ゠ノエル（編）

ヴァンサン・シャルル

ブラン・ラファエル

國重 裕

クレピア・カロリン

篠崎 美生子

朝比奈 美知子

杉本 圭子

Après-midi
PUBLISHING

005 はじめに　ボーヴィウ・マリ＝ノエル

Partie 01
Aphorismes et savoirs
アフォリズムと教養

032　Tailler pour énergiser : la citation comme stimulant de la pensée
Charles VINCENT

045　[Résumé]
剪定して力を増す
思想の刺激剤としての引用
ヴァンサン・シャルル

050　« Ces pensées-là sont bien de moi, mais ce ne sont pas mes pensées »
Rousseau face aux « faiseurs d'esprits »
Raphaëlle BRIN

064　[Résumé]
「この思想は確かに私のものであるが、私の思想ではない」
ルソー対アンソロジー製造家
ブラン・ラファエル

069　森鷗外『知恵袋』と Adolph von Knigge
"Über den Umgang mit Menschen" をめぐって
國重 裕

092　[Résumé]
À propos de *Chiebukuro* de Mori Ōgai et de *Über den Umgang mit Menschen*
(Du commerce avec les hommes) d'Adolph von Knigge
KUNISHIGE Yutaka

Partie 02
Des aphorismes dans la presse
雑誌におけるアフォリズム

096　« En chair et en os, – en os surtout »
Aphorismes misogynes à l'endroit de Sarah Bernhardt dans
la presse française de la fin du XIXe siècle
Caroline CRÉPIAT

109　[Résumé]
« En chair et en os, – en os surtout »（「痩せてガリガリ」）
19世紀末フランスにおけるサラ・ベルナールを標的とした女性嫌悪のアフォリズム
クレピア・カロリン

113　アフォリズムに何が求められたのか
　　　近代読者の欲望と「侏儒の言葉」
　　　篠崎 美生子

139　[Résumé]
　　　Pourquoi l'aphorisme?
　　　« Paroles d'un nain » et son lectorat
　　　SHINOZAKI Mioko

143　**Partie 03**
　　　Faire de la littérature avec des aphorismes
　　　# アフォリズムで文学作品を書く

144　萩原朔太郎のアフォリズム
　　　詩の原理と詩語をめぐる内的省察と実験の軌跡
　　　朝比奈 美知子

171　[Résumé]
　　　Les aphorismes d'Hagiwara Sakutarō
　　　Traces d'auto-réflexions et d'expériences autour du langage poétique et des principes de la poésie
　　　ASAHINA Michiko

177　大岡昇平とスタンダール
　　　小説におけるアフォリズム的表現をめぐって
　　　杉本 圭子

208　[Résumé]
　　　Ōoka Shōhei et Stendhal : sur le style aphoristique dans le roman
　　　SUGIMOTO Keiko

213　**巻末資料**
　　　« De l'aphorisme » Hagiwara Sakutarō
　　　# 萩原 朔太郎「アフォリズムに就いて」全文掲載

214　アフォリズムに就いて
　　　萩原 朔太郎

218　« De l'aphorisme »
　　　HAGIWARA Sakutarō

223　あとがき
227　執筆者プロフィール

SOMMAIRE

本書について

- 本書は日本語とフランス語の二言語に対応しています。「はじめに」と「あとがき」については二言語で全文を掲載しています。本論については執筆者の使用言語で掲載し、もう一方の言語で概要（Résumé）を付しています。論文はテーマごとに時系列順で掲載しています。
  Ce livre est rédigé en français et en japonais. L'introduction et la postface sont disponibles intégralement dans les deux langues. Les contributions sont rédigées dans la langue choisie par l'autrice ou l'auteur, et sont suivies d'un résumé dans l'autre langue. L'ordre des contributions au sein de chaque partie respecte l'ordre chronologique des thèmes abordés.

- フランス人の執筆者については姓・名の順の日本語表記になっています。日本語論文の中の欧米の作家や研究者などの人名については、名・姓の順に記載しています。
  Les noms japonais sont cités en respectant l'ordre traditionnel, c'est-à-dire en plaçant le nom patronymique avant le nom personnel ou le nom de plume, puis, le cas échéant, en utilisant uniquement le nom patronymique ou le nom de plume (Akutagawa pour Akutagawa Ryūnosuke, Ryokuu pour Saitō Ryokuu). Leur transcription est donnée en alphabet latin sur la base du système Hepburn modifié.

- フランス語文献についてはフランス語の略語を使用する場合があります。*Ibid.* は「同上」、*op. cit.* は「前掲書」、art. cit. は「先に引用した論文」、éd. cit. は「先に引用した版」、éd. は「〜編」、t. は「巻」の意です。

はじめに

ボーヴィウ・マリ＝ノエル

> 「憧れてしまったら、超えられない」
> 　　　　　　　　　　大谷翔平

　「アフォリズム」という言葉を聞き慣れていない人は多いだろう。しかしながら、アフォリズムが一般に指すのは、「機知に富む言葉で示される、直感ですぐにわかるような内容」である。上に示した日本の世界的スター、大谷翔平の言葉はその一つの例である。2023年に、この引用が広告会社の主催する「名言グランプリ」というコンクールの大賞を受賞したことは[1]、商業的な意味でも大衆文化的な意味でも、社会がいまだにこうしたアフォリズムとして機能する名言の形式に興味を抱いていることを十分に示しているだろう。

　西洋文学史において、アフォリズムの起源は古代ギリシャにある。知識の伝達や暗記を助けるために生まれた。ヒポクラテスの医学的なアフォリズムは歴史上初めてのアフォリズムとは見なされないものの、一番有名な例としてしばしば引用される[2]。特に、「人生は短く、術のみちは長い」という第一のアフォリズムは広く知られている[3]。もとの医学的文脈から切り離されたこのアフォリズムは、後半部は芸術のことを語るとされ、「芸術は長い」と解釈された[4]。時代が進み、他の文化圏にも広まるにつれ、アフォリズムは科学的な分野から離れ、18世紀には固有の文学ジャンルとして認識されるようになった。この

過程には、17世紀のフランスのモラリストがドイツの作家たちに与えた影響が重要であったと考えられる。

しかし「アフォリズム」という言葉は、現代では具体的にはどのようなものを指すのだろうか。フランス文学の研究者、フランソワーズ・スジーニ＝アナストプロスは、この語の意味が文化的、歴史的背景によって変わると指摘している[5]。フランス語のaphorismeは、英語のaphorism、ドイツのAphorismus、スペインのaforismo、イタリアのaforismaと同じ語源を持つ。これらの言葉はすべて、「区切る」、「囲む」、「定義する」を意味するギリシャ語のaphorizoに由来する[6]。しかし各言語における「アフォリズム」は、必ずしも同じ文学形式を指しているわけではない。また、その形式の特徴は時代によって変わらないわけでもない。さらに同じ言語の中にも、非常に近い形式を表す単語がいくつかある。フランス語の場合、「アフォリズム」というのは、「一般に受け入れられている実践的な真理を表現する簡潔な文句[7]」と広く定義づけられる。先の大谷翔平の引用をアフォリズムとみなした根拠は、この定義である。アフォリズムはしばしば箴言（しんげん）(maximes)、考察(réflexions)、思想（pensées）と非常に近い意味を持ち、それらの単語と完全に混同される時もある。また、アフォリズムというのは、ことわざ (proverbes)、金言 (apophtegmes)、格言（sentences）とも共通の特徴をもっている[8]。

こういう背景があるのだから、アフォリズムを専門とするフランス文学の研究者アラン・モンタンドンが短句の形式の文学を論じる際に、箴言とアフォリズムを区別しないまま使うことがあるからといって驚くべきではない[9]。とはいえ、モンタンドンにとっても、同専門の

研究者フィリップ・モレにとっても、アフォリズムの特異性はその主観性にあり、18世紀のドイツが大事な役割を果す。代表的な作家としては、リヒテンベルクやシュレーゲルが挙げられる。こういう文豪的な存在に加え、18世紀末にテーマ別などのさまざまな格言集が出版され、人気を博す[10]。この格言集では当時の作家によるアフォリズムが、金言 (apophtegme) とも呼べるさまざまな起源に由来する引用と一緒に並んでいる。最初に述べたように、アフォリズムの広義の意味は直感的にわかる内容でとされているにもかかわらず、詳しく見てみると、西洋の言語においてと同様、近代日本文学においても複雑である。アフォリズム系の形式は、民族的な知恵が凝縮されている「ことわざ」や「俚諺(りげん)」、より教育的な「箴言」や「格言」や「金言」、エスプリの効いた「警句」を含むといえよう[11]。

　ここで述べておくべきは、日本語や西洋の言語において、アフォリズム、警句、箴言、格言、金言などと呼ばれるものが、もとからそうした短句の形式で書かれたかどうかが曖昧だということである。つまり、そういう名を付された短句の中には、最初からその形式を取っていたものも、第三者の手でより長い文章の中から抜粋され編集されたものもある。フランスの言語学者ドミニック・マングノーが考察している通り、アフォリズム化された（格言や警句にされた）文章に求められるのは、単独で読め、そのまま楽しめる鋭い表現のことである。その短句がどこから取られたか、あるいはもとの文章から誰の手によって抜粋され、どの程度編集されたかは問わない。こういった短句形式の文の多様性を総体的にとらえるためには、形式を見て厳密な定義をつけるよりも、マングノーが提示する「格言化

(aphorisation)」という行為に着目するほうが望ましい。それは「特別な発話の様式[12]」であり、「話し手が絶対的な存在となり、放たれた言葉も決まった解釈を誘う」とされる[13]。マングノーはまた、文章の由来を基準にし、格言化を２つに分類している。「一次的な格言化 (aphorisation primaire)」は格言やアフォリズムなどを書く行為を指し、「二次的な格言化 (aphorisation secondaire)」はある言い回しや文章を文脈から切り離して引用する行為の全体を指す。これらはいわば「話し手と聞き手が同じ水準に置かれているが、直接やりとりすることがない発話の場面を作り出す[14]」。そして「二次的な格言化」の場合、フランス17世紀の古典演劇や小説などによく見られる、切り離しやすい、もともと「強調して示されている」文[15] が選ばれる傾向があるとされる。

　マングノーは格言化のあらゆる形式を考察すべく、「一次的な格言化」と「二次的な格言化」という、発話の責任の主体による区別に加え、その機能に応じて「時事法 (régime d'actualité)」と「伝承法 (régime mémoriel)」を区別している。「時事法」に属する格言化の代表的な例としては、新聞などへの引用が挙げられる。上の大谷翔平の引用は、編集された形で新聞の記事の見出しに入られたものであり、「時事法」に属する。格言化によって、新聞記者が「大谷翔平」の像を形成する効果が生じる。いっぽう「伝承法」は「長い期間にわたり集団的な記憶の中に刻みこまれた格言」に関わる[16]。ヨーロッパのルネサンス期に盛んになったコモンプレースブックをはじめ、教養のために編集された諺集や金言集がこの「伝承法」に属する[17]。近代日本の場合、西洋の文化の紹介に伴って、諺や箴言を集めた本が

多数出版された[18]。時田昌瑞によると、日本ではじめてことわざを論じたのは明治時代の哲学者、大西祝である[19]。「俚諺論」という論文において、ギリシャ古典とソロモンの箴言に言及することで、ことわざという形式の妥当性を確認した。さらにことわざを定義し[20]、主に西洋のエピグラム（大西はこれを日本の「警句」になぞらえた）を参照しながらことわざのレトリックを解説した[21]。時田昌瑞とともに『ことわざ資料集成』の編者となった田丸武彦によると、西洋のアフォリズム系文学を集めたこの本は、いわゆることわざ集として認識され、西洋近代思想を紹介しようとする試みの一環となった。また、政治的な言論が激しく交わされ、レトリックが不可欠な武器とされていた時代に、ことわざや金言はそうした時代の要請にこたえるものでもあった[22]。田丸は次のように述べる。

> 時代が大きく転換する中で、弁論や文筆の才が立身に必須の条件となり、その錬磨が大きな関心事となる。弁活の具としての格言や諺が一層重視されるようになる。事実この時代、この種の出版が盛んになるが、それは時代のニーズに応えたものといえよう[23]。

田丸武彦が解説している本は、作者不詳のことわざと、作者のいる金言や格言とを混ぜ合わせた書物の良い例である。1879年に出版された『西哲格言鈔』は、ソロモン、ソクラテス、サミュエル・スマイルズ、ミラボーらによる格言を「古諺」と並べている。一方、『和漢泰西金言集』のほうは金言や格言にあたるものを6つに分類し、本の終わりに俚諺をまとめている。

こうして明治時代以降、文学における小説の技法などと同様に、日本における格言化の試みは西洋で起こった格言化に影響される。まず、西洋のことわざや金言が教養や教育の目的で翻訳される。こうした本におさめられる引用は、もとの文脈から切り離された言葉を新たな文脈に入れるプロセスを通じて作られる。

　本論文集でシャルル・ヴァンサンは、フランス17世紀の辞書とそれ以降の文献を取り上げてそうしたプロセスを検討し、引用の権威的な効果を強めるためにどのような改変が加えられたか、さらに教化し、解釈し、滑稽化するために、ひとつの引用をめぐってどのような脱文脈化と再文脈化が行われたかを明らかにしている。ここではある引用が本来、知恵を授ける格言化のプロセスを通じて、長い文章から抜粋され、格言として用いられたのに、時代が進むにつれて滑稽な効果を持つようになるという極端な例が紹介されている。「知恵」といっても、静かに説かれる知恵と、逆説を用いることによって論争的に説かれる知恵の両方があり、その両極のあいだで揺れが生じる可能性があるのだ。事実、すでにアリストテレスも『弁論術』の中で、知恵を授ける格言には普遍的な内容を愚かな民にも魅力的に伝えられる力があると指摘していた[24]。18世紀には「エスプリ」と呼ばれる、特定の作家や作品からその真髄を箴言にまとめることを目指したアンソロジーが多数出版された。これらの本は二次的な格言化に頼ることで、多くの文章をもとの文脈から切り離し、新たに普遍的な意味を与えることを意図していた。しかし、あまりにも乱暴に箴言を編集したため、もとの思想が変質したり単純化されたりすることとなり、強い批判を浴びるようになった。ラファエル・ブランはそ

のアンソロジーの対象となったジャン=ジャック・ルソーの例を取り上げている。アンソロジーの編集者たちは、ルソーの哲学の真髄をまとめたと弁解しているが、その過程でニュアンスが失われ、通念に近い無害な内容ばかりが紹介されるケースが少なくない。しかし、通念を形にする格言化の行為が「共同体精神」を作る力を持つこともありうるのだから、決してその過程は批判すべきものでもあるまい。この力はルソーの「エスプリ」の場合にも、ドイツ人のクニッゲによる『人との付き合い方[25]』の場合にもみられる。ドイツ語圏のあらゆる家庭で愛読されていたとされるこのクニッゲの本を翻訳し編集した森鷗外は、日本にふさわしい同じ共同体精神を作ろうとしたのではないかと考えられる。國重裕の論文ではそのクニッゲの『人との付き合い方』と鷗外の『知恵袋』との関係が論じられる。

　一方、単純すぎる「格言化」、あるいはイデオロギー的に誘導された「格言化」によって示される通念は、嘲笑や差別の色を帯びることもある。シャルル・ヴァンサンの論文にあるように、17世紀のトレヴー辞典には、例文として使われる権威的な引用の中に女性蔑視の内容を含むものが多い。そして、これらの引用の中に、19世紀の廉価な雑誌に伝わり、滑稽記事欄に再利用されたものもある。カロリン・クレピアが論じるように、同じ19世紀の大衆出版物では、女優サラ・ベルナールを狙った差別的な警句も好評を博した。それらはいくつかの新聞に再掲載され、最終的にアンソロジーまで作られた。この例を見ると、教化よりもユーモアを求めて再利用されやすい類の短句が存在することが確認できる。さらに、出版業の発展がアフォリズム形式の文章の再生を促したこともわかる。新聞や雑誌

の物理的および商業的な要請は、短句形式の文章の発展に理想的な環境を提供した。それに伴い、教育用のアフォリズムと娯楽用のアフォリズムの境界が曖昧になった。この変化はフランスだけでなく、日本でも同様に見られる。篠崎美生子の論文は日本のアフォリズムが発展した背景を説明し、アフォリズムの中でも皮肉な側面を強調した「警句」が徐々に登場してきた経緯を明らかにしている。とりわけ芥川龍之介が雑誌『文芸春秋』に掲載した「侏儒の言葉」というアフォリズムのシリーズをその背景の中に位置づけ、読者層の分析と絡めて「侏儒の言葉」の受容について考察している。

この日本のアフォリズムの歴史において、特筆すべきは中江兆民が『立憲自由新聞』に掲載した、女性と男女関係をめぐる西洋のアフォリズムの翻訳であろう[26]。1891年に掲載された「情海」と題する第一回目の文章の冒頭で、兆民は以下のように述べている。

> 本編は余曾て京都の活眼新聞に掲載せしと有り活眼新聞發刊紙數極めて少く且つ間も無く廢刊せしが故に僅に五六章を掲出せしのみ貴社若し餘白有らば再び首章より初めて續々掲出し給はらば春晝夏夕或は粋士の餘興ともなる可き。

この京都の『活眼新聞』は風刺の匂いが強い新聞であり、何度も発行停止という処分を受けた[28]。兆民が『活眼』という媒体に合わせて謙虚に綴ったこの紹介文には、「粋士の餘興」を目指しているとあり、厳格な教育よりも、むしろ娯楽を提供することが目的であったとわかる。第一回の掲載では、ミケランジェロやイスラム教の預

言者マホメット／ムハンマド、16世紀のイタリア詩人ペトラルカ、18世紀フランスの作家スタール夫人、古代ギリシャの詩人テオクリトスという名前が並んでいる。これらは西洋文化圏において古典とみなされている作家や知識人ではあるが、共通するテーマ（女性と恋愛）が娯楽的な読みを誘う。兆民が利用したと思しき著作のタイトルからも、これが教育的な著作とは程遠いことがわかる。すなわち、兆民が紹介している警句はすべて、19世紀後半にフランスで出版されたアドルフ・リカール著『恋愛、女性と結婚 ─ 気の赴くままに集めた小話、断想と省察[29]』の中にあり、掲載の順序まで似通っているということだ。同年、『朝野新聞』にドイツ語の滑稽小説の翻訳の寄稿を約束していた森鴎外が、読者を待たせる間に兆民の「情海」に似た「毒舌」というアフォリズム集を掲載した[30]。これについてもドイツ語原著のタイトル『毒舌 ─ 女性をめぐるユーモア事典』から、滑稽な意図が明確に読みとれる[31]。こうしたテーマ系からは、篠崎美生子の分析の対象となる1920年代のホモソーシャルな「読者共同体」の形成とアフォリズムとの関連がすでに透けて見える。

　大正時代にさしかかる頃までに、西洋のアフォリズムの翻訳のうち、皮肉のニュアンスが特に強いものを「警句」と呼ぶようになる。しかし、明治時代に格言として紹介されていた皮肉なニュアンスのないアフォリズムも「警句」と呼ばれ続けていた。たとえば、1916年に出版された『史上警句集　雄弁家必携』は、格言的なものも警句的なものも収録している[32]。「警句」という言葉がもっとも多く使われた時期に、この種のアンソロジーも盛んに出版されている。ラファエル・ブランが論じている18世紀フランスのアンソロジー、「エスプ

リ」と似た傾向もみられ、ある作家の作品内にある警句を編集した本まで出版される。当然のことながら、フランスの「エスプリ」と同様、近代日本においてもそうした警句集が批判を受けなかったわけではない。警句をあまり好意的に評価していなかった漱石は、自分の作品をもとにした警句集の出版を提案されたことを嘆いた[33]。

　アフォリズムは新聞の形式に適しており、出版戦略上の武器として利用されることも多かった。しかし、それらとは無関係な形での展開も存在する。特に注目すべきは、西洋文学と対話しようとする作家の芸術的な試みである。朝比奈美知子の論文が取り上げる萩原朔太郎は、その一つの例である。芥川龍之介とともに日本のアフォリズム文学を代表する萩原朔太郎は、アフォリズムという文学ジャンルについて考察すると同時に、その枠組みを借りて個性的な文体（エクリチュール）を創造した。朔太郎はボードレールの散文詩とニーチェの哲学的な文章を参考にしつつ、日本文学において詩と思想との間に位置する新たなジャンルを確立しようとした。萩原朔太郎のアフォリズムは、先に見てきたような、もともと「強調して示されている」文を好んでより出す格言化からは隔たっている。格言化が必然的に伴う、上から見下ろす視線という特異な立場を利用しながらも、その立場を詩の独自な感情表現と主観性によって和らげているように思われる。一方、杉本圭子が論じる戦後の小説家、大岡昇平と、『赤と黒』の著者である19世紀フランスの小説家スタンダールには、箴言的な発言を通じて語り手が物語に介入するという共通点が見られる。マングノーが論じている、「二次的な格言化」を招きやすいアフォリズムと小説の語りとの関連が、ここで分析される。

はじめに

　本論文集の目的は、広義の意味で用いられるアフォリズム、つまり一般的にアフォリズムと呼ばれる鋭い短句形式の言葉に宿る曖昧さと多様性とを考察することである。これらの表現が知恵と愚かさ、格言的な簡潔さと詩情、教育的な文章と文学的な文章、さらには静的な思想と対話的な思想との間を揺れ動く様子を取り上げる。西洋文学の文脈では比較的よく研究されてきたこの格言化という発話の様式を、比較文学的な視線を用いて、近代日本文学による受容という観点から再検討する。同時に、特定の歴史的文脈における格言化の個々の例を通じて、格言化の実践の歴史に光を当てつつ、アフォリズム的な文学と教育との関連や、アフォリズムがイデオロギー的に利用される問題についても考察する。さらに、アフォリズム的な作品の翻訳や、外国文学と深い縁を持つ作家たちによる詩や小説の分野でのアフォリズム形式の実践の試みを取り上げ、異なる文化や地域の間での交流から生まれるアフォリズム文学についても考察し、言葉と文化をめぐる背景がアフォリズムの形式と実践にどれほどの影響を与えうるかを検討する。最後に、文化的、社会的背景の相違をこえて、格言化という特異な発話様式にかかわる商業的な側面や、格言化という発話様式がとりもつ社会的なつながり（ソシアビリテ）に共通点が見られるかどうかも、論文集全般にわたって明らかにされるだろう。

1. https://ugokasu.co.jp/tsutaekata-gp/index.html. 2024年2月3日参照。
2. Elsa Ferracci, « Transmettre la science médicale : compilations et recueils d'aphorismes dans le corpus hippocratique », dans *Bulletin de l'Association Guillaume Budé*, n°1, 2010, p. 83-105を参照。
3. 完全な形は次のとおり。「人生は短く、術のみちは長い。機会は逸し易く、試みは失敗すること多く、判断は難しい。医師は自らがその本分を尽くすだけでなく、患者にも看護人にもそれぞれのなすべきことをするようにさせ、環境もととのえなければならない。」(ヒポクラテス「箴言」、石渡隆司訳、『ヒポクラテス全集』第1巻、エンタプライズ出版、1987、p. 517)。
4. 日本では芥川龍之介が次のように指摘している「Ars longa, vita brevis を訳して、芸術は長く人生は短しと云ふは好い。が、世俗がこの句を使ふのを見ると、人亡べども業顕ると云ふ意味に使ってゐる。あれは日本人或は日本の文士だけが独り合点の使ひ方である。あのヒポクラテスの第一アフォリズムには、さう云ふ意味ははひつて居らぬ。(略) 芸術は長く人生は短しとは、人生は短い故刻苦精励を重ねても、容易に一芸を修める事は出来ぬと云ふ意味である。」(芥川龍之介「雑筆」、『芥川龍之介全集』第7巻、岩波書店、1996、p. 121-122)。
5. Françoise Susini-Anastopoulos, *L'Écriture fragmentaire : définitions et enjeux*, Paris, PUF, 1997, p. 12.
6. イタリア人文学批評家ウンベルト・エーコは、次のようにアフォリズムの古代ギリシャ語の語源を説明している。「警句(アフォリズム)ほど定義しにくいものはありません。このギリシャの言葉は時が経つにつれ、「献納のために別にとってあるもの」「奉納物」といった意味に加えて、「定義、金言、簡潔な見解」といった意味も担うようになりました。たとえばヒポクラテスの警句のようなものです。」(ウンベルト・エーコ、和田忠彦訳、『文学について』、岩波書店、2020、p. 75)。
7. 『フランス語宝典』オンライン版(*Trésor de la langue française informatisé*)より。Centre national des ressources textuelles et lexicales (www.cnrtl.fr)、2024年2月3日参照。
8. フランス語訳はあくまで参考として挙げられている。「ソロモンの箴言」や「ラ・ロシュフコーの箴言」がフランス語では « les proverbes de Salomon » と « les maximes de La Rochefoucauld » となるように、決して一対一対応で訳語があてられるわけではない。
9. Alain Montandon, *Les Formes brèves*, Classiques Garnier, 2018, p. 65.
10. Françoise Susini-Anastopoulos, *op.cit.*, p. 14-15、および Urs Meyer, « Des moralistes allemands ? La naissance de l'aphorisme dans la littérature allemande et la réception des moralistes français au XVIIIe siècle », dans Marie-Jeanne Ortemann (dir.), *Fragment(s), fragmentation, aphorisme poétique*, Nantes, Centre de Recherches sur les Identités Nationales et l'Interculturalité, 1998, p. 147-156 を参照。
11. Marie-Noëlle Beauvieux, "Aphorism in Modern Japanese Literature: Elements for a Brief History of the Reception of a Foreign Literary Genre", Péter Hajdu, Xiaohong Zhang (éd.), *Literatures of the World and the Future of Comparative Literature*, Brill, 2023, p. 9-10 を参照。

はじめに

12. Dominique Maingueneau, *Phrases sans texte*, Paris, Armand Colin, 2012, p. 24.
13. Dominique Maingueneau, *op. cit.*, p. 37-38.
14. Dominique Maingueneau, « Du fragment de texte à l'aphorisation », dans Peter Schnyder et Frédérique Toudoire-Surlapierre (éd.), *De l'écriture et des fragments : fragmentation et sciences humaines*, Paris, Classiques Garnier, 2016, p. 36.
15. フランス語原文は « énoncés surassertés »。
16. Dominique Maingueneau, *op. cit.*, p. 109.
17. Ann Moss, *Les Recueils de lieux communs : apprendre à penser à la Renaissance*, Droz, 2002を参照。17世紀のモラリスト文学への影響については Alain Brunn, *Le Laboratoire moraliste*, Paris, PUF, 2009, p. 68-90を参照。日本語による研究は山本佳生「君主政体の理想と「簡潔さ」の称揚――六世紀後半のレトリックにおける短文集成の位置づけ」、『早稲田大学大学院文学研究科紀要』第69輯、2024年3月、p. 291-395を参照。
18. 『ことわざ研究資料集成』全23巻、大空社、1994、『続ことわざ研究資料集成』全20巻、大空社 1996、または『諺資料叢書』全42巻、クレス出版、2002-2013を参照。
19. 時田昌瑞「第22巻 論文編」、『ことわざ研究資料集成』別巻（解説書）、1994, p. 133。
20. ここで興味深いのは、「諺」を定義しようと試みた大西の直面した問題が、中世やルネサンスのフランス語の « adage » という言葉について生じた問題と共通するという点である。Jean Vignes, « Pour une gnomologie : enquête sur le succès de la littérature gnomique à la renaissance », *Seizième Siècle*, n° 1, 2005, p. 179を参照。
21. 大西祝「俚諺論」、『太陽』第3巻1〜2号、1897。『ことわざ研究資料集成』の第22巻（論文編）p. 9-19に収録されている。
22. 田丸武彦「第14巻『西哲格言鈔/和漢泰西金言集』」、『ことわざ研究資料集成』別巻（解説書）、p. 75。
23. 同上。
24. アリストテレス、堀井耕一訳、『弁論術』（1395 b）、『アリストテレス全集』第18巻、岩波書店、2017、p. 197.「これらの言辞は弁論にとって大いに助けとなるが、それはひとつには、聴衆の低俗さゆえである。話者が一般的なかたちで語るとき、個別的な事例について聴衆の抱いている考えが言い当てられるなら、彼らはそれを喜ぶものだから。」
25. フランス語版の序において、アラン・モンタンドンはクニッゲについて「まちまちでばらばらな制度に対抗して、クニッゲは透明性と共通言語を導入しようとした」と述べている。Alain Montandon, « Préface », Adolph von Knigge (traduction : Brigitte Hébert), *Du Commerce avec les hommes*, Presses Universitaires du Mirail, 1993, p. 13 : « À la multiplicité et à l'impénétrabilité des différents systèmes, Knigge veut opposer la transparence et un langage commun […] ».
26. 兆民と女性については、塚本章子「緑雨・女性憎悪のアフォリズム―兆民訳「情海」・秋水訳「情海一瀾」・鴎外訳「毒舌」に見る、西洋アフォリズムとの交差」、『国文学攷』189号、2006年3月、

p. 11-23 と Eddy Dufourmont, « Nakae Chōmin et Nakamura Masanao : un discours sur les femmes au croisement des pensées chinoises et européennes », dans Christian Galan et Emmanuel Lozerand (éd.), *La Famille japonaise moderne (1868-1926) : discours et débats*, Philippe Picquier, 2011, p. 411-420 を参照。

27. 『立憲自由新聞』1891年3月14日に掲載。『中江兆民全集』第12巻 岩波書店1983, p. 352に収録。
28. 今日閲覧出来るものはほとんどない。兆民と『活眼』については福井純子「京都滑稽家列伝」『立命館言語文化研究』第9巻5-6号、p. 149-166（特にp. 161 注6）を参照。
29. 現存する最古の版はフランス国会図書館が所蔵する次の版本である。Adolphe Ricard, *L'Amour, les femmes et le mariage, historiettes, pensées et réflexion glanées à travers champs*, 2ème édition, G. Sandré, 1857. 中江兆民は1871年にフランスに留学していた。
30. 『鷗外全集』の「毒舌」についての解説を参照。「後記」、『鷗外全集』22巻、岩波書店、1973、p. 593。
31. Ludwig Herhold, *Böse Zungen : ein humoristisches Wörterbuch über die Frauen*, Hofmann, 1874. 鷗外が持っていた版は東京大学の中央図書館が所蔵している。2巻本で、携帯向きの薄く小さい判型である。鷗外が「毒舌」で訳した断章は第1巻の最初の数ページに集中し、黒いインクで印がつけられている。
32. 大日本雄辯會（著）、『史上警句集：雄弁家必携』、大日本雄辯會、1916年。本論文集の篠崎美生子「アフォリズムに何が求められたのか」p. 134-135も参照。
33. 「現にあなたが帰られるとすぐあとから私の警句集といつたやうなものを分類して持つて来て是非出版の許諾を得たいと私に逼つたものがあります。私は気の毒だとは思ひましたが仕方なしに断わりました。あなたの場合も矢張り会見の結果御断りをしなければならなくなりはしまいかと恐れてゐます。」（夏目漱石, 手紙2400号。松本道別宛、1915年9月28日付）(『漱石全集』24巻、岩波書店、2019, p. 344)。結局、漱石の死後、1917年に良文堂から『漱石警句集』という本が出版される。同年に『樽牛警句集』（緑葉社）や『徳富蘆花警句全集』（中央出版社）も出る。

Introduction
Marie-Noëlle BEAUVIEUX

《 憧れてしまったら、超えられない 》
« Si on commence à admirer [une personne],
on ne peut pas [la] dépasser » (Ōtani Shōhei)

Si le mot « aphorisme » peut paraître un peu obscur, ce qu'il recouvre dans son sens le plus large est pourtant une réalité intuitive, celle du bon mot qui frappe l'esprit. Cette citation de la star japonaise mondiale du base-ball Ōtani Shōhei en est un bon exemple, et le fait qu'elle ait remporté en 2023 le prix du concours de la meilleure citation au Japon – concours organisé par une agence de communication[1] – dit assez la persistance de l'intérêt à la fois populaire et mercantile pour la formule bien trouvée.

Du point de vue de l'histoire littéraire occidentale, les origines de l'aphorisme remontent à la Grèce antique. C'est alors une formule mnémonique. Bien que les aphorismes d'Hippocrate, dont l'objectif était de transmettre le savoir médical, ne soient pas les premiers du genre, ils sont encore aujourd'hui les plus célèbres. Ils restent un bon exemple de ces formules destinées à aider la transmission et la mémorisation d'un savoir[2]. Le début du tout premier est bien connu : « La vie est courte, l'art est long ». Tronqué ainsi, il a depuis été réinterprété *ad nauseam* en dehors de son contexte scientifique, notamment dans le domaine des arts – l'écrivain japonais Akutagawa Ryūnosuke (1892-1927), en son temps, pointait d'ailleurs cette interprétation fautive fréquente chez ses contemporains[3]. Au fil du temps, l'aphorisme se propage à d'autres aires culturelles. Il se détache du champ scientifique pour devenir un genre littéraire à part entière au XVIIIe siècle, notamment grâce à l'influence des moralistes français du XVIIe siècle sur les écrivains allemands.

Mais que désigne le mot « aphorisme » aujourd'hui ? Françoise Susini-Anastopoulos, dans son ouvrage *L'Écriture fragmentaire*, souligne les variations tant culturelles qu'historiques du terme[4] : le français aphorisme a la même étymologie que l'anglais *aphorism*, l'allemand *Aphorismus*, l'espagnol *aforismo* ou l'italien *aforisma*. Tous ces termes viennent du grec *aphorizo* qui signifie « délimiter », « circonscrire », « définir »[5]. Cependant tous ces mots ne désignent pas nécessairement tout à fait le même type de forme littéraire. Leur sens n'est d'ailleurs pas stable dans le temps. De plus, au sein de la même langue, il existe plusieurs mots pour désigner des formes voisines, voire très similaires. En français, le langage courant l'emploie dans une définition très élargie – qui est celle que nous avons appliquée plus haut à la citation d'Ōtani Shōhei : « proposition concise formulant une vérité pratique couramment reçue[6] ». En littérature française, l'aphorisme est souvent rapproché de la maxime, de la réflexion ou de la pensée, quand il n'est pas entièrement confondu avec elles, et le proverbe, l'apophtegme ou encore la sentence partagent des traits communs avec lui.

Dans ce contexte, il n'est pas étonnant que les théoriciens de la littérature eux-mêmes emploient parfois un mot pour un autre. Par exemple, Alain Montandon, dans son ouvrage *Les Formes brèves*, utilise indifféremment les mots « maxime » et « aphorisme » dans le chapitre consacré à ce dernier[7]. Toutefois, pour lui comme pour Philippe Moret[8], la spécificité de l'aphorisme tient dans sa part de subjectivité et gagne en popularité grâce à l'Allemagne du XVIIIe siècle. Si Lichtenberg et Schlegel lui donnent ses lettres de noblesse, les nombreux recueils de bons mots, thématiques ou non, publiés à la fin du siècle, contribuent à sa popularité[9]. Les aphorismes signés, contemporains, se confondent ici avec les citations détachées d'origines diverses, qu'on peut néanmoins distinguer de l'aphorisme au sens étroit en les désignant par le terme d'« apophtegme ». On le voit, la situation est complexe. Elle ne l'est pas moins dans le champ de la littérature japonaise moderne, où il existe également plusieurs mots susceptibles de renvoyer aux formes aphoristiques, du proverbe (*kotowaza, rigen*) à la formule piquante (*keiku*) en passant par des formes à l'usage plus didactique (*shingen, kakugen, kingen*)[10].

Cependant, dans ces avatars japonais de l'aphorisme tout comme dans l'utilisation courante que l'on peut faire, dans les langues occidentales, des déclinaisons du mot « aphorisme », se trouve inscrite une ambivalence sur le plan de la généricité : aucun des mots *keiku, shingen, kakugen* ou *kingen* ne porte en lui le sème de l'originalité ou de la généricité auctoriale. En d'autres termes, ces différentes formes peuvent avoir été écrites dans l'objectif d'être des formes brèves, ou bien être lues comme telles par suite d'un prélèvement à l'intérieur d'un texte plus long. C'est que la réception du geste aphoristique, comme le démontre Dominique Maingueneau dans son ouvrage *Phrases sans texte*, s'embarrasse peu du contexte de production tant que le tranchant de la phrase lui permet de tenir seule, détachée, fût-ce au prix de quelques modifications plus ou moins importantes de première ou de seconde main. La diversité des formes brèves peut dès lors être embrassée, si l'on suit Maingueneau, en s'intéressant à l'aphorisation en tant que « régime d'énonciation spécifique[11] » dans lequel le locuteur assume (ou se voit forcer d'assumer) une position de sujet intangible et énonce un propos dont l'interprétation est univoque[12]. Il distingue l'aphorisation primaire, qui désigne l'écriture des aphorismes eux-mêmes, de l'aphorisation secondaire, qui désigne, elle, l'ensemble des gestes citationnels qui sépare de son contexte une formule, une phrase. Les deux cependant ont « pour effet d'instituer une scène de parole où il n'y a pas d'interaction entre deux protagonistes placés sur un même plan[13] ». L'aphorisation secondaire, qui prélève un morceau de texte, se porte avec une préférence affirmée sur ce que Maingueneau appelle les énoncés détachables « surassertés », que l'on trouve notamment dans les pièces de théâtre ou les romans. Son ouvrage ayant l'ambition de couvrir toutes les potentialités de l'aphorisation, il distingue ce qu'il appelle le « régime d'actualité », recouvrant notamment toutes les aphorisations secondaires qui parsèment la presse, du « régime mémoriel », qui gouverne « l'aphorisation [qui] s'inscrit dans une mémoire collective de longue durée »[14]. Dans ce dernier régime on retrouve toute la tradition des collections de proverbes, de citations, dont la visée pédagogique est particulièrement prégnante dans les recueils de lieux communs de la Renaissance[15] ou dans les recueils de proverbes et de citations de l'ère Meiji[16], lesquels sont très largement influencés par leurs équivalents européens contemporains qu'ils traduisent et imitent. Il n'est donc pas étonnant que dans le premier article[17] à avoir posé les bases d'une réflexion sur le genre du *kotowaza* (proverbe) au Japon, Ōnishi Hajime[18] évoque l'antiquité grecque et les proverbes de Salomon pour affirmer la validité du genre, avant de tenter une définition[19] et d'en expliciter les rouages rhétoriques en le comparant notamment à l'épigramme, qu'il assimile au *keiku* japonais[20]. Le chercheur Tamaru Takehiko note que ces recueils s'inscrivent, d'une part, dans la lignée d'une volonté d'ouverture à la culture occidentale, et d'autre part, sur un fond d'intenses débats politiques, où la rhétorique est une arme indispensable, les proverbes et autres citations répondant ainsi aux besoins de l'époque[21]. Les recueils qu'il présente sont des exemples parlants de cette concomitance du genre populaire du proverbe et de celui, plus savant, de l'apophtegme. Publié en 1879, le *Seitetsu kakugen shō* [Abrégé des aphorismes des grands penseurs occidentaux] mêle à des sentences (*kakugen*) attribuées à Salomon, Socrate, mais aussi Samuel Smiles ou Mirabeau des proverbes (*kogen*). Le *Wakan Taisei Kingenshū* rassemble, lui, des apophtegmes (*kingen*) répartis en six catégories, séparés des proverbes (*rigen*) qu'il propose regroupés en fin de volume.

Ainsi, à partir de l'ère Meiji, et comme d'autres domaines, dont dans le champ littéraire celui de l'écriture romanesque, les pratiques d'aphorisation au Japon s'alignent progressivement sur les pratiques d'aphorisations occidentales. Dans un premier temps l'introduction des proverbes et citations occidentaux sert un but pédagogique, didactique. Les citations que l'on trouve dans ces recueils sont en particulier le fruit d'un travail de décontextualisation et de recontextualisation d'une nature proche de celle que Charles Vincent, dans son article « Tailler pour énergiser : la citation comme stimulant de la pensée » explore à partir des dictionnaires du XVIIe siècle. Il y montre le travail d'édition de la citation d'autorité pour parfaire son efficacité rhétorique, mais aussi ce qu'implique la décontextualisation et les différentes recontextualisations possibles d'une même citation, dans un but moralisant, herméneutique ou encore comique. On voit apparaître une tension entre sagesse (que ce soit sous une forme irénique ou polémique) et bêtise propre à l'aphorisation sapientiale – dont Aristote se faisait déjà l'écho dans la partie de la *Rhétorique* qui porte sur la capacité de la sentence à capter n'importe quel auditoire du fait de son caractère général[22]. Au XVIIIe siècle, les *Esprits*, ces recueils de citations se donnant pour but d'extraire la quintessence de la pensée d'un ouvrage ou d'un auteur, usent et abusent de l'aphorisation secondaire : le procédé consistant à décontextualiser une phrase dans le but de lui conférer une portée universelle fait ainsi l'objet de critiques virulentes, notamment à cause de la simplification des idées que l'opération engendre. Raphaëlle Brin en donne une illustration parlante en prenant pour sujet l'œuvre de Jean-Jacques Rousseau. Les aphoriseurs, en prétendant ne restituer que le plus essentiel de l'œuvre du philosophe, en ont effacé les nuances pour ne garder bien souvent que les idées inoffensives au regard de la *doxa*. Cependant, l'aphorisation peut aussi s'accommoder efficacement de la *doxa* pour créer du commun. Le succès des esprits de Rousseau et celui de l'ouvrage de savoir-vivre d'Adolph von Knigge[23] dans les foyers germanophones en témoignent, et il semble que ce soit précisément cette volonté de créer du commun qui pousse Mori Ōgai à traduire Knigge sous le titre *Chiebukuro* en éditant le texte pour le rendre plus lisible par le public japonais : c'est l'objet de l'article de Kunishige Yutaka.

D'un autre côté, la *doxa* telle qu'elle surgit au détour de processus d'aphorisation simplistes ou idéologiquement orientés peut venir nourrir une veine comique dégradante et discriminatoire, visible dans la moisson de citations misogynes que réussit Charles Vincent dans les premières lettres du dictionnaire de Trévoux ainsi que leur survivance dans des rubriques humoristiques de la petite presse du XIXe siècle, mais aussi le succès des formules aphoristiques visant Sarah Bernhardt reprises dans plusieurs titres de cette même petite presse du XIXe avant d'avoir l'honneur d'être regroupées en un volume d'ana. Se dessine l'évolution d'une forme dont l'efficacité rhétorique vise la reprise citationnelle non plus dans un but didactique mais dans un but humoristique. Le développement de la presse participe ainsi au renouveau de la forme aphoristique. Les impératifs commerciaux et matériels de la publication périodique offrent une occasion de choix aux formes brèves de s'épanouir. La limite entre aphorisme didactique et aphorisme ludique se fait ténue. Cette évolution est commune au Japon, ainsi qu'on le voit dans l'article de Shinozaki Mioko. Elle y esquisse l'arrière-plan historique de l'évolution de l'aphorisme japonais, et notamment l'histoire de l'apparition progressive du mot « *keiku* » qui souligne le côté ironique de l'écriture aphoristique, avant d'analyser les dynamiques de réception de l'ensemble d'aphorismes « Shuju no kotoba » (Paroles d'un nain, 1923-1925) d'Akutagawa Ryūnosuke. Un jalon intéressant de cette histoire de l'aphorisme japonais est sans doute la traduction de l'intellectuel Nakae Chōmin d'aphorismes occidentaux portant sur les femmes dans le journal *Rikken jiyū shinbun* sous le titre *Jōkai (La Mer des sentiments)* en 1891[24]. Lors de la première livraison, Chōmin explique qu'il a déjà commencé à publier son texte dans un autre journal, le *Katsugan shinbun* de Kyoto (dont la couleur satirique a sans doute été à l'origine des nombreuses interdictions dont il a été victime[25]), mais qu'il serait heureux si le *Rikken jiyū shinbun* acceptait de le republier dans les espaces vides restants, en espérant que ces aphorismes intéressent les « hommes de bon goût » (*suishi*). On voit que cette présentation, emprunte d'humilité, vise moins l'éducation des lecteurs du journal qu'une certaine forme de divertissement. Et si la liste des auteurs de la première livraison (Michel-Ange, Mahomet, Pétrarque, Madame de Staël, Théocrite), appartenant tous à un canon culturel occidental indiscutable, peut sembler servir une volonté pédagogique, le thème (les femmes et les relations amoureuses) invite à une lecture plus légère. Cette légèreté se confirme lorsqu'on remonte au texte source, puisqu'il semblerait que Chōmin ait usé d'un ouvrage rien moins que pédagogique : les citations qu'il traduit ou adapte se trouvent dans le recueil d'Adolphe Ricard, *L'Amour, les femmes et le mariage : historiettes, pensées et réflexions glanées à travers champs*[26]. La même année, Mori Ōgai publie quelques aphorismes de la même veine que ceux de Chōmin pour faire patienter les lecteurs du journal *Chōya shinbun* à qui il a promis un roman comique allemand[27]. Son titre, *Dokuzetsu* (Langue de vipère) indique assez l'intention ludique de l'ensemble, laquelle était là aussi formulée de manière très explicite dans le titre complet du recueil original, *Böse Zungen : ein humoristisches Wörterbuch über die Frauen* de Ludwig Herhold[28]. On sent déjà sous-jacent, ne serait-ce que par le choix de la thématique, le rôle que peut jouer l'aphorisme dans la constitution de la communauté homosociale des lecteurs de presse dont Shinozaki Mioko analyse un avatar plus tardif avec la revue *Bungei Shunjū*, fondée en 1923. Entre temps, le mot *keiku* s'est imposé pour mieux souligner l'efficacité ironique qui caractérisent nombre d'aphorismes occidentaux traduits. Cependant, il n'a jamais pour autant exclu ce qui constituait la matière des premiers recueils publiés au mitan de l'ère Meiji. On peut citer en exemple le *Shijō keikushū : yūbenka hikken* [Recueil d'aphotegmes historiques : compendium pour ceux qui pratiquent l'éloquence] (1916), compilé et publié par la toute jeune Société d'Éloquence de l'Empire du Japon (elle fut créée par Noma Seiji, qui fut aussi le fondateur de la maison d'édition Kōdansha, laquelle est toujours une des plus importantes maisons d'édition japonaises aujourd'hui). L'apogée de l'usage du mot *keiku* signe aussi un âge d'or éditorial pour ces compilations, dont certaines réalisations ne laissent pas de rappeler les « esprits » étudiés par Raphaëlle Brin. Sans surprise, dans la France du XVIIIe siècle comme dans le Japon du début du XXe siècle, le procédé n'a pas nécessairement bonne presse. Ainsi Natsume Sōseki se plaint-il dans une de ses lettres d'un visiteur venu avec un manuscrit tout prêt d'un recueil de *keiku* tiré de ses œuvres dont il n'a jamais souhaité la publication - il avait, de manière générale, une opinion assez négative du *keiku* comme procédé rhétorique, qu'il dénigrait volontiers chez ses contemporains[29].

L'aphorisme connaît cependant des destins pluriels hors de la presse et des stratégies éditoriales pour s'épanouir au sein de dynamiques intertextuelles singulières. L'article de Asahina Michiko présente la plus grande figure de l'aphorisme japonais avec celle d'Akutagawa Ryūnosuke : le poète Hagiwara Sakutarô, qui a mené de front à la fois une réflexion approfondie sur le genre et une pratique d'écriture originale. Sous le mot d'aphorisme, il s'agit pour lui d'élaborer un genre nouveau en regard de la tradition littéraire japonaise qui soit un véritable compromis entre la poésie et la pensée, à la croisée du poème en prose de Baudelaire et de la réflexion philosophique telle qu'on peut la trouver chez Nietzsche. Bien qu'il conserve du phénomène d'aphorisation une certaine posture surplombante, cette posture se veut tempérée par une forme de sentimentalité et de subjectivité qui, pour Sakutarô, est propre à l'écriture poétique. Au contraire, c'est bien l'énoncé surasserté, lequel signe par excellence la forme aphoristique dans le roman, qui constitue le cœur de la parenté entre le style de Stendhal et celui d'Ōoka Shōhei, son traducteur japonais. Sugimoto Keiko analyse la relation qu'ils entretiennent avec la narration chez les deux romanciers.

Les articles de cet ouvrage explorent ainsi l'ambivalence et le caractère protéiforme de ces formules bien frappées qu'on peut regrouper largement sous le mot d'aphorisme : ils abordent notamment les tensions entre bêtise et sagesse, entre concision gnomique et poésie pure, entre écriture didactique et écriture littéraire, mais aussi entre pensée statique et échange dialogique à travers l'exploration du caractère protéiforme des expressions aphoristiques et aphorisantes. La perspective comparatiste qui y est développée est l'occasion de voir interrogé un geste énonciatif relativement bien étudié dans le contexte de la littérature occidentale à la lumière de sa récupération par la littérature japonaise moderne. Les cas particuliers d'aphorisations au sein de contextes précis (les dictionnaires français des XVIIe et XVIIIe siècles, l'édition d'ouvrages qui prétendent résumer l'œuvre d'un auteur comme Rousseau) éclairent l'histoire des pratiques aphoristiques, et sont aussi l'occasion de questionner le rapport de l'écriture aphoristique avec la question du savoir et l'usage idéologique des énoncés aphorisants. L'angle de l'intertextualité permet de saisir l'importance du contexte culturel de l'écriture aphoristique, que ce soit par l'étude de traductions, par celle d'œuvres d'auteur entretenant un rapport particulier avec la littérature occidentale, dans le domaine de la poésie ou bien dans celui de la fiction. Enfin, on pourra y voir se dessiner des similarités dans les logiques mercantiles et les sociabilités que sous-tend l'aphorisation malgré des contextes socio-culturels éloignés.

1. https://ugokasu.co.jp/tsutaekata-gp/index.html. Consulté le 3 février 2024.
2. Voir Elsa Ferracci, « Transmettre la science médicale : compilations et recueils d'aphorismes dans le corpus hippocratique », dans *Bulletin de l'Association Guillaume Budé*, n° 1, 2010, pp. 83-105.
3. Akutagawa Ryūnosuke, « Zappitsu », *Akutagawa Ryūnosuke zenshū* [Œuvres complètes d'Akutagawa Ryūnosuke], Iwanami shoten, 1996, p. 121-122 : « Traduire *Ars longa, vita brevis* par "l'art est long, la vie est courte" est correct. Mais l'on voit que cette phrase est utilisée dans le monde au sens de "même si l'homme disparaît, l'art se manifeste". Cette utilisation ne trouve d'approbation que parmi les Japonais et parmi les lettrés du Japon. De ce premier aphorisme d'Hippocrate ce sens est absent. [···] Le sens de "l'art est long et la vie est courte" est le suivant : parce que la vie est courte, il n'est pas possible de maîtriser facilement un art même en travaillant très dur. »
4. Françoise Susini-Anastopoulos, *L'Écriture fragmentaire : définitions et enjeux*, Paris, PUF, 1997, p. 12.
5. Le critique italien Umberto Eco glose ainsi l'étymologie grecque du mot « aphorisme » : « Rien n'est plus indéfinissable que l'aphorisme. Le terme grec, outre « chose mise de côté pour une offrande » et « oblation », en vient à signifier au cours du temps « définition, dicton, sentence concise ». Tels sont par exemple les aphorismes d'Hippocrate. » Voir Umberto Eco, « Wilde. Paradoxe et aphorisme », *De la littérature*, Paris, Grasset, 2003, p. 85.
6. Trésor de la langue française informatisé, consulté à partir du Centre national des ressources textuelles et lexicales (www.cnrtl.fr) le 3 février 2024.
7. Alain Montandon, *Les Formes brèves*, Classiques Garnier, 2018, p. 65.
8. Philippe Moret, *Tradition et modernité de l'aphorisme : Cioran*, Reverdy, Scutenaire, Jourdan, Chazal, Librairie Droz, Genève, 1997.
9. Voir Françoise Susini-Anastopoulos, *op. cit.*, p. 14-15 et Urs Meyer, « Des moralistes allemands ? La naissance de l'aphorisme dans la littérature allemande et la réception des moralistes français au XVIIIe siècle », dans Marie-Jeanne Ortemann (dir.), *Fragment(s), fragmentation, aphorisme poétique*, Nantes, Centre de Recherches sur les Identités Nationales et l'Interculturalité, 1998, p. 147-156.
10. Voir Marie-Noëlle Beauvieux, "Aphorism in Modern Japanese Literature: Elements for a Brief History of the Reception of a Foreign Literary Genre", Péter Hajdu, Xiaohong Zhang (ed.), *Literatures of the World and the Future of Comparative Literature*, Brill, p. 9-10.
11. Dominique Maingueneau, *Phrases sans texte*, Paris, Armand Colin, 2012, p. 24.
12. Dominique Maingueneau, *op. cit.*, p. 37-38.
13. Dominique Maingueneau, « Du fragment de texte à l'aphorisation », dans Peter Schnyder et Frédérique Toudoire-Surlapierre (dir.), *De l'écriture et des fragments : fragmentation et sciences humaines*, Paris, Classiques Garnier, 2016, p. 36.

14. Dominique Maingueneau, *op. cit.*, p. 109.
15. Voir Ann Moss, *Les Recueils de lieux communs : apprendre à penser à la Renaissance*, Droz, 2002, ainsi que Alain Brunn, *Le Laboratoire moraliste*, Paris, PUF, 2009, p. 68-90 pour l'influence des recueils de lieux communs sur la littérature moraliste du XVIIe siècle.
16. Voir notamment les collections *Kotowaza kenkyū shiryō shūsei*, 23 vol., Ōzoro-sha, 1994, *Zoku kotowaza kenkyū shiryō shūsei*, 20 vol., Ōzoro-sha, 1996 et *Kotowaza shiryō sōsho*, 42 vol., Kuresu shuppan, 2002-2013.
17. Si l'on en croit Tokita Masamizu. Voir Tokita Masamizu, « (Notice du) Volume 22 – Textes critiques (*dainijūnikan ronbunhen*), *Kotowaza kenkyū shiryō shūsei*, vol. supplémentaire (*bekkan*) « Notices » (kaisetsusho), p. 133.
18. Ōnishi Hajime est une des figures intellectuelles les plus importantes de l'ère Meiji, et a grandement participé à l'introduction de la philosophie occidentale
19. Il est intéressant de voir qu'il se heurte, avec le mot *kotowaza*, au même problème que souligne Jean Vignes avec le mot « adage » en français au Moyen Âge et à la Renaissance : « la notion d'adage, par exemple, englobe et confond des formules syntaxiquement autonomes, riches de contenus didactiques [···] et de simples façons de parler amusantes et imagées » (Jean Vignes, « Pour une gnomologie : enquête sur le succès de la littérature gnomique à la renaissance », *Seizième Siècle*, n° 1, 2005, p. 179).
20. Ōnishi Hajime, « Rigenron », *Taiyō*, vol. 3, n° 1 et 2, 1897, reproduit dans *Kotowaza kenkyū shiryō shūsei*, vol. 22 [ronbun.hen], p. 9-19.
21. Tamaru Takehiko « [Notice du] Volume 14 *Seitetsu kakugen shō / Wakan Taisei Kingenshū* », *Kotowaza kenkyū shiryō shūsei*, p. 75.
22. Aristote, *Rhétorique* (1395 b), dans *Œuvres : Éthiques, Politique, Rhétorique, Poétique, Métaphysique*, édition publiée sous la direction de Richard Bodéüs, Paris, Gallimard (Pléiade), 2014 : « les sentences apportent une aide importante aux discours, en raison tout d'abord de la grossièreté des auditeurs ; ils sont tout heureux lorsque, parlant en général, on réussit à rejoindre les opinions qu'ils ont eux-mêmes à propos d'un cas particulier. »
23. Alain Montandon, « Préface », Adolph von Knigge (traduction : Brigitte Hébert), *Du Commerce avec les hommes*, Presses Universitaires du Mirail, 1993, p. 13 : « À la multiplicité et à l'impénétrabilité des différents systèmes, Knigge veut opposer la transparence et un langage commun [···] ».
24. La teneur misogyne de certains des aphorismes retenus par Chōmin est indéniable, ainsi que le note Tsukamoto Akiko dans son article sur Saitō Ryokuu. (Tsukamoto Akiko, « Ryokuu: Josei zōo no aforizumu », *Kokubungaku gakkō*, n° 189, 2006, p. 11–23.) Cependant, il faut noter qu'il fut aussi un pionnier de la défense des droits des femmes au Japon, en plaidant pour la monogamie et la fin du système des concubines. Voir Eddy Dufourmont,

« Nakae Chōmin et Nakamura Masanao : un discours sur les femmes au croisement des pensées chinoises et européennes », dans Christian Galan et Emmanuel Lozerand (éd.), *La Famille japonaise moderne (1868-1926)* : *discours et débats*, Philippe Picquier, 2011, p. 411-420.

25. Il reste très peu de numéros consultables de ce magazine. Sur les liens de Chōmin avec *Katsugan*, voir Fukui Junko, « Kyōto kokkeika retsuden », *Ritsumeikan gengo bunka kenkyū*, vol. 9, n° 5 et 6, p. 149-166 (notamment note 6 p. 161).

26. La plus ancienne édition répertoriée par la Bibliothèque nationale de France est la suivante : Adolphe Ricard, *L'Amour, les femmes et le mariage, historiettes, pensées et réflexion glanées à travers champs*, 2ème édition, G. Sandré, 1857. Nakae Chōmin a étudié en France en 1871.

27. Notice de « Dokuzetsu », *Ōgai zenshū*, [Œuvres complètes de Mori Ōgai], vol. 22, Iwanami shoten, 1973, p. 593.

28. L'exemplaire d'Ōgai de ce petit livre de format poche en deux volumes est conservé à la bibliothèque centrale de l'Université de Tokyo. Ōgai y a signalé la totalité des passages choisis pour sa traduction d'une petite marque à l'encre, lesquels sont tous extraits des premières pages du premier volume.

29. Natsume Sōseki, Lettre 2400 adressée à Matsumoto Dōbetsu en date du 28 septembre 1915, *Sōseki zenshū* [Œuvres Complètes de Sōseki], vol. 24, Iwanami shoten, 2019, p. 344 : « En fait, juste après votre départ est arrivée une personne apportant une sorte de recueil de mes *keiku* divisés en plusieurs catégories qui m'a pressé de lui accorder la permission de le publier. J'étais bien désolé de devoir agir de la sorte mais je n'avais pas d'autre choix que de refuser. » (Notre traduction.)

Partie 01
Aphorismes et savoirs

アフォリズムと教養

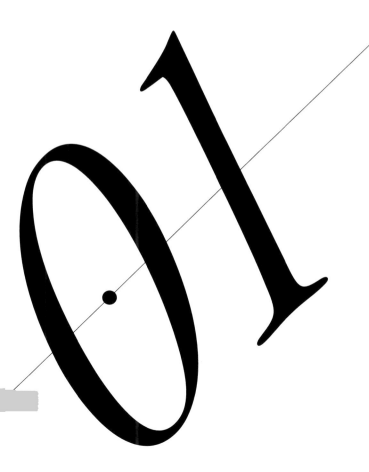

Tailler pour énergiser :
la citation comme stimulant de la pensée

Charles VINCENT

日本語要旨は p. 45

Le phénomène d' « aphorisation » provient fréquemment de citations extraites d'œuvres célèbres. La pratique existait déjà sous l'Ancien Régime, notamment dans les grands dictionnaires de la fin du dix-septième siècle et du dix-huitième siècle en France : *Dictionnaire universel* de Furetière (1684-1690) augmenté par Basnage (1701), *Dictionnaire universel français-latin,* dit de Trévoux (1704-1771), *Encyclopédie* de Paris (codirigée par Diderot et d'Alembert (1750-1765)). Il s'agit ici de retracer, en observant certaines citations, une généalogie de la création de lieux communs, mais aussi de leur utilisation ultérieure. On observera, dans cette pratique citationnelle, la déformation de la pensée de l'auteur imposée par la décontextualisation et la reformulation, ainsi que la manière dont l'« autorisation »[1] renforce une idéologie latente de l'époque en même temps qu'elle entre dans un art du bon mot, de la formule bien sentie qui balise une opinion courante. Tantôt cette balise renforce une adhésion du public à l'idée sous-jacente et engage même une surenchère ludique, tantôt au contraire, elle suscite un débat critique et enclenche une véritable réflexion contradictoire.

Nous fondons la réflexion qui suit à la croisée des travaux pionniers d'Antoine Compagnon sur la citation[2], de Dominique Maingueneau sur l'aphorisation[3] et de Marie Leca-Tsiomis sur la guerre des dictionnaires sous l'Ancien Régime[4], entre donc un travail sur la poétique des textes, l'analyse de discours et la transmission culturelle. Nous procéderons avec deux études de cas de création et reprise de citations qui illustrent une utilisation tantôt ludique et tantôt sérieuse de l'aphorisation, d'abord avec Montaigne, puis Saint-Évremond.

Tailler pour énergiser : la citation comme stimulant de la pensée

Charles VINCENT

01

1. Montaigne et les femmes.

Le rapport des *Essais* au style fragmentaire est compliqué, puisque le texte est composé « à sauts et à gambades » selon l'expression de Montaigne, mais joue tout autant sur une esthétique du fragment que sur une grande continuité de la pensée et de l'écriture[5]. Montaigne a par ailleurs été utilisé très tôt et à maintes reprises sous la forme de citations laconiques et emblématiques ainsi que de formules à vocations aphoristiques[6]. Si les recueils de bons mots offrent une première illustration de ce phénomène de lecture partielle d'un grand auteur, les dictionnaires qui émergent à l'âge classique offrent une seconde illustration du phénomène, à la fois plus diffuse, et peut être aussi plus diffusée.

Cette pratique est particulièrement intrigante face à la pensée montaignienne, complexe et fluide, qui se trouve ainsi encapsulée, réduite à de petites formules. Par ailleurs, l'aphorisation provoque un effet de soulignement, de grossissement exagératif. Ce dernier, en apparence trompeur, est parfois aussi le révélateur d'une pente de l'auteur, du lecteur, ou bien du fomenteur de citations.

Prenons pour exemple une pensée largement misogyne de Montaigne qui ouvre le quatrième essai du livre III, intitulé : « De la diversion », essai de plusieurs pages dont les premières lignes servent de rampe de lancement à une réflexion beaucoup plus générale qui emprunte bien d'autres exemples immédiatement après :

> J'ay autresfois esté employé à consoler une dame vraiement affligée : car la plus part de leurs deuils sont artificiels et ceremonieux :
> *Uberibus semper lachrimis, sempérque paratis*
> *In statione sua, atque expectantibus illam*
> *Quo jubeat manare modo.*
> On y procede mal quand on s'oppose à cette passion, car l'opposition les pique et les engage plus avant à la tristesse : on exaspere le mal par la jalousie du debat[7].

Cette pensée repose sur une citation latine extraite de Juvénal qu'elle glose à sa manière. Elle insiste non seulement sur l'affectation des larmes féminines, mais aussi sur la prudence que les hommes doivent avoir en ne dévoilant pas cette supercherie sous peine d'en souffrir un redoublement.

Le Dictionnaire français-latin, connu sous le nom de *Dictionnaire de Trévoux*, utilise cette citation dès sa première version en 1704 mais dans une reformulation tronquée, condensée, ou plutôt même dans deux reformulations différentes et deux entrées successives :

> Artificiel : « Comme les pleurs des femmes sont d'ordinaire *artificiels*, et cérémonieux, il faut les laisser pleurer, de peur de les obliger à faire pis par l'opposition. Mont. »
> Cérémonieux : « Comme les pleurs des femmes sont d'ordinaire artificiels, et *cérémonieux*, il ne faut pas s'y opposer, c'est les engager à faire pis. Mont. »[8]

Comme souvent cependant, le Trévoux copie le *Dictionnaire* de Furetière. La citation remodelée de Montaigne n'apparaît pas dans la première édition de ce dernier, mais uniquement dans sa version augmentée en 1701 par Basnage, qui reproduit sous deux formes différentes sa citation aux articles « artificiels » et « cérémonieux »[9].

L'opération de déformation aphoristique dont Maingueneau a proposé une analyse plus générale[10] est ici multiple. Elle consiste tout d'abord en un effet de condensation (élimination de l'anecdote initiale contradictoire, de la citation de Juvénal, synthèse de deux phrases en une, réduction des mots utilisés). Elle repose aussi sur un effet de généralisation et de décalage. La formule « la plupart de leurs deuils » devient : « les pleurs de femmes sont d'ordinaire ». On peut penser que le sens vieillissant du mot « deuil » pour signifier l'affliction a imposé une pareille reformulation pour éviter un contresens, même si la métonymie « pleurs » pour évoquer la tristesse semble un pur effet ajouté pour rendre plus sensible et concrète l'idée. Elle implique enfin une explicitation et une légère déformation de la pensée de Montaigne. « Les engager plus avant dans la tristesse » devient « les engager à faire pis », formule plus ambiguë et plus forte, plus misogyne

Tailler pour énergiser : la citation comme stimulant de la pensée
Charles VINCENT

01

peut-être aussi.

La citation est reproduite dans les multiples éditions du Trévoux au siècle des Lumières, et réapparaît dans l'*Improvisateur* en 1804 à l'article « Cérémonial, Cérémonie » :

> Cérémonieux : « Comme les pleurs des femmes sont d'ordinaire artificiels, et cérémonieux, il ne faut pas s'y opposer : c'est les exposer à faire pis (Montaigne) »[11]

D'une manière très curieuse, la citation est manifestement reprise de Basnage ou du Trévoux, mais avec une nouvelle reformulation. Cette manière de faire fi du contexte mais aussi des mots mêmes d'un auteur signale sans doute le besoin et le goût de formules ramassées, facilement mémorisables. Elle témoigne en outre du peu de scrupule à faire de belles infidèles dans les citations, à l'égal d'un art de la traduction qui à l'époque adapte facilement le texte initial. L'aphoriseur plus ou moins sans identité des dictionnaires est devenu une sorte d' « aphoriseur collectif » selon la formule de Maingueneau[12].

La publicité nouvelle donnée à cet aphorisme mutant et contestable inspire la verve moqueuse et paillarde d'une série d'écrivaillons du milieu du dix-neuvième siècle, qui, à partir de la citation retransformée, ont imaginé une anecdote comique, une blague potache se déclinant dans différents contextes. Dans la *Gazette des Hôpitaux civils et militaires* du 24 décembre 1842, à la Rubrique « Chronique et Nouvelles », on trouve cette information donnée pour vraie, quoi qu'avec une ironie qui indique clairement une anecdote surtout ludique :

> - Un de nos chirurgiens venait d'opérer un bègue, et, comme toujours, avec le plus grand succès. (Pour l'intelligence de ceci, il faut se souvenir qu'en l'an de grâce 1841, la chirurgie eut la singulière idée de couper qui plus, qui moins dans la langue pour guérir le bégaiement. On pourrait bien l'avoir oublié.) Notre chirurgien, qui ne se contentait pas du succès à huis-clos, demanda et obtint de présenter son opéré dans une grande réunion du faubourg .... L'assemblée était

brillante, et composée surtout des femmes le plus à la mode. « Faites lire mon opéré, dit le chirurgien avec la plus grande assurance, et vous verrez s'il reste vestige de son infirmité. » Un volume était là, c'était Montaigne ; l'opéré l'ouvre, et tombe sur la phrase suivante :
« Comme les pleurs des femmes sont d'ordinaire artificiels et cérémonieux, il ne faut pas s'y opposer ; c'est les exposer à faire pis. »
Arrivé à ce dernier mot, sa langue s'embarrasse, et après avoir hésité sur faire, il prend de l'élan et prononce deux fois le mot pis.
Les dames ne purent y tenir, et l'on assure qu'il leur arriva ce qu'il leur arrive, suivant la version du bègue, quand on les empêche de pleurer[13].

La blague, scatologique, semble s'insérer dans l'humour potache volontiers misogyne du milieu médical de l'époque. Elle accentue donc l'impression de dénonciation moqueuse des femmes présente sous la plume de Montaigne, mais étrangement, non pas, comme annoncé pourtant, par la lecture du texte même du philosophe, mais en fait, par l'intermédiaire de Basnage ! Le bègue n'a pas un volume de Montaigne dans la main mais un dictionnaire. Il s'agit de faire dire « pipi » à un bègue à partir de la formule « faire pis » trouvée par Basnage et reprise par le Trévoux et d'autres.

La blague de médecins de 1842 connaît un succès surprenant qu'on peut apercevoir grâce à des réécritures et réimpressions changeant le cadre de l'anecdote. En 1843, l'année suivante, paraît un truculent *Encyclopédiana*[14]. Le recueil est un pot-pourri particulièrement diversifié de formes brèves. L'anecdote du journal de médecine s'y trouve dans une version plus concise et dans un contexte plus vague mais un peu décalé :

* M. de G., qui est bègue, a la manie de lire à haute voix. Il lisait dernièrement dans Montaigne, où il rencontra la phrase suivante : « Comme les pleurs des femmes sont d'ordinaire artificiels et cérémonieux, il ne faut pas s'y opposer; c'est les exposer à faire pis. »
Arrivé à ce dernier mot, sa langue s'embarrasse et, après avoir hésité sur faire, il

Tailler pour énergiser : la citation comme stimulant de la pensée
Charles VINCENT

prend de l'élan et prononce deux fois le mot pis.
Une dame à laquelle il faisait la lecture ne put y tenir; il lui arriva ce qui arrive aux femmes, suivant M. de G., quand on les empêche de pleurer[15].

D'une scène publique de médecine, on passe à une scène intime de lecture, avec des personnages caractérisés, quoiqu'impossible à identifier, du moins pour nous. La blague ne joue plus sur l'échec comique du traitement du bègue, mais se concentre sur le seul pouvoir comique de la fausse citation de Montaigne. Sept ans plus tard, en 1850, paraît à Bruxelles une nouvelle version de cette anecdote, avec pour titre cette fois : *Un passage scabreux*[16].

Le mot de Montaigne, reformulé par Basnage, suscite là un redoublement de misogynie ludique. Non seulement l'idée initiale de la citation est reprise, isolée et mise en valeur par l'anecdote, autre forme brève qui la subsume, mais en outre la leçon supplémentaire du bref récit, sa morale (pour reprendre le vocabulaire de la fable) devient aussi une leçon complémentaire, burlesquement symétrique du faux pathétique des larmes féminines : il ne faut pas trop faire rire une femme, ce serait l'exposer à se faire pipi dessus. Étonnamment, l'anecdote réapparaît longtemps après en italien (seule la citation est conservée en français pour que l'anecdote reste compréhensible) au milieu d'une réflexion très sérieuse sur les maladies du langage. Cette fois-ci, le bègue est prétendument le poète Racan, ce qui est strictement impossible puisque la citation de Montaigne n'a été déformée qu'après la mort de celui-ci[17].

Après ce détour par l'anecdote, la citation revient dans les grands dictionnaires du milieu du XIXe siècle : d'abord à l'article « Cérémonieux » du *Dictionnaire national* de Louis-Nicolas Bescherelle (1843), puis au même article dans le *Dictionnaire universel* de Maurice Lachâtre (1853)[18], et enfin dans le *Grand Dictionnaire universel du XIXe siècle* de Pierre Larousse (1865)[19], avec la présence d'italiques qui semblent indiquer une citation d'auteur[20].

On voit ainsi combien le rôle des grands dictionnaires de l'âge classique et de la première moitié du dix-huitième siècle a permis la circulation et la déformation aphoristique de la pensée des moralistes de l'époque. Ce passage de Montaigne est régulièrement cité dans la liste des allusions misogynes de celui-ci, même si nombreux sont les spécialistes qui cherchent à montrer une autre pente, plus féministe, de sa pensée[21]. Ici, cependant, la forme brève s'autorise de son grand nom pour redoubler le ricanement misogyne plutôt que pour le tempérer, encore moins pour le critiquer.

Cette citation de Montaigne n'est pas isolée, loin s'en faut ; on trouve ainsi par exemple un florilège de formules misogynes, citations d'auteur ou proverbes bien sentis, dans le *Dictionnaire de Trévoux* (ici uniquement dans les lettres ABC) :

> Article « Attachement » : « Rien ne flatte plus agréablement les femmes que l'attachement et la soumission aveugle que l'on a pour elles » (Saint Évremond).
> Article « Attraper » : « Les femmes fuyent devant nous, quand même elles ont dessein de se laisser attraper, c'est leur rôle » (Mont).
> Article « Bavette » : « On dit proverbialement et bassement que des femmes vont tailler des bavettes quand elles s'assemblent pour caqueter. »
> Article « Cageoller » (Cajoler) : « Le faible des femmes, c'est d'aimer qu'on les cajole. »
> Article « Changeant, changeante » : « Les femmes sont d'humeur changeante. »
> Article « Chasteté » : Si les hommes n'avoient pas attaché l'honneur & la gloire des femmes à la chasteté, elles porteraient peut-être la licence plus loin qu'eux. BAY. Ce n'est pas toujours par chasteté que les femmes sont chastes. ROCHEF. On peut douter de la chasteté d'une femme qui n'a point été attaquée. S. ÉVR. Anciennement à la Chine on poussait si loin les lois de la chasteté, que les femmes ne passaient jamais à de secondes noces LE P. COUPLET. La chasteté est la gloire & le partage des femmes. Le MAIT. Si les hommes se sont dispensés du soin exact & scrupuleux de leur chasteté, c'est qu'ils ont crû que l'éminence de leur sexe consiste en la liberté de faillir. ID. Un honnête homme ne se rebute

Tailler pour énergiser : la citation comme stimulant de la pensée
Charles VINCENT — 01

jamais d'un refus de chasteté, & non de choix. MONT.

Article « Coeffer » (coiffer) : « Térence a dit que les femmes emploient une année à se coiffer pour dire qu'elles consument bien du temps à se parer et s'amuser. »

Article « Coeffeure » (coiffure) : « La coiffure des femmes est un édifice à plusieurs étages dont l'ordre et la structure changent selon leurs caprices » (La Bruyère).

Article « Continence » : « Les lois de la continence sont plus favorables aux hommes qu'aux femmes, parce que ce sont les hommes qui les ont faits contre les femmes » (Le MAIT.).

Article « Coquetterie » : « La coquetterie est le fond de l'humeur des femmes, mais toutes ne la mettent pas en pratique parce que la coquetterie de quelques-unes est retenue par la crainte ou par la raison » (Roch.). « Toute la vertu des femmes n'est qu'une habileté à cacher leur coquetterie » (Saint-Évremond).

Article « Coutumier, coutumière » : « Les femmes sont coutumières d'être galantes. »

Amas de clichés misogynes plus ou moins savamment formulés en bons mots, ces citations suggèrent, par leur nombre, une idéologie sous-jacente à cette pratique des citations dans les dictionnaires, mais aussi la fluidité stylistique et intellectuelle entre citation, invention, définition et remarque connexe. À l'effet de transmission culturelle s'ajoute ainsi un effet de renforcement idéologique, par petites touches fragmentaires – une sorte de pointillisme idéologique.

2. Saint-Évremond et l'admiration.

Le second exemple que nous voulions prendre pour réfléchir au rôle des dictionnaires dans le processus d'aphorisation et son usage est celui de Saint-Évremond. S'il souligne lui aussi l'incertitude d'une citation, il montre surtout la manière dont celle-ci peut devenir matière non plus à rire et dénigrement, mais au contraire à débat philosophique, à discussion.

On trouve à l'article « Admiration » rédigé par Diderot pour l'*Encyclopédie* en 1751 une discussion à partir d'une pensée de Saint-Évremond :

.... Saint-Évremond dit que l'admiration est la marque d'un petit esprit : cette pensée est fausse ; il eût fallu dire, pour la rendre juste, que l'admiration d'une chose commune est la marque de peu d'esprit : mais il y a des occasions où l'étendue de l'admiration est, pour ainsi-dire, la mesure de la beauté de l'ame & de la grandeur de l'esprit[22].

La pensée attribuée à Saint-Évremond est extraite de l'opuscule « De l'étude et de la conversation », qui apparaît en 1668 dans une réédition des *Œuvres mêlées* de Saint-Évremond par le libraire Barbin[23]. René Ternois a mis en doute l'attribution de ce texte à Saint-Évremond[24]. Pourtant, la formule devient proverbiale au dix-huitième siècle. La citation apparaît elle aussi dans la version augmentée du dictionnaire de Furetière par Basnage en 1701[25], trouvée cette fois-ci dans le *Dictionnaire* de Richelet augmenté de 1694[26] et reportée dans des dictionnaires de proverbes au dix-huitième siècle[27].

Diderot, pour sa part, l'a trouvée sans doute dans le *Dictionnaire de Trévoux*[28], source fréquente des encyclopédistes, où la citation est aussi recopiée de Basnage. Et pourtant, idéologiquement, le catholique Trévoux s'oppose au protestant Basnage tandis que l'athée Diderot s'oppose aux deux autres. Cela ne les empêche nullement de reprendre les citations, soit à l'identique, soit pour les contester.

Diderot met en valeur les vertus « laïques » de l'admiration contre le mépris des religieux ou leur éloge de l'admiration de Dieu. De même, tandis que le *Trévoux* faisait de la citation de Saint-Évremond une illustration du proverbe « l'admiration est fille d'ignorance », Diderot choisit de dissocier l'allusion à Saint-Évremond de ce proverbe (mentionné dans le début de son article[29]) pour s'opposer à lui, et mettre ainsi en valeur le fait qu'il existe une admiration véritable et louable, qu'il faut savoir dissocier de celle qui est méprisable ou de la seule admiration de Dieu. C'est tout le sens philosophique de l'Encyclopédie qui apparaît, contre le pessimisme ironique des moralistes classiques et contre la religion. Or cette pensée philosophique est reprise en 1771 dans une nouvelle édition du *Dictionnaire de Trévoux*[30]. C'est la preuve de cette entreglose permanente (expression de Montaigne) faite de récupération et de contestation (Marie Leca-Tsiomis a analysé ces éléments en détail)[31].

On trouve une exploitation ultérieure différente de cette invitation à la réflexion et au débat que provoque l'aphorisation par les dictionnaires : c'est la dissertation académique, devenir courant de l'aphorisation qu'analyse Maingueneau[32]. La citation de Saint-Évremond fait partie en 1897 d'une liste de sujets édités et imprimés très officiellement par la Sorbonne[33]. Par le truchement de l'article de Diderot, la citation se retrouve aussi au cœur d'un corrigé de dissertation sur « Le respect et l'admiration » en 1894[34], réimprimé une nouvelle fois en 1907[35].

Conclusion

On voit combien l'encapsulation de la pensée philosophique et critique d'un auteur permet des usages aussi variés que contradictoires. Prétexte à rire et à réfléchir, l'aphorisation nivelle la réflexion initiale et la relance dans de nouvelles directions, entre trahison, traduction et révélations de sens possibles. Elle fait d'une idée personnelle une balise médiatique, un savoir partagé efficace dans le consensus communautaire aussi bien que dans le débat public.

Au même moment où la citation de Saint-Évremond nourrit des dissertations sorbonnardes, Montaigne suscite pour sa part une autre invention aphoristique à l'intersection de la médecine et de l'humour : des *Pilules apéritives à l'extrait de Montaigne, à l'usage exclusif des médecins*, par Pierre Pic, en 1906[36]. L'exergue tiré de Montaigne suggère alors le passage du continu à la forme brève, pour une raison bien plus simple mais tout aussi forte que celles que nous avons tenté de retracer : la « beauté » de la pensée ainsi détachée.

Tailler pour énergiser : la citation comme stimulant de la pensée
Charles VINCENT | **01**

1. Au sens où l'autorité du grand auteur accrédite la pensée proposée.
2. *La seconde main, ou le travail de la citation,* Paris, Seuil, 1979.
3. Dominique Maingueneau, *Les Phrases sans texte*, Paris, Armand Colin, 2012.
4. *La Guerre des dictionnaires*, Paris, CNRS Éditions, 2023.
5. Voir par exemple l'analyse qu'en propose Louis Van Delft dans *Les Spectateurs de la vie, généalogie du regard moraliste*, Sainte-Foy, Presses de l'Université de Laval, 2005, p. 216-218.
6. Notamment après la mise à l'index des *Essais* en 1676, on voit paraître toute une série de versions abrégées de l'œuvre : *L'Esprit des Essais*, Paris, Sercy, 1677 ; *Pensées de Montagne, propres à forger l'esprit et les mœurs*, Amsterdam, Desbordes et Roger, 1701 ; *L'Esprit De Montaigne, Ou Les Maximes, Pensées, Jugemens et réflexions de cet auteur rédigés par ordre de matières*, Berlin, Estienne de Bourdeaux, 2 vol., 1753. Cf. Philippe Desan, « Les Éditions Des Essais Avec Des Adresses Néerlandaises Aux XVIIE Et XVIIIE Siècles », dans *Montaigne and the Low Countries (1580-1700)*, Leiden, Brill, 2007, p. 327-360 (p. 354-55).
7. Michel de Montaigne, *Essais*, Pierre Villey (éd.,), Paris, Presses Universitaires de France, 1978, p. 830.
8. *Dictionnaire universel français-latin*, vol. 1, *Trévoux*, Estienne Ganeau, 1704, pages non numérotées.
9. Antoine Furetière, *Dictionnaire universel*, revu, corrigé et augmenté par Monsieur Basnage de Bauval, 1701, vol. 1, pages non numérotées.
10. *Les Phrases sans texte, op. cit.*, p. 19-20.
11. Sallentin (de l'Oise), *L'Improvisateur français*, t. 4, Paris, Goujon Fils, 1804, p. 207.
12. *Les Phrases sans texte, op. cit.*, p. 44.
13. *La Lancette française, Gazette des Hôpitaux civils et militaires*, N°153, t. 4, 2e série, 24 décembre 1842, p. 714.
14. *Encyclopédiana. Recueil d'anecdotes anciennes, modernes et contemporaines : tiré de tous les recueils de ce genre publiés jusqu'à ce jour, de tous les livres rares et curieux touchant les mœurs et les usages des peuples ou la vie des hommes illustres, des relations de voyages et des mémoires historiques, des ouvrages des grands écrivains, etc., de manuscrits inédits*, Paris, J. Laisné, 1842.
15. *Ibid.*, p. 918.
16. *Dictionnaire national*, vol. 1, Paris, Simon, 1843, p. 577.
17. *Minerva, Rivista delle Riviste*, N°XXI, Roma, Laziale, 1911, p. 259.
18. *Dictionnaire Universel*, vol. 1, Paris, Administration de Librairie, 1853, p. 865.
19. *Grand Dictionnaire universel du XIXe siècle*, vol. 3, Paris, Classiques Larousse et Boyer, 1865, p. 97.
20. Les italiques sont recommandées pour les citations courtes, cf. Henri Fournier, *Traité de la typographie*, Paris, Fournier, 1825, p. 157.
21. Cf. par exemple Pierre Leschemelle, « Montaigne misogyne et féministe », *Bulletin de la Société des amis de Montaigne*, Série VII, n° 5-6, 1986, p. 41-57.

22. *Encyclopédie ou Dictionnaire des arts et des sciences*, vol. 1, Paris, Briasson *et alii*, 1751, p. 141.
23. Saint-Évremond, *Œuvres mêlées*, Paris, chez Barbin, 1668.
24. Saint-Évremond, *Œuvres en prose*, M. Didier, 1962-69, t. 2, p. 105, t. 4, p. 348.
25. *Dictionnaire universel, op. cit.*, volume 1, pages non numérotées.
26. *Nouveau dictionnaire françois augmenté*, vol. 1, Cologne, Gaillard, p. 22.
27. André-Joseph Panckouke, *Dictionnaire des proverbes françois*, Paris, Savoye, 1757, p. 9.
28. *Dictionnaire universel français-latin, op. cit*, non paginé.
29. Diderot conteste déjà en partie le proverbe qu'il délexicalise pour montrer qu'il n'est pas toujours vrai : « Ainsi l'admiration est fille tantôt de notre ignorance, tantôt de notre incapacité », *op. cit*, p. 141.
30. *Dictionnaire universel français-latin*, vol. 1, Paris, Compagnie des libraires associés, 1771, p. 115.
31. Marie Leca-Tsiomis, *La Guerre des dictionnaires, op. cit.*
32. *Les Phrases sans texte, op. cit.*, p. 135 et suivantes.
33. *Revue des cours et des conférences*, Paris, Société française d'imprimerie et de librairie, 5e année, 2e série, 1897, p. 238.
34. *Revue de l'Enseignement primaire et primaire supérieur*, 5e année, 5e année, numéro 5, décembre 1894, p. 67 et suivantes.
35. *La dissertation pédagogique : choix de sujets portant sur toutes les matières inscrites aux programmes des examens et concours de l'enseignement primaire et de l'enseignement primaire supérieur (résumé complet de pédagogie)*, Paris, Félix Thomas, 1907, p. 177.
36. Pierre Pic, *Pilules apéritives à l'extrait de Montaigne, à l'usage exclusif des médecins*, Paris, Steinheil, 1906.

剪定して力を増す | 01
ヴァンサン・シャルル

Résumé
剪定して力を増す
思想の刺激剤としての引用

ヴァンサン・シャルル

　ここでは17世紀末から18世紀にかけてのフランスで、フュルチエール、トレヴー、百科全書といった大きな辞書の中で作家の引用が行われた時点から始めて、「格言化」の現象について考えてみたい。紋切型の形成の系譜をたどるとともに、その後の使われ方も見る必要がある。思想の表現が「脱文脈化」や「再定式化」によって歪曲されるかと思えば、「承認」の過程を通してそこに潜在的に含まれていたイデオロギーが強調され、世論のありようを示す「しゃれたもの言い」や「言いえた表現」の仲間入りをすることもある。こうした現象が個々の思想の潜在的なイデオロギーへの従属をさらに強め、遊戯の「エスカレート」を促すこともあれば、逆に批判的な議論を引き起こし、矛盾をはらむ本格的な「再考」のきっかけとなることもある。

1. モンテーニュ：歪曲と風刺的な利用

　ここでは経験的な分析を行い、同じ辞書の中に表れる二つのまったく異なった例に基づいて論を進める。最初の例はモンテーニュからの引用で、フュルチエールの辞書の、バナージュによる1701年の増補版の二つの語の定義の中に、若干異なった形をとって表れる。そのうちの一つが「もったいぶった」（cérémonieux）という形容詞の項目の中にある。

「もったいぶった」：「女の涙はわざとらしく、もったいぶっているのが普通なので、抗ってはならない。よけいにまずい行動をとらせることになる。［モンテーニュ］」

　この「箴言」の形になったモンテーニュの思想は時代に合わせて一般化され、強調された書き改めの例である。基本の考えはほぼ変わらないが、モンテーニュの考察が脱文脈化によって一部ねじ曲げられており、もとのテクストでもすでにその気配が感じとれる女性蔑視の傾向が強調されている。歪曲なのか、解釈なのか。おそらくその両方が少しずつ入っているだろう。
　こうしてことわりなく書き改められた引用は、18世紀を通じて大幅に改訂されることになる1704年のトレヴーの辞書でも同様に繰り返される。最終的には19世紀半ばのラルースの辞書にまた少しだけ異なった形で表れ、これは明らかにトレヴーの辞書を引き継いでいるが、再度わずかに手を加えられている。ところで、こうして辞書を通じて伝えられたことがきっかけになり、のちにこの引用から学生向けの笑い話が生まれる。吃音者が「よけいにまずいことをする」(faire pis) としゃべるときの表現をもじった小話である。この表現はモンテーニュのものとされているが実際はバナージュのものであり、もとのテクストと辞書経由で伝わった怪しげな引用とが混同されたか、あるいはうやむやにしようという意思が働いたかである。
　この小話は糞尿譚がらみの冗談であったが（« faire pis » はフランス語で「用を足す」という表現に音が似ている）次々と形を変えて

46

いき、受けがよかったことがわかる。しかしながら根本的な笑いの要因は変わらない。装った悲しみが本当の笑いに、涙が小水 (pipi) に変わるという滑稽などんでん返しである。短句形式はさらに短い別の短句を内部に含んでおり、歪曲と解釈への新たな衝動に突き動かされ、今度はそこに発音上の変形を施すことにより、文意を転倒させつつ新しい意味を強調する。モンテーニュを典拠としてはいるが、もはや遊びである。

　辞書の引用における脱文脈化や歪曲が、ある思想を単純化したり、誇張したりして使用することを可能にし、また、書き改められた表現がもとの著者のものと見なされ、二次利用のための主材料となる過程をおわかりいただけただろう。さらに言えば、上の引用はトレヴーの辞書に掲載されている、女性蔑視の傾向を示す一連の引用文の一部をなしており、この辞書のイデオロギー的な意図とまでは言わないまでも、その雰囲気を伝えている。もっとも、古典主義時代のモラリストたちの辛辣な機知やしばしば悲観主義的で皮肉なもの言いも、こうした女性蔑視に一役買っているだろう。

　引用がイデオロギーや諷刺になっていくのに対し、アフォリズム化はときに思想の復活のきっかけを作る。紋切型が悪意に満ち、遊戯的で、思想の硬直を招くのに対し、アフォリズム化は新たな船出を用意する。

2. サンテヴルモン：論争的で哲学的な利用

　こうしたアフォリズム化とは逆の利用法を示すべく、われわれが依拠する第二の例は、やはり1701年にフュルチエールの辞書（バナー

ジュの増補版）にあらわれるサンテヴルモンの引用である。この引用は1701年のトレヴーの辞書でも繰り返される。

　「賞賛」(admiration)：「賞賛とは狭量な精神のあらわれである。」（サンテヴルモン）

　この引用は「賞賛は無知の娘である」という昔のことわざの変形として示されている。これがサンテヴルモンのものとされているのは重要だ。彼は同時代の才人だからである。だが、確信をもってサンテヴルモンのものだと証明するのも難しい。辞書がこの引用を有名にしたのであり、同時に辞書は同時代人に向けて、その思想を作者とされる人物に結びつける。
　ディドロが『百科全書』のために「賞賛(admiration)」の項目を書き、サンテヴルモンの引用を繰り返したのは、それに異議を唱え、さらに暗黙のうちにトレヴーの辞書の項目にも異議を唱えるためだった。ディドロが企てたのは一部留保をつけたうえでの、複雑きわまりない「賞賛」の概念の名誉回復である。だが、彼は機知あふれる言葉の告発を通して、貴族的なサロンを見下す才人たちや古典主義時代のモラリストのペシミズムを攻撃するとともに、宗教をも攻撃している。辞書の複数の項目を介在させる形で行われた、ディドロとトレヴーの辞書編纂者との論争については、マリ＝レカ・ツィオミスが広範な実証研究をしている。ツィオミスは百科全書が、かの有名かつ巧妙な「参照」の術もさることながら、いかにして当時の最重要議論の中核に切りこむ闘いと論争の書になりえたかを力説している。

剪定して力を増す | 01
ヴァンサン・シャルル

　サンテヴルモンの文章と見なされた表現はその後、おもに20世紀のはじめにソルボンヌ大学の小論文の主題として再び姿を見せるが、印刷されたその解答は、魅力的ではあるが反論の余地のあるこの概念をまたも批判的議論の俎上に載せることになった。ところがディドロの時代には新しい哲学の華であったそうした批判的思考も、もはやアカデミックな議論の対象になり下がり、より構造化されてはいるものの、殿堂入りした古典作品の文の例に基づくというだけの味気ない議論の対象となってしまった。

　哲学的、批判的思考の圧縮化が、これほどまでに多様で矛盾に満ちた活用法を生み出すさまを、われわれは見てきた。笑わせるにせよ、考えさせるにせよ、アフォリズム化はもとの思想を平準化したあと、歪曲、解釈、別の意味の開示といった新たな方向に向かって再び投げかける。個人の思想はそれを通じてメディア的な指標となり、公的な議論においても共同体のコンセンサスにおいても、知識として効率よく共有されるようになる。

« Ces pensées-là sont bien de moi,
mais ce ne sont pas mes pensées »
Rousseau face aux « faiseurs d'esprits »

Raphaëlle BRIN

日本語要旨は p. 64

Les années 1760 voient paraître une série de recueils qui s'efforcent de réduire la pensée philosophique de Rousseau en un répertoire de maximes et de sentences aisément assimilables. Ces florilèges de citations se multiplient jusqu'au début du XIXe siècle, avec des contenus et des titres proches, sinon interchangeables[1] : à *L'Esprit de Julie ou Extrait de La Nouvelle Héloïse* (1763) succèdent ainsi *Les Pensées de J.J Rousseau* (1763), qui connaissent de multiples éditions, l'*Esprit, Maximes et Principes de J.J. Rousseau* (1764) ou encore le *Véritable Esprit de Jean-Jacques Rousseau* (1804). Ces ouvrages se présentent comme une rhapsodie de morceaux choisis, d'origines diverses, le plus souvent réorganisés en rubriques thématiques (« religion », « morale », « femmes », etc.) Les compilateurs prélèvent dans les textes sources des séquences perçues comme « détachables » (énoncés généralisants ou à valeur gnomique, caractérisés par leur saillance formelle et/ou leur autonomie référentielle), et les soumettent à une « énonciation aphorisante » (ou « aphorisation ») dont Dominique Maingueneau a défini les principales modalités[2].

Financièrement accessibles, ces recueils ont sans doute constitué l'une des « médiations » par lesquelles l'œuvre de Rousseau a pu atteindre un public plus vaste, contribuant à la dissémination de sa pensée dans le corps social[3]. Ils participent en outre d'un phénomène éditorial bien répertorié. La prolifération d'« abrégés », d'« esprits », d'« extraits » d'auteurs est en effet un trait caractéristique du siècle, à la croisée de pratiques mondaines et didactiques. Le contexte, remarque Françoise Gevrey, est propice au développement d'une telle « mode anthologique » : les

Rousseau face aux « faiseurs d'esprits »
Raphaëlle BRIN

compilations, les formes brèves et les « portatifs » ont la faveur des lecteurs ; les ouvrages didactiques connaissent un engouement croissant ; enfin, les libraires et les auteurs souhaitent « atteindre un public pressé et élargi[4] ». Observateur attentif de la vie littéraire du temps, Grimm perçoit d'un œil critique l'essor de ces nouvelles pratiques, qui menacent à ses yeux de gangréner le monde des lettres. Dressant, dans la *Correspondance littéraire*, un portrait au vitriol des « faiseurs d'esprits », qui tiennent « un des premiers rangs parmi les insectes appelés compilateurs[5] », il les accuse de vivre en parasites aux dépens des auteurs célèbres, dont ils dénatureraient les productions. Le constat qu'il dresse en 1766 est sans appel :

> C'est une chose vraiment effrayante que de voir à quel point les faiseurs d'Esprits, d'Abrégés, de Dictionnaires, de compilations de toute espèce, se sont multipliés depuis quelques années. Ce sont des chenilles qui rongent l'arbre de la littérature, et qui le mangeront enfin jusqu'à la racine[6].

L'image témoigne d'un mépris, alors largement répandu, pour les « pauvres diables » de la République des lettres, *faiseurs* plus que *créateurs*, ravalés à la dimension la plus strictement matérielle et marchande de l'activité littéraire : « les faiseurs d'esprit, précise encore la *Correspondance littéraire* l'année suivante, sont des pirates qui viennent exposer aux marchés leur butin[7] ». Plus sourdement se dévoile cependant une résistance à de nouveaux modes de lecture et de circulation des idées, dont la prolifération de ces recueils serait l'un des symptômes. C'est ce que semble indiquer, parmi d'autres, le rédacteur des *Affiches, Annonces et Avis divers* du 27 juin 1764 à grand renfort de métaphores organiques :

> Il faut le dire encore une fois pour ceux qui pourraient s'y tromper. Aujourd'hui qu'on ne lit plus guères (quoiqu'il n'y ait jamais eu autant de Livres), parce qu'on n'a pas l'estomac assez fort pour digérer ses lectures, et qu'on n'est plus si curieux d'avoir le corps et l'âme des bons livres, et qu'on les veut bien déflegmés, distillés,

presque volatilisés, beaucoup de gens prennent la peine de lire pour les autres, et l'on réduit tout en Esprits. Voilà pourquoi l'on voit tous les jours paraître sous ce titre attrayant d'esprits tant d'extraits de livres[8].

En un siècle prompt à ériger en idéal l'autonomie des lecteurs, conviés à trouver par eux-mêmes les ressorts des problèmes exposés, ces compilations semblent offrir un bien piètre prémâché intellectuel, simplifiant à outrance les œuvres originales au risque de les priver de toute substance, comme de toute véritable portée. Aussi, poursuit le rédacteur des *Affiches, annonces et avis divers*, l'intitulé générique d'esprit s'avère-t-il largement trompeur. Il s'agit en effet moins de « représenter en petit » l'entendement et le « tour [d'] imagination » des sommités du siècle, ou de favoriser la diffusion de pensées souvent ardues et leur assimilation par le plus grand nombre, que de fournir des « pensées détachées, choisies, triées et rassemblées par un homme qui croit mieux lire qu'un autre » et qui « semble nous dire *tenez-vous en-là*[9] » : en somme, donc, de cantonner le public à une lecture superficielle et passive peu propice au développement d'une pensée critique, à une interprétation subjective et arbitraire des textes sources. Dès lors, faut-il voir dans ce type d'ouvrages une ressource à l'usage des « esprits médiocres ou paresseux », comme l'affirme à propos des « abrégés », des « axiomes » et des « maximes » Chamfort, lui-même célèbre pour ses aphorismes ? Ces piètres lecteurs, précise-t-il, « se croient dispensés d'aller au-delà, et donnent à la maxime une généralité que l'auteur, à moins qu'il ne soit lui-même médiocre, ce qui arrive quelquefois, n'a pas prétendu lui donner[10]. » *S'en tenir là, ne pas aller au-delà* : dans l'un et l'autre cas, l'aphorisation ne prélude plus à l'éveil de l'esprit, mais conditionne l'acceptation restrictive d'un propos présenté comme intangible, universalisant, univoque.

1. Les compilateurs de Rousseau

Les compilateurs n'hésitent pas à tirer profit d'un succès de scandale, exploitant la célébrité de Rousseau comme les nombreuses polémiques

Rousseau face aux « faiseurs d'esprits »
Raphaëlle BRIN

02

que suscite son œuvre. Les *Pensées de J.J. Rousseau* paraissent en 1763, alors même que le *Contrat social* et l'*Émile* viennent d'être condamnés à Genève et à Paris, et que leur auteur est en butte à de violentes attaques. Commentant leur récente publication, Grimm souligne dans la *Correspondance littéraire* ce curieux hiatus :

> Dans cette rhapsodie on a arrangé sous différents titres, comme Dieu, Religion, Vertu, Honneur, Amour, Étude, etc, des morceaux tirés de divers écrits de M. Rousseau. C'est un contraste assez plaisant de voir les livres de cet écrivain célèbre proscrits avec beaucoup de sévérité, et cependant l'extrait de ses pensées vendu publiquement[11].

Quatre décennies plus tard, Sabatier de Castres – qui fait paraître en 1804 *Le Véritable Esprit de Jean-Jacques Rousseau* – prendra soin de distinguer son ouvrage des « diverses compilations qu'on a publiées des pensées de J.J. Rousseau ». Si ces dernières doivent leur fortune à l'aura non démentie du grand homme, « tant on attache de prix à tout ce qui est sorti de la plume éloquente de cet écrivain, sous quelque cadre qu'on le présente[12] », Sabatier y oppose un idéal de désintéressement comme une revendication d'auctorialité. Il s'agit en effet de faire entendre sa voix en marge du texte original, de s'en servir comme d'un point d'appui pour esquisser les éléments d'une réflexion personnelle : « J'y ai joint des notes qui, s'il faut en croire ceux qui les ont lues, et qui sans doute veulent m'encourager, ne sont pas indignes du texte, et contribueront même à faire rechercher cet ouvrage, par les vérités courageuses et les idées politiques peu connues dont elles sont parsemées[13]. » Gauchie et travestie par les diverses opérations de fragmentation, de troncage et de reformulation, l'œuvre de Rousseau se trouve dès lors enrôlée dans une bataille idéologique visant à « remonter les têtes au ton de la soumission » et à « ramener les cœurs à l'amour des principes religieux et monarchiques[14] ».

Les compilateurs se livrent fréquemment à un travail de réécriture, si bien que les énoncés détachés apparaissent rarement identiques aux séquences textuelles auxquelles ils sont censés correspondre dans le corpus source. À ces modifications, plus ou moins marquées, s'ajoute la décontextualisation des fragments prélevés, susceptible d'engendrer des altérations de sens. Enfin, si la réarticulation de ces morceaux choisis favorise des rapprochements et des jeux d'échos thématiques entre les œuvres, la dislocation des textes menace également la cohérence profonde d'un « système » dont Rousseau ne cesse de souligner la prégnance. Un commentateur anonyme du *Portrait d'Émile et de Sophie*, une version abrégée de l'*Émile* publiée en 1784, dénonce ainsi le caractère arbitraire des regroupements opérés, dont il pointe la succession artificielle :

> Je n'aime point ces pensées égrenées, hors de leur place, sans ensemble, et qui, n'étant point amenées, n'ont pas la moitié de leur mérite. Des sentences bonnes à lire ainsi seraient précisément celles qui, ne tenant à rien, débitées à propos de rien, auraient paru déplacées dans l'ouvrage même. On intitule ces recueils Esprit de tel ou tel Auteur. J'aimerais autant qu'on appelât Esprit d'un homme, non pas son squelette, mais ses ossements déjoints, mêlés au hasard, et entassés par monceaux[15].

Le travail de sélection et la disposition des extraits retenus révèlent, en filigrane, une interprétation subjective et biaisée de l'œuvre source. Les « esprits » s'offrent dès lors, explique Claude Labrosse, comme une « archive de lecture[16] ». Des préfaces, notes ou commentaires s'ajoutent parfois au texte de référence pour en orienter ou en baliser la lecture : ils font entendre une voix *autre*, qui prétend se greffer au discours originel pour le préciser, l'infléchir, le discuter ou le compléter. Dans la plupart des cas, remarque Jean-Jacques Tatin-Gourier, « l'objectif déclaré est de mieux mettre en valeur les qualités de l'écrivain en les dégageant de ses erreurs[17] ». Dans l'« Avertissement » qui précède *Les Pensées de Jean-Jacques Rousseau* (1763), l'éditeur se félicite ainsi d'avoir « arrach[é] des livres [...] tout ce qui a élevé le scandale et le cri public » et de les avoir « rédui[ts] aux seules vérités utiles[18] » à la société. Samuel Formey, polygraphe et vulgarisateur de l'œuvre de Rousseau en Allemagne, auteur d'un *Esprit de Julie*, revient lui aussi explicitement sur la sélection opérée : « J'ai imité, autant que j'en suis capable, l'industrieuse abeille, en me posant sur toutes les fleurs qui émaillent ce riche parterre, et qui ne sont rien moins qu'également salutaires : j'ai pris soin de n'en rien tirer qui ne pût entrer dans la composition d'un miel pur et exquis[19]. » La fragmentation comme l'aphorisation s'avèrent discriminantes, et fortement investies idéologiquement. Retranchements, transformations, gloses et annotations esquissent une « bonne » interprétation du texte rousseauiste, soumises aux finalités explicitement affichées par les différents recueils. Commentant les *Pensées de Jean-Jacques Rousseau*, Grimm souligne explicitement le travail de lissage et de censure mis en œuvre par le « faiseur d'esprits » afin de neutraliser la charge polémique du corpus original, alors même que les écrits du philosophe sont, à la même époque, sévèrement condamnés par les autorités : « Apparemment que le compilateur, en bon catholique, aura eu soin d'en ôter auparavant le venin dont M. l'archevêque de Paris et le révérend père capucin qui a fait le réquisitoire de M. Joly de Fleury, nous ont averti que les écrits de J.-J. Rousseau étaient infectés[20] ».

2. Le cas de *Julie ou la Nouvelle Héloïse*

Les différentes « réductions » du roman épistolaire polyphonique de Rousseau, *Julie ou la Nouvelle Héloïse*, offrent un exemple frappant de cette simplification et de cette neutralisation. Claude Labrosse, et plus récemment Yannick Séité, se sont penchés sur les diverses « mises en pièces » du texte, utilisé dans la deuxième moitié du XVIIIe siècle comme un réservoir de sentences et de maximes[21]. Si ces réécritures exhibent la teneur didactique et sentencieuse du roman, elles occultent aussi la singularité et les effets du dispositif narratif : mise à l'épreuve et relativisation constantes des maximes générales par la diégèse, confrontation des points de vue et polyphonie épistolaire, jeu du texte et du péritexte... La *Nouvelle Héloïse* apparaît en effet travaillée par la philosophie à deux niveaux, bien distingués par Christophe Martin : d'une part, un niveau « explicitement spéculatif », où les énoncés gnomiques ou réflexifs sont susceptibles d'être « nettement identifiés » et « isolés au sein du discours de la fiction ». D'autre part, un niveau moins aisément saisissable, où la réflexion procèderait de « l'agencement même du discours de la fiction, des matériaux narratifs et des relations entre personnages[22] ». Or l'aphorisation du roman à laquelle se livrent les compilateurs contribue à « dépersonnaliser la fiction[23] », d'abord en supprimant l'origine de l'énonciation, ensuite en estompant les différentes relations d'interlocution entre les personnages. « Le processus, explique Claude Labrosse, consiste à faire entendre en lieu et place d'une énonciation personnelle, une affirmation générale, de contenu indiscutable, qui est donnée comme l'expression ou la constatation d'un ordre des choses[24] ». Se trouve dès lors unifié ce qui, au sein du roman polyphonique, est soumis au jeu des points de vue, où nul énonciateur n'incarne une posture d'autorité parfaitement convaincante.

Le traitement contrasté du suicide dans le roman et les « esprits » illustre les enjeux et les effets de ces réécritures. Les longues lettres échangées sur le sujet par Saint-Preux et Milord Édouard organisent en effet, dans la *Nouvelle Héloïse*, une opposition philosophique dont la conclusion apparaît à bien des égards équivoque. « Oppress[é] du poids de la vie[25] », Saint-Preux se livre dans la lettre III, 21 à une défense raisonnée de la mort volontaire, pourtant lourdement condamnée par les autorités religieuses comme par la justice d'Ancien Régime. Ayant « longtemps médité sur ce grave sujet[26] », il soumet à son correspondant une argumentation solidement étayée, dont une « note de l'Éditeur » souligne, non sans humour, la qualité rhétorique : « L'étrange lettre pour la délibération dont il s'agit ! Raisonne-t-on si paisiblement sur une question pareille, quand on l'examine pour soi[27] ? ». Loin de se rallier à une démonstration dont il pointe le caractère aussi déraisonnable que sophistique, Édouard rétorque par une toute aussi longue missive (III, 22), dans laquelle il réfute les raisons alléguées par son ami pour autoriser le suicide. Si le contexte narratif semble inviter à trancher en faveur du lord anglais – Saint-Preux, convaincu par son ami, ne mettra pas fin à ses jours –, rien ne permet de conclure avec certitude que Rousseau adhère pleinement à l'une ou l'autre thèse, si bien qu'on a pu le ranger parmi les défenseurs de la légitimité du suicide[28]. De cette ambiguïté témoigne exemplairement la lecture que propose Mme de Staël du duel rhétorique, dans ses *Lettres sur les écrits et le caractère de J.J. Rousseau* :

> Quelle belle lettre pour et contre le suicide ! quel puissant argument de métaphysique et de pensée ! Celle qui condamne le suicide est inférieure à celle qui le justifie, soit que l'horreur naturelle et l'instinct de la conscience parlent plus éloquemment contre le suicide que le raisonnement même ; soit que Rousseau se sentît né pour être malheureux, et craignît de s'ôter sa dernière ressource en se persuadant lui-même[29].

À l'apparente disjonction de la conclusion narrative et de l'éloquence argumentative, susceptible de perturber la réception univoque du message, s'ajoute la présence des « notes de l'Éditeur », qui, laissant entendre une troisième voix, plus distanciée, en marge des lettres, complexifient encore le système polyphonique. Les transformations imposées par les « faiseurs d'esprits » vont dans le sens d'une schématisation et d'une simplification radicales du dispositif, au profit des seuls arguments conformes à l'orthodoxie morale et religieuse. De ce débat aporétique, les recueils ne conservent que la démonstration – généralement tronquée – d'Édouard, elle-même soumise à une série de transformations : morcellement du discours en courts paragraphes, parfois séparés par un astérisque, passage fréquent de l'interlocution à la délocution (et de la deuxième personne à la troisième personne), généralisation du propos, remplacement des tournures interrogatives par des phrases affirmatives, suppression des circonstances diégétiques susceptibles de contextualiser ou d'infléchir le sens des énoncés proférés... Les compilateurs gauchissent d'autant plus le texte source que la réponse de Bomston à Saint-Preux met précisément en question le mauvais usage de principes universels et abstraits, dont l'ajustement aux expériences singulières et contingentes apparaît défaillant[30]. Le lord anglais invite en effet son destinataire à « laiss[er] les maximes générales, dont on fait souvent beaucoup de bruit sans jamais en suivre aucune » : de fait, précise-t-il, « il se trouve toujours dans l'application quelque condition particulière, qui change tellement l'état des choses que chacun se croit dispensé d'obéir à la règle qu'il prescrit aux autres, et l'on sait bien que tout homme qui pose des maximes générales entend qu'elles obligent tout le monde, excepté lui[31] ». Par une série de procédés interdisant toute simplification des propositions éthiques, toute adhésion aveugle aux sentences et aux arguments exposés, Rousseau convie ses destinataires à une lecture active et vigilante : c'est dans cette mesure que le roman des Lumières se révèle pleinement philosophique. Si une « morale » s'esquisse à travers la correspondance, en lien avec une anthropologie qui oppose l'« homme de la nature » à « l'homme de l'homme[32] », la *Nouvelle Héloïse* génère de nombreux conflits interprétatifs qui sollicitent la compétence herméneutique du lecteur[33].

3. La compilation comme défiguration : Rousseau juge des « faiseurs d'esprit »

Les contemporains de Rousseau se sont montrés sensibles à ces difficultés. Dans l'avertissement de l'*Esprit de Julie*, Samuel Formey fait part de sa perplexité face à une œuvre qu'il juge déroutante : « Il serait à souhaiter [que Rousseau] fût décidé. Tout est problème à ses yeux, et il voudrait tout rendre problématique à ses lecteurs. [...] On y lit le pour et le contre : les deux causes opposées sont plaidées avec art ; et comme celle de l'erreur ou du vice a souvent un avocat secret dans le cœur du lecteur, on est beaucoup plus affecté par les mauvaises raisons que par les bonnes[34] ». Or, en se donnant pour but de fixer le sens du roman afin de garantir son utilité morale, en luttant contre l'équivoque, en infléchissant les énoncés jugés périlleux par un ensemble de « correctifs », Formey contrevient au « principe d'indécidabilité[35] » que Rousseau a soigneusement entretenu.

02 Rousseau face aux « faiseurs d'esprits »
Raphaëlle BRIN

En réduisant la foisonnante fiction épistolaire à une série de vérités asséchantes, il prive par ailleurs ses lecteurs d'une sensibilité et d'une éloquence qui ont assuré l'extraordinaire succès du roman. C'est ce que déplore, en 1763, un commentateur anonyme de l'*Esprit de Julie* :

> [Le] plan [du compilateur] a été de tirer du roman de Julie toutes les maximes sages, sublimes, héroïques qu'il contient, et d'en former un recueil : c'est ce qu'il donne actuellement au public. Il ne faut pas s'attendre à ce que cette sorte d'extrait ait l'agrément des six volumes. L'extrait est une suite de sentences, au lieu que dans les six volumes on trouve le charme du récit, et l'enthousiasme du sentiment[36].

En composant arbitrairement un corpus de sentences et de maximes à partir des œuvres de Rousseau, les compilateurs ont figé une interprétation souvent faussée de ces textes, autant qu'ils en ont dévoyé la dynamique et le sens. L'écrivain s'est d'ailleurs constamment élevé contre de telles pratiques, associées sous sa plume à des modes de lecture dont il déplore les effets néfastes. Jugeant sévèrement ce qu'il perçoit comme une des pratiques littéraires dominantes de son temps, il distingue ainsi, dans *Rousseau juge de Jean-Jacques*, ses ouvrages de ces « agrégations de pensées détachées, sur chacune desquelles l'esprit du lecteur puisse se reposer », conscient que son écriture réclame *a contrario* « une attention suivie qui n'est pas trop du goût de [sa] nation[37] ».

Plusieurs de ses textes associent en outre explicitement le thème de la fragmentation à celui de la défiguration. Dans les *Lettres écrites de la montagne*, texte polémique formulé en réponse au procureur Tronchin après la condamnation du *Contrat social* et de l'*Émile* par les autorités genevoises, Rousseau s'élève contre des lectures biaisées et à charge de ses œuvres. Estimant avoir été jugé sur des passages tronqués et indûment extraits de leur contexte, il s'emporte contre les déductions hâtives et les interprétations abusives de ses adversaires, en pointant un travers plus largement partagé :

> Combien de fois les Auteurs diffamés et le public indigné n'ont-ils pas réclamé contre cette manière odieuse de déchiqueter un ouvrage, d'en défigurer toutes les parties, d'en juger sur des lambeaux enlevés çà et là au choix d'un accusateur infidèle qui produit le mal lui-même, en le détachant du bien qui le corrige et l'explique, en détorquant par tout le vrai sens[38] ?

Analysant la falsification généralisée de son œuvre et sa circulation dans l'espace public, l'écrivain s'emploie ici – comme ultérieurement dans les *Dialogues* – à dénoncer le détournement méthodique de sa pensée, et la substitution, à l'interprétation que ses écrits lui semblent spontanément appeler, d'une signification forcée, sinon d'un autre texte. S'il reconnaît une efficacité au style fragmentaire, dès lors qu'il relève d'une stratégie d'écriture délibérée et concertée, et s'il estime possible d'examiner « La Bruyère ou la Rochefoucauld sur des maximes isolées[39] », la mise en pièce de ses écrits s'apparente à ses yeux à une défiguration, angoisse protéiforme qui parcourt l'ensemble de son œuvre philosophique et autobiographique. La thèse de la diffamation et du complot se nourrit fréquemment de métaphores organiques, qui figurent les textes comme un corps morcelé, violemment démembré. Mettant en abyme la lecture par fragments dont ses œuvres seraient victimes, le troisième dialogue de *Rousseau juge de Jean-Jacques* s'ouvre sur une collection d'extraits choisis, classés en rubriques thématiques (« les gens de lettres », « les médecins », « les femmes »...), que le « Français » fait lire à « Rousseau » pour justifier les attaques qui visent leur auteur. S'élevant contre le prélèvement arbitraire de séquences textuelles, soumises à une réinterprétation contraire au sens voulu par leur auteur, l'écrivain défend la nécessité de *tout lire* et d'envisager le « système » dans son ensemble. Il exprime le rapport entre la partie et le tout à travers une analogie entre l'œuvre et le visage : « Les traits du visage ne font leur effet que parce qu'ils y sont tous ; s'il en manque un, le visage est défiguré[40] ». Si l'isotopie s'inscrit dans un imaginaire cher à Rousseau, et sert ici à défendre les principes fondamentaux d'une méthode de lecture et d'une herméneutique, elle circule largement, à la même époque, dans le discours critique tenu sur les « faiseurs d'esprits ». En mai 1763, un rédacteur du *Journal Encyclopédique* déplore ainsi que « la fureur d'extraire les ouvrages connus » ait été portée « si loin que les éditeurs, sans même attendre qu'un auteur célèbre ait fini sa carrière, lui donnent le désagrément de se voir cruellement défiguré[41] ».

Conclusion

En réduisant à une *doxa*, à un prêt-à-penser, les réflexions d'un auteur qui s'avouait, dans l'*Émile*, plus volontiers « homme à paradoxes[42] » qu'« à préjugés », les compilations, fondées sur une aphorisation simplificatrice et idéologiquement orientée, s'inscrivent à rebours d'un certain idéal de l'échange littéraire selon lequel lire devrait être avant tout évaluer, comparer, discriminer, voire penser *contre l'auteur*. Qu'on songe, par exemple, à la manière dont l'écrivain fait, dans sa *Lettre à Christophe de Beaumont*, de l'*Émile* un « livre où l'auteur, si peu affirmatif, si peu décisif, avertit si souvent ses lecteurs de se défier de ses idées, de peser ses preuves, de ne leur donner que l'autorité de la raison[43] ». S'affirment dès lors autant un modèle d'écriture qu'une conception singulière de la lecture. Contre la fragmentation et le discontinu, Rousseau défend la nécessité d'une lecture totalisante et promeut le discours lié ; contre la forme assertive de la maxime, il affirme sa prédilection pour un vacillement du sens, pensé, dans ses ambivalences, comme un appel à la vigilance critique et à l'activité interprétative du lecteur. En « défigurant » le texte source, les recueils de maximes en trahissent peut-être moins la lettre que l'esprit. Une lettre, rédigée en 1763 par Rousseau en réponse à la publication d'un recueil de « ses » *Pensées*, résume d'un trait d'esprit l'écart qui sépare les propos originellement tenus de leurs reconfigurations discursives : « Ces pensées-là sont bien de moi, mais ce ne sont pas mes pensées[44] ».

1. Pour un aperçu de ce corpus, voir Michel Termolle, *Les Pensées de Jean-Jacques Rousseau : établissement, éditions et émissions au XVIIIe siècle*, Genève, Slatkine, 2017. Le chercheur y fait l'analyse matérielle et textuelle de diverses compilations des œuvres de Rousseau, publiées dans la deuxième moitié du siècle.
2. Voir Dominique Maingueneau, *Les Phrases sans texte*, Paris, Armand Colin, 2012.
3. Voir Jean-Jacques Tatin-Gourier, « La dissémination du texte Rousseau : le *Contrat social* dans les recueils de *Pensées de Jean-Jacques Rousseau* », *Littérature*, n°69, 1988, p. 19-27.
4. Françoise Gevrey, « Les esprits : une mode anthologique au siècle des Lumières », dans Céline Bohnert et Françoise Gevrey, *L'Anthologie : histoire et enjeux d'une forme éditoriale du Moyen Âge au XXIe siècle*, Presses Universitaires de Reims, 2015, p. 176. Voir également Sylvain Menant, « Un rayon de la librairie ancienne : les Esprits d'auteurs », *Le Livre du monde et le monde des livres*, Paris, PUPS, 2012, p. 1043-1050.
5. Grimm, *Correspondance littéraire*, 15 janvier 1769, Paris, chez Furne, 1829, t. VI, p. 135.
6. *Ibid.*, 1er juin 1766, t. V, p. 108.
7. *Correspondance littéraire*, octobre 1767, éd. Maurice Tourneux, Paris, Garnier frères, 1879, t. VII, p. 460.
8. *Affiches, Annonces et Avis divers*, 26e feuille, 27 juin 1764, p. 102.
9. *Ibid.*
10. Chamfort, *Maximes et Pensées*, éd. P. Grosclaude, Parsi, 1953, p. 81-82.
11. Grimm, *Correspondance littéraire*, 1er mai 1763, *op. cit.*, t. III, p. 226.
12. Sabatier de Castres, Le Véritable esprit de J.J. Rousseau, Metz, Collignon, 1804, t. I, p. 1.
13. *Ibid.*, p. 4.
14. *Ibid.*
15. *Nouveau Journal de Littérature et de Politique de l'Europe*, avril 1784, Lausanne, Jean-Pierre Heubach, 178, p. 339.
16. Claude Labrosse, *Lire au XVIIIe siècle. La Nouvelle Héloïse et ses lecteurs*, P.U. de Lyon, 1985 ; et « Lecture et citations de la *Nouvelle Héloïse* : réflexion sur la mise en pièces du texte », *Revue des sciences humaines*, 196, 1984, p. 25-38.
17. Jean-Jacques Tatin-Gourier, « La dissémination du texte Rousseau : le *Contrat social* dans les recueils de *Pensées de Jean-Jacques Rousseau* », art. cit., p. 22.
18. *Les Pensées de J.J. Rousseau, citoyen de Genève*, Amsterdam, 1763, p. IX.
19. Samuel Formey, « Avertissement », *L'Esprit de Julie*, Berlin, chez Jean Jasperd, 1763.
20. Grimm, *Correspondance littéraire*, 1er mai 1763, *op. cit.*, t. III, p. 226.
21. Claude Labrosse, « Lecture et citations de la *Nouvelle Héloïse* : réflexion sur la mise en pièces du texte », art. cit., et Yannick Séité, « La *Nouvelle Héloïse* et le problème des maximes », art. cit.
22. Christophe Martin, *La Philosophie des amants. Essai sur Julie ou la Nouvelle Héloïse*, Sorbonne

Université Presses, 2022, p. 10.
23. Claude Labrosse, *Lire au XVIIIe siècle. La Nouvelle Héloïse et ses lecteurs, op. cit.*, p. 180.
24. *Ibid.*
25. Rousseau, *Julie ou la Nouvelle Héloïse*, éd. É. Leborgne et F. Lotterie, Paris, GF Flammarion, 2018, p. 454.
26. *Ibid.*
27. *Ibid.*, p. 464.
28. Voir par exemple Jean-Albert Bédé, « Madame de Staël, Rousseau, et le suicide », *Revue d'histoire littéraire de la France*, 1966, n° 1, p. 52-70.
29. Germaine de Staël, *Lettres sur les écrits et le caractère de J.J. Rousseau*, dans *Œuvres complètes*, Paris, Treuttel et Würtz, 1820, t. I, p. 38.
30. Sur ce point, voir Yannick Séité, « La *Nouvelle Héloïse* et le problème des maximes », art. cit.
31. Rousseau, *Julie ou la Nouvelle Héloïse, op. cit.*, p. 466.
32. *Ibid.*, p. 654.
33. Voir par exemple Maria Leone, « La *Nouvelle Héloïse* et ses lecteurs philosophes : quand l'écriture romanesque redéfinit les modalités du dialogue de Rousseau et de ses 'ennemis' », *Rousseau et les philosophes*, dir. Michael O'Dea, Oxford, Voltaire Foundation, 2010, p. 193-203.
34. Samuel Formey, *L'Esprit de Julie, op. cit.*, p. III.
35. Yannick Séité, « La *Nouvelle Héloïse* et le problème des maximes », art. cit., p. 47.
36. *Mémoires pour l'histoire des sciences et beaux-arts*, 1763, p. 1322.
37. Rousseau, *Rousseau juge de Jean-Jacques. Dialogues, Œuvres complètes*, Paris, Gallimard, Bibliothèque de la Pléiade, 1959, t. I, p. 932.
38. Rousseau, *Lettres écrites de la Montagne, Œuvres complètes*, Paris, Gallimard, Bibliothèque de la Pléiade, t. III, 1964, p. 707.
39. *Ibid.*
40. Rousseau, « Mon portrait », *Œuvres complètes*, Paris, Gallimard, Bibliothèque de la Pléiade, 1959, t. I, p. 1122.
41. *Journal encyclopédique*, mai 1763, à propos de *l'Esprit, saillies et singularités du père Castel*, cité par Michel Termolle, « Rousseau, lecteur et critique des compilateurs », dans *Rousseau et la lecture*, dir. T. L'Aminot, Oxford, Voltaire Foundation, 1999, p. 223.
42. Rousseau, *Émile ou de l'éducation, Œuvres complètes*, IV, *op. cit.*, 1969, t. p. 323.
43. Rousseau, *Lettre à Christophe de Beaumont, Œuvres complètes,* IV, *op. cit.*, 1969, t. p. 1003.
44. Lettre du 5 juin 1763 à Pierre Guy (*Correspondance complète de Jean-Jacques Rousseau* 2743).

Résumé

「この思想は確かに私のものであるが、私の思想ではない」
ルソー対アンソロジー製造家

ブラン・ラファエル

　1760年代以降、ルソーの「体系」を箴言にまとめようとする作品が数多く登場する[1]。『ジュリーのエスプリ あるいは『新エロイーズ』の抜粋（エキス）』(1763)、『ルソーのパンセ』(1763)、『ルソーの精神（エスプリ）、箴言、信念』(1764)、『ジャン＝ジャック・ルソーの真の精神（エスプリ）、またはルソーの作品から選り抜いた所見、箴言、信念』(1804) や、『ルセアナ (*Rousseana*)』(1810) といった例が挙げられる。これらのアンソロジーにおいては「ジュネーブ市民」であるルソーの哲学的な著書だけではなく、小説まで断片化される。テーマ別の見出し（「宗教」、「道徳」、「女性」など）のもとに、抜粋が箴言として再編成され、場合によっては注釈や解説も付けられる。廉価で、ほぼ同様のタイトルで出版されるこうしたアンソロジーは、ルソーの思想をより多くの人々に広め、社会集団に「名言」を普及させるのに役立った[2]。これらの本は、もとの作品から「切り離せる」と見なされるひと続きの言葉（形式のうえでも目を引くと判断される、一般化された表現、または格言的な意味をもつ表現）を取り出しているので、ドミニック・マングノーがその主要な形態を解説している「アフォリズム的表現」（または「アフォリザシォン（格言化）」）に属する[3]。ここに付される序文や解説は、読者の読みを方向付けし、しるしを付け、いまや断片化されてしまったルソーの本において、新たな意味の連関や別の解釈の道筋をつくり出す。

02 ルソー対アンソロジー製造家
ブラン・ラファエル

　これらのアンソロジーは確実に勝算のある出版戦略に従っている。たとえば『ジャン＝ジャック・ルソーの真の精神（エスプリ）』(1804) の「前書き」では、「さまざまなルソーの思想のアンソロジーが絶え間なく出版されてきたのは、どんな枠組みで売ろうと、この作家の雄弁な筆から生まれたものが高く評価されてきたからだ[4]」と強調されている。これらの著作は当時流行していた短句趣味に応えるとともに、グリム（外交官、批評家（1723 - 1807））などがその有害な影響を告発している、新しい関心経済（アテンション・エコノミー）に属しているのだ。1766年6月1日の『文藝通信』において、グリムは文芸共和国を堕落させるように見えるその流行を批判し、次のように述べている。「近年、「エスプリ」や「抜粋（エキス）」や辞典や、あらゆる種類のアンソロジーを量産する人間が恐ろしいほど増えてきた。彼らは文芸の木をかじる芋虫であり、最後には木の根っこまで食べてしまうだろう[5]。」ルソーもまた、当時の支配的な文学受容のありかたとして自ら認識していたこの流行を厳しく批判しつつ、自らの著作と、「読者の心がそのひとつひとつの上にとまって休むことができるようなばらばらの思想の集まり」とを区別することを主張したが、後者とは対照的に前者には、「あまり自国民の趣味に合わないような持続的な注意力[6]」が必要とされることを自覚していた。しかしながらルソーの体系を箴言に絞り出すことで、読み方の方針が見えてくることもある。たとえば『ジャン・ジャック・ルソーの思想』(1763) の冒頭の「前書き」において、出版社は「ルソーの本の内容からスキャンダルや世間の反発を招いたものをすべて取り除き」、社会にとって「有用な真実だけに還元[7]」

したと自賛している。そうなると断片化も格言化も実は選別を許す行為であり、強いイデオロギー化を伴う行為であることがわかる。

したがって本論文ではまず、ルソーの作品の箴言化を支配する論理の背後にある考え方を探り、その形態と問題点を検討する。クロード・ラブロース[8]とヤニック・セイテ[9]の研究を受けて、とくに『新エロイーズ』(1761) という小説をどのように箴言に書き換えたかという問題に焦点を当てる。こうした書き換えによって、小説形式ならではの特徴と効果は失われるが、書簡体小説が含む通念や教訓的な内容が目立つようになる。実際のところ、『新エロイーズ』という小説が持っている哲学的な側面は、18世紀フランス文学の専門家のクリストフ・マルタンが明確に区別したように、二段階で現れる。一方の「明確に思弁的な」レベルでは、箴言的、思弁的な表現が「明確に特定」でき、「フィクションの言説の中で切り離されている」ように見える可能性が高い。他方、そうした表現がより把握し難いレベルでは、「フィクションの言説、物語の素材、登場人物の関係の配置そのもの[10]」から思想が浮かび上がってくる。このように、模索や対比を通して分析の中で明らかになるのは、『新エロイーズ』の語りの装置の効果そのもの（フィクションによる「箴言」の相対化と検証、ポリフォニー（多声化）の効果など）である。

次に、ルソー自身がこうしたアンソロジーの出版をどのように批判していたかを見ていくことにする。こうしたアンソロジーの出版の結果として生じる読書様式が有害な影響をもたらすことを、ルソーは嘆いていた。実際、いくつものテクストの中で、「こうして本を切り刻み」、「あちこちからとってきた断片に基づいて（その本を）

ルソー対アンソロジー製造家
ブラン・ラファエル | 02

評価する忌まわしいやり方[11]」に疑問を投げかけている。ルソーは断片的な文体（＝断章形式）を、意図的な、選びとられた書き方の戦略に基づくものなら効果的であると認めていたし、「ラ・ブリュイエールやラ・ロシュフーコーを、独立した箴言をもとに」考察できると考えていた。ただし自分のテクストを細分化されることは、彼の目には「歪曲（顔が醜くなること、défiguration）」と映った。苦悶はさまざまな形を取り、ルソーの哲学的・自伝的な作品を貫く。「顔の特徴はすべてそこにあるからこそ効果があるのであって、ひとつでも欠ければ、その顔は醜く（défiguré）なってしまう[12]」とルソーは書く。1763年に出版されたルソーの『パンセ』集に寄せた手紙では、「これらの思想は確かに私のものであるが、私の思想ではない[13]」という機知に富んだ一行で、奪われたという感情を表現している。ルソーは断片化や不連続性に対抗して全体を読むことの必要性を説き、ひと続きの言説を勧奨する。また、箴言の断定的な形式に対抗して、「決定不能性の原理[14]」にこだわることを強調しているが、この「決定不能性の原理」はその曖昧さゆえに読者の批判的警戒を呼びかけるものとして機能している。そのとき、書くときの理想は特異な読み方の構想ともなる。本論文はその概要をたどろうとするものである。

Résumé

1. Michel Termolle, *Les Pensées de Jean-Jacques Rousseau. Établissement, éditions et émissions au XVIIIe siècle*, Genève, Slatkine, 2017を参照。
2. Jean-Jacques Tatin-Gourier, « La dissémination du texte Rousseau : le *Contrat social* dans les recueils de *Pensées de Jean-Jacques Rousseau* », *Littérature*, n° 69, 1988, p. 19-27 を参照。
3. Dominique Maingueneau, *Les Phrases sans texte*, Paris, Armand Colin, 2012.
4. Sabatier de Castres, *Le Véritable Esprit de J.J. Rousseau*, t. I, Metz, Collignon, 1804, p. 2.
5. Grimm, *Correspondance littéraire*, t. VI, 1er juin 1766, Paris, Longchamps et Buisson, 1813, p. 238.
6. Rousseau, *Rousseau juge de Jean-Jacques. Dialogues, Œuvres complètes*, t. I, Paris, Bibliothèque de la Pléiade, 1959, p. 932.
7. *Les Pensées de J.J. Rousseau, citoyen de Genève*, Amsterdam, 1763, p. IX.
8. Claude Labrosse, *Lire au XVIIIe siècle. La Nouvelle Héloïse et ses lecteurs*, Lyon, P.U. de Lyon, 1985.
9. Yannick Séité, « La *Nouvelle Héloïse* et le problème des maximes », *Rousseau et le roman*, Paris, Classiques Garnier, 2012, p. 33-50.
10. Christophe Martin, *La Philosophie des amants. Essai sur Julie ou la Nouvelle Héloïse*, Paris, Sorbonne Université Presses, 2022, p. 10.
11. Rousseau, *Lettres écrites de la Montagne, Œuvres complètes*, t. III, Paris, Gallimard, Bibliothèque de la Pléiade, p. 760.
12. Rousseau, « Mon portrait », *Œuvres complètes*, Paris, Gallimard, t. I, Bibliothèque de la Pléiade, p. 1122.
13. Lettre du 5 juin 1763 à Pierre Guy (*Correspondance complète de Jean-Jacques Rousseau* 2743).
14. Yannick Séité, « La *Nouvelle Héloïse* et le problème des maximes », art. cit., p. 47.

森鷗外『知恵袋』と Adolph von Knigge

"Über den Umgang mit Menschen" をめぐって

國重 裕

はじめに

　森鷗外 (本名、森林太郎。1862‐1922) が、1898年『時事新報』紙に連載した箴言集が『知恵袋』である。『知恵袋』は、人付き合いのあり方をはじめ、処世術やマナーに関する考察から成っている。つづいて鷗外は『心頭語』と題し、格言集を『二六新報』紙に連載する。これらの箴言集は、生前単行本として刊行されることはなく、1937年に岩波書店から刊行された鷗外全集によって、ふたたび日の目を見た。

　鷗外の箴言集が講談社学術文庫として1980年に発行されるにあたり、編者であり、鷗外の擬古文を現代語訳した小堀桂一郎によって、じつは『知恵袋』が森鷗外の純粋な創作ではなく、1788年にドイツ語で出版されたアドルフ・フォン・クニッゲ（1752‐96）の『人との付き合い方』の抄訳、自由な翻案であることがつきとめられた。小堀は、鷗外の原稿とクニッゲの『人との付き合い方』の排列の対照表を巻末に添えて、『知恵袋』の文庫本を世に送り出した[1]。

　小堀は、この文庫に収められた鷗外の別の箴言集『慧語』につい

ては、オリジナルのショーペンハウアーのアフォリズム（じつはイエズス会士バルタザール・グラシアンの原作をショーペンハウアーがドイツ語に翻案したもの）も翻訳し、鷗外の訳文とショーペンハウアーの原文を読者が比較できるように便宜を図ったが、『知恵袋』およびその続篇『心頭語』はクニッゲの原文の紹介まではせず、「解説」で概要を説明し、対照表を巻末に掲げるにとどめている。クニッゲの『交際法』が大部であるため、文庫本という体裁上、この判断はやむをえなかったといえよう。

　本論の目的は、クニッゲの『人との付き合い方』と鷗外の『知恵袋』の異同を照らし合わせることで、鷗外版『知恵袋』の特徴を浮かび上がらせることにある。『知恵袋』については、水内透「鷗外研究　アードルフ・フォン・クニッゲ－森鷗外の『知恵袋』との関連においてⅠ＆Ⅱ」（『山陰地域研究（伝統文化）』第11号、1995年3月、同第12号、1996年3月）、ローザ・ヴナー（森ゆりこ訳）「『知恵袋』研究－クニッゲ『交際法』の鷗外による受容について」森鷗外記念会編『鷗外』第66号、2000年）が詳しい。本論でも、これらの先行研究を参照しつつ、筆者の独自の知見を付け加えていきたい。

　さて、クニッゲの『人との付き合い方』は、刊行以来ドイツ語圏で版を重ね、19世紀のブルジョワ家庭では「一家に一冊ある」といわれるほど読み継がれたベストセラーにしてロングセラーであった[2]。ドイツの人々はこの本の内容を参照して、処世術、社交術を身につけたのだった。事実、クニッゲの書は、良い友の見つけ方、良い伴侶の見分け方、夫婦喧嘩の仲裁法、お金の使い方など、日常のごく卑近なことがらについて、逐一ていねいすぎるほどに助言と教訓を与

森鷗外『知恵袋』とAdolph von Knigge
國重 裕 | 03

えている。おそらく鷗外は、ドイツに留学した際にこの本に触れたのであろう。

　しかし、先行研究があきらかにしているとおり、クニッゲの『人との付き合い方』はもともといわゆるハウツー本ではなかった。クニッゲの生きた時代は啓蒙の世紀にあたり、『人との付き合い方』もフランス革命勃発の前年に刊行されていることから想像できるとおり、当時の時代の世相を反映したものであった。すなわち、フマニスムスと寛容の精神を備えた人間どうしが交際することで、調和の取れた理想的な社会を生み出そうとする、その指針として書かれたものである。カントの『永遠平和論』が1795年に刊行されたことを考え合わせると、ドイツ語圏における時代の空気が伝わるであろうか。ちなみに、クニッゲの書が刊行された1788年には『実践理性批判』が刊行されている。またクニッゲより3歳年上のゲーテが教養小説の古典『ヴィルヘルム・マイスターの修業時代』を刊行したのは1796年、クニッゲが没した年のことであった。

1. クニッゲの生涯と啓蒙の世紀　――そのコスモポリタニスム

　ここでクニッゲの略歴を紹介しておこう。1752年ハノーファー近郊の出身。裕福な家柄であったが、12歳の時に母が、14歳の時に父が借財を残して他界すると、困窮した生活を送るようになる。20歳でカッセルの宮廷に仕官すると、持ち前の知性と才長けた話術で宮廷の人気者になる。しかし、権謀術数渦巻く宮廷に嫌気がさし、みずから讒謗を受けたことも関係し、カッセルを去る。有能であることよりも、権力者の寵愛を受けることの方が出世の糸口になる生活

に、青年クニッゲは違和感を覚えたのであった。この頃よりフリーメーソンに関心を持ち、入会する。詳細は省くが[3]、ここでもクニッゲは挫折を味わうことになる。経済的に貧しかった彼は、フリーメーソンの位階のなかで金銭的理由から昇級が認められなかったのであった。みずから創設に関与した秘密結社でも、同僚との路線対立が原因で退会を余儀なくされている。こうした宮廷と秘密結社で体験した、人間関係の理想と現実が、『人との付き合い方』に如実に反映していることは想像に難くない。

またフランス革命前夜に執筆活動を開始したクニッゲは、たえずその言動を秘密警察に監視されていた。実際フランス革命後、「啓蒙主義は革命の導火線になるものではないこと」「自著が革命に加担するものではないこと」と公表することをクニッゲは強いられている（好評を得た『人との付き合い方』だが、フランス革命勃発にともない、版を改めるにあたり、検閲を恐れ穏当な内容に書き換えられた）。もともと体の弱かったクニッゲは1796年に43歳の若さで亡くなっている。

さて、いささか長々とクニッゲの半生をたどってきたのには訳がある。啓蒙主義の興隆、ドイツ諸国における旧態依然とした封建体制との確執、緊迫したヨーロッパ情勢、その中であくまで理想の社会を築こうとしたクニッゲの政治的感覚が、鷗外の『知恵袋』からはすっぽり抜け落ちているのである。筆者は、まずこの点を強調しておきたい。

森鷗外『知恵袋』とAdolph von Knigge

國重 裕

2.『人との付き合い方』と『知恵袋』の比較

　ここで、あらためて鷗外の『知恵袋』をひもとくと、おおよそクニッゲの原文に従っているが、江戸時代や中国の故事がエピソードとして追加されていることに気づく。ここから鷗外による改変をいくつかのケースに分類して紹介していくことにしよう。クニッゲの原文からの翻訳は拙訳による。

ケース1
　クニッゲの原文と鷗外の訳がほぼ一致している例。

三十五　嘲弄

　《鷗外》席上にて人を弄するは、世慣れたるものの為ざることの一つなるべし。彼もし我より愚かならば、これを弄せんは徒労ならん。彼もし意外に我より智ならば、我の敢てこれに嘲弄を試みたる恥を奈何せん。彼もし情ある人ならば、我はこれを穴君しめたる粗笨漢たるべし。彼もし睚眥比の怨みを報ずるものならば、我はこれを激したる迂闊者たるべし。嘲弄の戒めを持することの最も慎密なるべきは、衆人に押さるる身となりたる人の上なり。われは一言の毒の能く社交上に人を殺したるを見しこと数々なり。

　《原文》Suche keinen Menschen, auch den Schwächsten nicht, in Gesellschaften lächerlich zu machen! Ist er dumm; so hast Du wenig Ehre von dem Witze, den an ihm verschwendest; Ist er es weniger, als Du glaubst, so kannst Du vielleicht der Gegenstand seines Spottes werden; Ist er gutmüthig und gefühlvoll; so kränkest Du ihn, und ist er tückisch und rachsüchtig, so kann er Dir's vielleicht auf eine Rechnung setzen, die Du früh oder spät auf irgend eine Art bezahlen musst. (…)[4]

《訳》社交界で誰かを、もっとも弱い立場の人であれ、笑い物にしようとするな！ その者が愚かであったとしたら、彼に向けて機知を効かしてもたいした栄誉にならない。あなたが思う以下の人間であったなら、彼の嘲りの対象となりかねない。その者が気立よく豊かな感情を持った者で、同時に策略家で復讐の機会を狙っていたなら、彼を馬鹿にすると、遅かれ早かれどのようなかたちでかあなたはしっぺ返しを受けることになる。

ケース２
　クニッゲにはない漢籍や日本の故事にちなんだエピソードを鷗外が挿入している場合。クニッゲがドイツにおける自身の具体例を本文に編み込んでいる箇所を、東洋の挿話と置き換えている例が目立つ。

一　自ら定むる価　「宗臣が劉一丈に報いる書」
ここでは、波線をほどこした皇帝ヨーゼフとカウニッツ侯爵の例が、『知恵袋』では中国の故事に置き換えられている。

　　《鷗外》或人いはく。人の価は人に定められるべきものにあらず、自

森鷗外『知恵袋』とAdolph von Knigge　03
國重　裕

ら定むべきものなりといへり。これは悪しく用ゐばその弊に堪へざるべき言なるべし。社会を瞞過せんと欲するものは、某の侯爵はわが旧相識なり、某の大臣はわが竹馬の友なり、昨夜は某の豪商と飲みたりなど、無き交を有るらしく吹聴し、さらぬも浅きを深くに見せかくること多し。宗臣が劉一丈に報いる書に此間の消息を漏らして人の頤を解くものあり、文めでたければ妄に改めずして引くべし。（中略。以下、故事が長く紹介される。）彼の無き交を有りと見せ、浅きを深しと見する類の人は、権豪に取り入ること最も早く、強顔に手紙など遣れば、返事を得ることもあり。推して屢々訪へば、縦重く用ゐられずとも、瑣末なる用をば託せらるゞことあり。然るときは此数行の返事隻語の委託は又吹聴の種子となるなり。自ら価を定むといふことは、悪しく用ゐるときは如くなるべし。（後略）

Ich habe einen Menschen gekannt, der auf diese Art von seiner Vertraulichkeit mit dem Kaiser Joseph und dem Fürsten Kaunitz redete, obgleich ich ganz gewiß wusste, daß Diese ihn kaum dem Namen nach, und zwar als einen unruhigen Kopf und Pasquillanten kannten. Indessen hatte er hierdurch, da niemand genauer nachfragte, sich auf eine kurze Zeit in ein solches Ansehen gesetzt, daß Leute, die bey Kaisers Majestät etwas zu suchen hatten, sich an ihn wendeten. Dann schrieb er auf so unverschämte Art an irgend einen Großen in Wien und sprach in diesem Briefe von seinen übrigen vornehmen Freunden daselbst, daß er, zwar nicht Erlangung seines Zwecks, aber doch manche höfliche Antwort erschlich, mit welcher er dann weiter wucherte[5].

《訳》わたしは皇帝ヨーゼフとカウニッツ侯爵の内密の件について語る男を知っていた。もっともこの二人にとって、この男はどうということもない存在、それどころか匿名の誹謗中傷文書を書くような信用ならない人物だとわたしは確信していた。ところが、誰もきちんと確かめもしないものだから、そうこうするうちに、皇帝陛下に何か頼み事のある人の信用を得た。そしてこんな恥知らずのやり方でヴィーンのある重要人物に手紙を書き、その中で彼の他のやんごとなき友人について語り、その結果、自分の目的を達成できなかったとはいえ、多くの慇懃な返事を受け取り、それでもってますます増長した。

二　無過の金箔　徳川家綱「玉露叢」
本文にない将軍家綱にまつわる逸話を追加している。

《鷗外》玉露叢に面白き話あり。将軍家綱公御若年の頃、今夜御座敷にて御能上覧あるべし、夜の見物は別して四方明かなるが好きなり、暮前までに御座敷の内白壁に申付くべしと上意ありけり。急に白壁にせんこといかゞと諸人難義に思ひけるところ、松平伊豆守信綱早速に領掌申して、奉書神を以て四方を張らせけるほどに、忽ち白壁になりければ、諸人豆州の頓智を感じあへり。（後略）

森鷗外『知恵袋』とAdolph von Knigge

國重 裕

03

八十三　復讎　江戸期の故事の追加（出典不明）

ここで鷗外は、クニッゲの翻訳につづけて家康などの挿話を追加している。なお鷗外は、原文で「一千倍」とあるところを、単に「倍」としている[6]。

> 《鷗外》復讎を好むものは、大抵その做すところの返報、その実に受けたる若くは受けたりと以為へる損害に倍蓰す。これに処する道は、常に他をして我を畏敬せしめ、我又慎みてその怨を買はざるにあり。若し一旦これに怨まれば、善く我身を保ちて、他に乗ずべき機会を与へざるより外なし。蓋し怨毒はいと怖ろしきものにして、蘭を乞ひて虫蔑を撥ふと云へるがために忍坂大中姫の賢なるすら国造を貶し、鷹を逸せるとき小俘と罵りがために、徳川家康の慎めるすら主水を殺しゝなり。況や復讎を好むものをや。

Wenn der Jähzornige nur aus Uebereilung Unrecht thut und über den kleinsten Anschein von Beleidigung in Hitze geräth, nachher aber auch ebenso schnell wieder das erwiesene Unrecht bereuet und das erlittene verzeyht, so verschliesst hingegen der Rachgierige seinen Groll im Herzen, bis er Gelegenheit findet, ihm vollen Lauf zu lassen. Er vergißt nicht, vergiebt nicht, auch dann nicht, wenn man ihm Versöhnung anbiethet, wenn man alles nur keine niederträchtigen Mittel anwendet, seine Gunst wieder zu erlangen. Er erwidert sowohl das ihm zugefügte wahre als vermeintliche Uebel, und dies nicht nach Verhältniß der Größe und Wichtigkeit desselben, sondern tausendfältig; (…) und ich kann da nicht rathen, als daß man soviel wie möglich vermeide, ihn zu beleidigen, und zugleich sich in eine Art von ehrerbiethiger Furcht bey ihm setze, die überhaupt das einzige würksame Mittel ist, schlechte Subjekte im Zaume zu halten[7].

《訳》癇癪持ちが性急さから不当なことをなし、ごく些細なことに激昂し、その後それと同じくらいすぐに不当であることが明らかになったことを悔い、侮辱を謝罪したなら、復讐にはやる者も、それが奔流のようにあらわれるまで怒りを心の内に秘めておく。彼は和解を求められたとしても、愛顧をもう一度勝ち得るためにスマートなやり方を用いたとしても、忘れるわけではなく、許すわけでもない。そういう者は、誤解から加えられた害悪より、正当に加えられた非難に対して、その大きさや重要性と同じではなく、一千倍にして仕返しをするものだ。(中略) それゆえ、そういう者を侮辱することはできるだけ避け、恭しく畏敬の念をもって接することが、癇の種の持ち主を御する効果的な方法だとわたしは忠告したい。

同様のケースとしては、その他「百二十八　妻の貧富貴賤」では、「国語」からの引用を追加、「百五十五　同志」では「後漢書[8]」からの引用を追加、「二百十　旅」では「相馬日記」、「吉田氏の地名字書」からの引用を追加、「二百十一　貴人」では　右大臣源実朝「東鑑」からの引用を追加が認められる。

ケース3

　いかにもクニッゲの原文にありそうな西洋の故事だが、じつは鷗外の翻案にしかないもの。その狙いは不明である。

三十　問
原文で「教理問答」とされているところを、鷗外はわざわざ「宗教裁判（Inquisition）」と変えている。

> 《鷗外》人に物問ふは悪しき事にあらず、されど世には口より出づること悉く問となる人あり。かかる人の敵手となりて談ずるは、<u>古の西班牙の宗教裁判 (Inquisition)</u> に逢ふに殊ならず、迷惑といふべし。

> Belästige nicht die Leute, mit welchen Du umgehst, mit unnützen Fragen! Man findet Menschen, die, nicht eben aus Vorwitz und Neugier, sondern weil sie nun einmal gewöhnt sind, <u>ihre Gespräche in Catechisations-Form</u> zu verfassen, uns durch Fragen so beschwerlich werden, daß es gar nicht möglich ist, auf unsre Weise mit ihnen in Unterhaltung zu kommen[9].

《訳》あなたと交友のある人に、埒もない質問でしつこくつきまとってはいけない。会話を、知識欲や好奇心からではなく、教理問答の形式の会話を交わすことに一度慣れてしまった人びとは、わたしたちにとって質問することによって厄介に思われる。その結果、わたしたちのふだんのやり方で彼らと談笑することは全く不可能になる。

四十七　衣服

《鷗外》衣服は相応なるべし、地位にも資産にも時勢にも相応なるが好し。僭上なると褻したると、奢れると吝きと、時代後れなると流行を競へると、いづれも不相応の範囲内にあり。不相応なる衣服は衆人に怪訝せられ、怪訝せらるゝときは己の気色も損じ、己れの気色を損ずるときは一座の興を破る。（中略）吾が識るところに痘痕満面の大漢子ありき。彼の醜さ余りて美しく見えきといふ革命時代のミラボオ (Mirabeaux) にも似たらんやうなるが、（後述）

Und nun noch etwas über die Kleidung! Kleide Dich nicht unter und nicht über Deinen Stand; nicht über und nicht unter Dein Vermögen; nicht phantastisch; nicht bunt; nicht ohne Noth prächtig, glänzend noch kostbar; aber reinlich, geschmackvoll, und wo Du Aufwand machen musst, da sey Dein Aufwand zugleich ächt und schön! Zeichne Dich weder durch altväterische, noch jede neumodische Thorheit nachahmende Kleidung aus! Wende einige größere Aufmerksamkeit auf Deinen Anzug, wenn Du in der großen Welt erscheinen willst! Man ist in Gesellschaft verstimmt, sobald man sich bewusst ist, in einer unangenehmen Ausstaffierung aufzutreten[10].

《訳》もう少し服装について。自分の身の丈以下でも以上の服装をしてはならない。自分の収入以下でも以上の服装をしてはならない。

奇想天外な服装やカラフルな服装もいけない。意味なく華美に、立派に、高価そうに着飾るのもよくない。けれども清潔で、趣味がよくすべきだ。そして、ここぞとあなたが出費しなければならないときは、その出費は適切であるべきである。古くさかったり新流行の愚かさを真似たような服は避けなさい。より高い世界へと歩み出ようとするなら自分の服装には充分気をつけなさい。不愉快な扮装だと思われてしまったら、その途端社交界では烙印を押されてしまう。

四十八　莚会

《鷗外》莚会に往くことしきりなるが好きか、稀なるが好きか。頻に往けば、有触れたる値打なき顔となるべく、稀に往けば人怯じする偏人のやうにおもはるべし。太だ頻なるがために厭かれんよりは、稍稍稀なるがために待たれん方宜しかるべきは論なし。又いづれの莚会にも見ゆる顔とならんよりは、いづれの莚会にも見えぬ顔とならんこと猶勝りたらん。或人のいはく、大いなる人物は莚会に往かでも人に棄てられざること、ビスマルク（Bismarck）の上を見て知るべしと。理ある言なり。大抵汝の本能は、汝の待たるゝゞ莚会と待たれぬ莚会とを弁別するに足らん。

《原文》Wenn die Frage entsteht: ob es gut sey, viel oder wenig in Gesellschaft zu erscheinen; so muß die Beantwortung derselben freylich nach den einzelnen Lagen, Bedürfnissen und nach unzähligen kleinen Umständen und Rücksichten bey jedem Menschen anders ausfallen; Im ganzen aber kann man den Satz zur

Richtschnur annehmen: daß man sich nicht aufdringen, die Leute nicht überlaufen solle und daß es besser sey, wenn man es einmal nicht allen Menschen recht machen kann, daß gefragt werde, warum wir so selten, als geklagt, daß wir zu oft und allerorten erscheinen[11].

《訳》社交界に頻繁に、あるいは少しだけ顔を出すことがいいことなのか否かという問いを立てるとすると、もちろん個々の状況、必要性、その他数えきれないほどのこまごまとした配慮しなくてはいけない事情によって、それぞれの人によって違う答えになるとしか言いようがない。しかし総論としては、人を出し抜いて出しゃばるべきでないときには無理やり押し寄せない、所詮すべての人に気に入られるわけではない時には、なぜわたしたちが呼ばれるより稀にしか行かないかを、逆にあまりに頻繁に至る所に現れるのかを自問すべきだ、という命題を私信として受け入れることができよう。

八十七　吝嗇
日本や中国の故事を引く鷗外とは異なり、クニッゲは、『人との付き合い方』において、下に見るとおり、もっぱら自身の体験談、自分にまつわるエピソードを紹介して自説を補強する証左としている。この項目のみクニッゲの名前（固有名）が『知恵袋』に登場するのは、ほかならぬクニッゲ自身の体験談を「例」として鷗外が紹介しているからにほかならないだろう。

　《鷗外》最後に一の注意すべきことあり、画家に顔料を求める彫工に

森鷗外『知恵袋』とAdolph von Knigge

國重 裕

03

礬土を求め学者に書を借らんことを請ひて見よ。彼等はその物の価に拘らずして、意外なる吝嗇の色を見するならん。クニッゲ（Knigge）のいはく、我に阿蘭製の書翰紙一折を乞はんよりは、其価に数十倍せる金銭を乞へと。是も亦交際家の知らで協はぬ事ぞ。

Endlich noch andere sind in allen Stücken freygebig und achten das Geld nicht; in einem einzigen Puncte aber, worauf sie gerade Werth setzen, lächerlich geizig. Meine Freunde haben mir oft im Scherze vorgeworfen, daß ich auf diese Art karg in Schreib-Materialien sey, und ich gestehe diese Schwachheit. So wenig reich ich bin, so kostet es mich doch geringre Ueberwindung, mich von einem halben Gulden, als von einem holländischen Brief-Bogen zu scheiden, obgleich man für zwölf Groschen vielleicht ein Buch des feinsten Papiers kaufen kann[12].

《訳》結局のところ、多くの点ほかの人びと金払いに対して気前がよく、金について気にしない。みんなが価値を認めるまさにその点に、わたしは滑稽なほど吝嗇なのだ。わたしの友人は、わたしが書き物の素材についてケチであることを、冗談めかして批判したし、わたしはそれを認める。わたしはそんなに豊かではなく、もしかしてすばらしい紙でできた一冊の本を12グロシェンで手に入れられるとしても、わたしにとってはオランダ産の手紙の用紙を諦める方が、半グルデンを諦める方がより小さな心の克服なのだ。

百三十九　無愛の婚
　《鷗外》独逸某の市に富家の女あり。己を娶らんと欲するものの、皆己を愛するが為ならず、己の金を愛するが為なるを見て、自ら人に嫁せざらんことを誓ふ。

「ドイツのある町」を引き合いに出す原典はない。強いていえば以下の箇所。
　《原文》Heyratet aber ein Mann eine reiche Frau; so setze er sich wenigstens in den Fall, dadurch nie ihr Sclave zu werden! Aus Verabsäumung dieser Vorsicht sind so wenig Ehen von der Art glücklich. Hätte meine Frau mir großes Vermögen zugebracht; so würde ich mich doppelt bestreben, ihr zu beweisen, daß ich geringe Bedürfnisse hätte; (…)[13]

《訳》一人の男がある裕福な女と結婚したとしよう。だからといって、彼が妻の奴隷になることはけっしてないと決めねばならぬ。この用心を怠るから、この手の結婚は幸せになることが滅多にない。わたしの妻がわたしに莫大な財をもたらしたとしよう。そうするとわたしは、そのような財をわずかなりとも必要としないことを以前の倍にして示そうと努めるだろう。

百九十九　敵の残酷
原文を先に挙げる。

森鷗外『知恵袋』とAdolph von Knigge
國重 裕
03

Werde nie hitzig oder grob gegen Deine Feinde, weder in Gesprächen noch Schriften! und wenn böser Willen und Leidenschaft, wie es mehrentheils geschieht, bey ihnen im Spiel ist, so lasse Dich auf keine Art von Explikation ein! Schlechte Leute werden am besten durch Verachtung bestraft und Klatschereyen am leichtesten widerlegt, wenn man sich gar nicht darum bekümmert. / Wenn man daher unschuldig verleumdet, angeklagt, verkannt wird; so zeige man Stolz und Würde in seinem Betragen! und die Zeit wird alles aufklären[14].

《訳》あなたの敵に対して、会話においても書面においてもカッカとしたりぶっきら棒に対してはいけない。そして悪意や怒りの激情が往々にしてあなたの中で蠢動する時にも、正当化をしてはならない。悪人は軽蔑によって罰せられるのがいちばんよいのであって、たとえ気に留めていなくとも、賞賛の拍手によって容易に論駁される。／そのことによって、悪意なく悪口を言われたり、告発されたり、誤解された時には、誇りと威厳を相手の振る舞いに見せなさい。そうしたなら、時間が必ずやすべてを解決することだろう。

　この後に、鷗外のほうにはショーペンハウアーの例が挿入される。当然のことながら、ショーペンハウアー (1788-1860) は、クニッゲより後年の哲学者であり、クニッゲが彼を知る由もない。

　《鷗外》敵がいかに汝に罵詈雑言を浴せ侮辱を与えようとするも、こ

れに答えるに、同じ罵詈雑言や凌辱を以てしてはならない。相手が攻撃にのぼせ上がっていようと汝は冷静にかまえていよ。敵が乱暴に出れば何時は益々落ち着ていよ。（中略）<u>ショオペンハウエル</u>は此待遇を忍ぶこと能はずして、彼の罵詈の語を以て充たされたる文を草し、「哲学教授等」を難じたりしなり。されど彼文はショオンペンハウエル集中の大汚点なること論なし。

ケース4
　ヨーロッパと日本を比較するために、鷗外が追加したもの。「百三十七　恋愛」が顕著な例であるが、当然のことながらクニッゲの原典にはまったく存在しない。

四十五　儀容
　《鷗外》<u>尤も用心すべきは笑ふ容なり。上流の西洋人の笑顔と日本人の笑顔とを較べ視よ</u>、形相を崩さずして笑ふことの決して出来難き事にあらざるを知るに足らん。或は思ふに西洋の学生は舞を習ふとき、先づいかに坐し、いかに立ち、いかに行き、いかに揖するかを教へらる。陸軍幼年学校猶舞の師あり。日本にては諸礼は女子の専有となりぬ。是等も儀容の整はざる一因ならんか。

　《原文》Dabey soll man sein Aeusseres studieren, sein Gesicht in seiner Gewalt haben, nicht grimarcieren, und wenn wir wissen, daß <u>gewisse Minen, zum Beyspiel beym Lachen</u>, unsrer Bildung ein Widerwärtiges Ansehen geben, diese zu vermeiden suchen.

森鷗外『知恵袋』とAdolph von Knigge　　03
國重 裕

Der Anstand und die Gebehrdensprache sollen edel seyn; Man soll nicht bey unbedeutenden, affectlosen Unterredungen, wie Personen aus nidrigsten Volksclasse, mit Kopf, Armen und andern Gliedern herum fahren und um sich schlagen; man soll den Leuten gerade, aber bescheiden und sanft in's Gesicht sehn, sie nicht bey Ermeln, Knöpfen und dergleichen zupfen[15].

《訳》その際、自分の外見を研究し、顔つきを自分で制御し、ニヤニヤ笑ったりすべきではない。たとえば笑うときなど、ある顔の表情がわたしたちの教養に不快な見栄えを与えることを自覚したなら、これを避けるべきである。礼儀作法と身振りや話し方は高貴であるべきである。些細で魅力もない話し合いにおいて低い身分の者たちがするような、顔、腕、その他の四肢を振り回すような仕草をしてはならない。話すときは、まっすぐ、けれども慎み深く穏やかな表情で相手の顔を見ること。袖やボタンなどをいじってはならない。

百三十七　恋愛
　《鷗外》恋愛の事豈説き易からんや。その説き易からざるは、我国と西洋と全くその俗を殊にしたればなり。我俗は相識らずして相婚す。(…)西洋の俗は相識りて択み、相択みと挑み、諾すれば婚成り、諾せざれば婚破る[16]。

百八十二　千金隣を買ふ
　《鷗外》千金屋を買ひ、千金隣を買ふとは、古の東洋の俗の厚かりし

なり。同屋殊房にして、互に名を相知らざるをもて、上流の風尚となすものは、今の西洋大都皆然り。

《原文》Es ist sehr süß, sowohl in der Stadt als auf dem Lande, wenn man mit lieben, wackern Nachbarn eines zwanglosen, freundschaftlichen und vertraulichen Umgangs pflegen darf[17].

《訳》都会でも田舎でも、下心もなく友好的で信頼できる付き合いができるような好ましく誠実な隣人と暮らすことはたいそうすばらしい。

おわりに

『知恵袋』からは、洋の東西を問わず、鷗外が史実に対してじつに幅広い教養をもっていたことがうかがい知れる。のちに「興津弥五右衛門の遺書」「阿部一族」「佐橋甚五郎」「護持院原の敵討」などの歴史小説、『澀江抽斎』などの伝記を執筆する作家・鷗外を面目躍如というべきだろう。しかし、豊富なエピソードを引用したり、日本人向きに書き改めることによって、一方でクニッゲの原著がもっていた啓蒙主義の精神が薄められていることも間違いない。あくまで西洋のモラルや社交術を日本人読者にわかりやすく伝えることを鷗外は目的にしていたのであろう。生まれた身分の違う者も平等の立場で参加するフリーメイソンなどの秘密結社のあり方に社会の理想を見出し、フマニストの交友による社会変革を志したクニッゲの思いを鷗外は知ってか知らずか閑却している。

森鷗外『知恵袋』とAdolph von Knigge
國重 裕 | 03

　とはいえクニッゲの本が理想的な友情について語ったすぐれた啓蒙書といえるかについては疑問が残る[18]。クニッゲの『人との付き合い方』のポケットブックに添えられたドイツのジャーナリスト、ウルリヒ・ヴィケルトの前書きが指摘するように、クニッゲの本には、カントに見られるがごとき普遍的な倫理が記されているわけではない。むしろその場の状況に応じて実利的 pragmatisch にふるまうことが要請されている。高尚な「真理」を振りかざすのではなく、臨機応変に行動する術を重視したクニッゲ。鷗外の『知恵袋』では、鷗外がこの本を手にした時（原書執筆から百年近く経った19世紀末）にドイツで扱われていたような読み物としての教則本の面持ちが前景化している。鷗外が縦横無尽に引用する故事が、その傾向を助長している。

　そもそもなにゆえ鷗外がクニッゲの大部な箴言集の翻訳を思い立ったのかについては、先行研究においても突き止められておらず、新資料が発見されない限り究明はむずかしいと思われる。鷗外が軍医として軍医総監まで出世したことは周知の事実であるが、つねに順風満帆だったわけではない。この『知恵袋』、『心頭語』は、鷗外が不遇の時期に書かれたものである。その恨みと、本書が関係しているのかについても、先行研究でも指摘はされているものの、推測の域を出ず、あくまで確かなことは言えない。

　もし鷗外がみずからの境遇を嘆じて、自分を貶めた上層部の無知蒙昧を風刺する意図があったのなら、ベルリンに着任した時の行使を愚弄してみせた「大発見」のごとき短篇が小倉時代に書かれてしかるべきである。しかしこの時期の作品「鶏」「独身」からはそのよ

うな傾向は看て取れない。「金貨」は寓意的な物語であるが、軍上層部を皮肉った話ではない。『知恵袋』、『心頭語』にみられる教訓話がこの時期の鷗外によって書かれたわけではないのである。強いていえば、夫婦の間の機微を説いた「睡魔」から『知恵袋』に通じる世間知を読み取れなくはない（しかし「睡魔」のテーマはあきらかに別のところにある）。臆見をたくましくして私見を述べれば、妻しげと母の不和をなんとか収めようと、雑誌に「半日」をあえて発表してみせる鷗外に、クニッゲ流の社交術を見いだせなくはない。しかし、先に挙げた「阿部一族」などの歴史小説にあらわれる武士の倫理、生き様は、やはりいかんともしがたく西洋由来の『知恵袋』とは遠いところにあるのである。『知恵袋』が翻案された詳細は、なお解明を待っている。

森鷗外『知恵袋』とAdolph von Knigge

國重 裕

03

本稿は、2023年5月13日に明治学院大学で開催された国際シンポジウム「アフォリズムと通念－日仏独文学をめぐって Aphorisme et *doxa* dans les littératures de langues japonaise, française et allemande」の口頭発表の原稿に大幅に加筆して『龍谷紀要』第45巻第1号（龍谷大学、2023年10月）に発表した原稿を、さらに加筆・修正した上で、結論部を書き改めたものである。なお、参考文献の収集にあたっては、澤西祐典氏（龍谷大学国際学部）の助言を得た。記して感謝します。

1. 小堀桂一郎訳・解説『森鷗外の『知恵袋』』講談社学術文庫、1980年。
2. Adolph Freiherr Knigge, Werke in 4 Bänden, Band 2, "*Ueber den Umgang mit Menschen*", Hrsg. Von Michael Rüppel, Wallstein Verlag, Göttingen, 2010.
3. 水内透、ローザ・ヴナーの研究にくわしい。水内透「鷗外研究 アードルフ・フォン・クニッゲ－森鷗外の『知恵袋』との関連において I & II」（『山陰地域研究（伝統文化）』第11号、1995年3月、同第12号、1996年3月）、ローザ・ヴナー（森ゆりこ訳）「『知恵袋』研究－クニッゲ『交際法』の鷗外による受容について」森鷗外記念会編『鷗外』第66号、2000年）。
4. Knigge, "*Ueber den Umgang mit Menschen*", p. 47.
5. Knigge, "*Ueber den Umgang mit Menschen*", p. 33-35.
6. Knigge, "*Ueber den Umgang mit Menschen*", p. 99.
7. Knigge, "*Ueber den Umgang mit Menschen*", p. 99.
8. 鷗外の『知恵袋』には出典は示されていないが、小堀が『後漢書』からの逸話である旨、文庫本で記している。
9. Knigge, "*Ueber den Umgang mit Menschen*", p. 58.
10. Knigge, "*Ueber den Umgang mit Menschen*", p. 70.
11. Knigge, "*Ueber den Umgang mit Menschen*", p. 70-71.
12. Knigge, "*Ueber den Umgang mit Menschen*", p. 104.
13. Knigge, "*Ueber den Umgang mit Menschen*", p. 179.
14. Knigge, "*Ueber den Umgang mit Menschen*", p. 261.
15. Knigge, "*Ueber den Umgang mit Menschen*", p. 64.
16. 鷗外の記述から予想されるとおり、該当する文面はない。
17. Knigge, "*Ueber den Umgang mit Menschen*", p. 244.
18. Wickert, Ulrich, "Über den Umgang mit Knigge", in Adolph Freiherr von Knigge, *Über den Umgang mit Menschen*, Piper Verlag, München, 2004, p. 8.

Résumé

À propos de *Chiebukuro* de Mori Ōgai et de *Über den Umgang mit Menschen* (Du commerce avec les hommes) d'Adolph von Knigge

KUNISHIGE Yutaka

Mori Ōgai (de son vrai nom Mori Rintarō, 1862-1922) naît à la fin de l'époque d'Edo, dans une famille de médecins du domaine de Tsuwano. Brillant, il part étudier en Allemagne comme médecin militaire après l'obtention de son diplôme. En parallèle, il publie des pièces de théâtre et des romans signés de son nom de plume – Ōgai –, participe à la publication de revues littéraires telles que *Shigarami zōshi*, travaille comme critique, ou encore traduit des œuvres littéraires occidentales et les fait publier au Japon. C'est en 1898 que Mori Ōgai publie dans le journal *Jiji shinpō* une série d'aphorismes, *Chiebukuro*, ensemble de règles de savoir-vivre et de considérations sur les bonnes manières et sur l'art de se tirer d'affaire dans la vie. Ōgai publie ensuite un recueil sérialisé d'aphorismes sous le titre *Shintōgo* dans le journal *Niroku shinpō*. Ces recueils, uniquement sortis en revue de son vivant, furent inclus aux *Œuvres complètes* de Mori Ōgai publiées par Iwanami Shoten en 1937.

C'est en 1980, à l'occasion de la réédition de *Chiebukuro* dans la collection Kōdansha Gakujutsu Bunko, que l'éditeur Kobori Keiichirō a découvert qu'il ne s'agissait pas d'une création mais d'une traduction abrégée de l'ouvrage *Du commerce avec les hommes* (*Über den Umgang mit Menschen*) d'Adolph von Knigge, publié en allemand en 1788. Dans cette nouvelle édition, Kobori a présenté au public un tableau comparatif

À propos de *Chiebukuro* de Mori Ōgai et de *Über den Umgang mit Menschen* (Du commerce avec les hommes) d'Adolph von Knigge

03

KUNISHIGE Yutaka

mettant en regard le manuscrit d'Ōgai et le traité de Knigge. Il n'a cependant pas inclus le texte original de Knigge à *Chiebukuro* ni à sa suite *Shintōgo* (comme cela est d'ailleurs brièvement expliqué dans la postface), une décision inévitable en raison de la longueur du *Commerce avec les hommes* de Knigge et du format de cette collection de poche.

Du commerce avec les hommes de Knigge fut un best-seller pendant de longues années, réimprimé à de nombreuses reprises dans les pays germanophones et si largement lu dans les ménages bourgeois du XIXe siècle que l'on parlait d'« un exemplaire par foyer ». C'est grâce à ce livre que les Allemands auraient appris l'art de la convivialité et les principes fondamentaux des relations humaines. L'ouvrage de Knigge aborde en effet des sujets de la vie de tous les jours, donnant des conseils pour nouer des amitiés heureuses, reconnaître une future bonne épouse, arbitrer les querelles conjugales ou faire bon usage de son argent. Il est probable qu'Ōgai a découvert l'ouvrage lors de son séjour d'études en Allemagne.

Un nouvel examen de *Chiebukuro* révèle qu'il suit peu ou prou le texte original, mais que des exemples de Knigge ont été remplacés par des événements de l'époque d'Edo et des légendes de la Chine ancienne. Ces modifications pourraient s'expliquer par une forme de prévenance d'Ōgai vis-à-vis de ses lecteurs peu familiers des exemples ancrés dans l'Allemagne du XVIIIe siècle. En certains endroits, les réécritures d'Ogai complètent le texte original, tandis que dans d'autres, les récits donnés en exemple ont fait l'objet d'une substitution radicale. En outre, des passages proposent au lecteur des commentaires expliquant les différences entre les us et coutumes en Allemagne et au Japon, indiquant par exemple qu' « il en est ainsi en Allemagne ».

Dans cet article, j'apporte un éclairage sur les procédés auxquels Ōgai a recouru dans sa réécriture de *Du commerce avec les hommes*, en comparant ses choix à ceux de Knigge. À partir de ce travail où j'analyse la façon dont Ōgai s'approprie le texte de Knigge, je souhaite mettre en évidence une vision du monde qui lui est propre et diffère de celle de l'auteur allemand.

Chiebukuro témoigne des vastes connaissances historiques d'Ōgai. L'exposé qu'il fait d'événements historiques a tout d'un exploit, préfigurant sa carrière à venir en tant qu'auteur de romans historiques, tels que *Le Clan Abe* ou la biographie de *Shibue Chūsai*. Il est hélas impossible de trancher quant aux raisons qui ont poussé Ōgai à traduire ce grand ouvrage d'aphorismes de Knigge (qui peut certes nous paraître un peu daté). Comme évoqué précédemment, Ōgai a eu une grande carrière en tant que médecin militaire, qui n'a cependant pas été sans aléas ; ce recueil a d'ailleurs été écrit lors d'une période malheureuse de sa vie. Étant donné l'absence d'indices et de recherches antérieures, il est difficile de dire avec certitude que ce livre est lié à ses états d'âme, aussi des recherches plus approfondies sont nécessaires.

Partie 02
Des aphorismes dans la presse

雑誌におけるアフォリズム

« En chair et en os, – en os surtout[1] »

Aphorismes misogynes à l'endroit de Sarah Bernhardt dans la presse française de la fin du XIXe siècle

Caroline CRÉPIAT

日本語要旨は p. 109

L'écriture fragmentaire est inhérente au support que sont les périodiques. En effet, un journal est constitué d'une « mosaïque[2] » textuelle propre à la civilisation médiatique : il est divisé en rubriques. Dans la petite presse, dès les années 1830, et plus encore à la fin du XIXe siècle, s'épanouissent de nouvelles rubriques, dont la spécificité est d'être plus brèves encore que ne le sont les rubriques communément attendues, et d'afficher un contenu qui n'est ni informatif, ni artistique, ni fictionnel. Ces bribes de textes n'ont pour d'autres fonctions que, d'une part, de pallier le manque de moyens – techniques, financiers, institutionnels etc. – qui permettraient à ces petits journaux, à l'instar des grands journaux quotidiens, de mener, par exemple, des reportages et investigations d'envergure sur l'actualité, et d'autre part de divertir. Ces « microformes médiatiques[3] », dont l'énoncé se doit d'être amusant voire spirituel, tenant de la satire, apparaissent le plus souvent structurellement hétérogènes, puisque divers énoncés brefs peuvent s'entremêler : charades, rébus, nouvelles à la main, fables express, et celle qui va nous intéresser plus précisément ici, l'aphorisme. L'appareil péritextuel au sein duquel apparaît l'aphorisme renvoie d'ailleurs à un discours polyphonique. Les titres sont en effet programmatiques : « Zigzags », « Échos », « Variétés », et même « Affaiblismes[4] », dans le cas de la petite presse, syntagme jouant sur la production d'aphorismes par des *minores*. Enfin, l'aphorisme en régime médiatique est constamment situé : il est circonstanciel et orienté, éclairé par l'actualité brûlante ; il est

Aphorismes misogynes à l'endroit de Sarah Bernhardt dans la presse française de la fin du XIXᵉ siècle

Caroline CRÉPIAT

04

également empreint de l'idéologie relayée par le journal lui-même et par le collectif qui l'anime. En ce sens, l'aphorisme fonctionne à la manière des épigrammes « visant, avec plus ou moins de virulence différents individus, groupes sociaux et institutions[5] ».

Ces aphorismes et autres formes brèves visent les travers de la société contemporaine, laquelle est tournée en dérision dans tous les aspects qui la structure et l'anime : la politique, les mœurs, certains types ou stéréotypes. Les personnalités contemporaines sont également épinglées, puisque s'initie à cette même époque, et précisément du fait de ce que l'on a pu nommer « civilisation du journal[6] », une starification des personnes publiques. C'est ce qui va nous intéresser ici. Nous nous proposons de nous pencher sur les aphorismes parus dans la presse de la fin du XIXᵉ siècle, afin d'en saisir les discours misogynes sur les grandes figures féminines. Ces aphorismes ne visent pas que les figures féminines ; les personnalités masculines sont également visées. C'est le cas de Georges Ohnet, notamment, auteur de best-sellers, qui est l'une des cibles favorites du journal *Le Chat Noir*. Citer l'un des aphorismes à son endroit permettra de mesurer la différence de traitement dont l'homme célèbre peut faire l'objet vis-à-vis de ses comparses féminines : « Quand Ohnet mord, c'est pour longtemps[7]. » Sous la plume de Willy, Ohnet se voit comparé à une sangsue de la littérature à succès, vampirisant les étalages et la possibilité de se faire un nom ; cela reste assez inoffensif, quasi indolore. Malgré les attaques faites aux deux sexes, à bien y regarder, les victimes privilégiées, généralisées, de traits d'esprit sont les femmes. Celles qui, de plus, ont le mauvais goût d'être artistes – les fameux bas-bleus décriés et caractérisés par Barbey d'Aurevilly, lequel a cristallisé la pensée misogyne ambiante (1878) – et qui, pis encore, en retirent du succès, de la reconnaissance et font fortune, ne pouvaient qu'attirer l'attention de l'aphoriste, *a priori*. Tel était mon postulat de départ : il y aurait forcément plusieurs figures féminines qui seraient amplement visées, sentenciées, dépeintes, moralisées, par ce type de microforme. Plutôt que du côté des bas bleus, j'ai cherché du côté de ce qu'on peut appeler des icônes. Je songeais par exemple à Cléo de Mérode qui avait été moquée à la suite de la conception de la sculpture réalisée par Alexandre Falguière la représentant nue (*La Danseuse*, 1896), par exemple par le biais du calembour suivant, venant clore un sonnet portant sur cette œuvre, en lui donnant ironiquement la parole : « J'n'aime pas plus les bas *qu'les hauts de mes robes*[8] ! » Au vrai, il est ressorti du dépouillement systématique de la presse fin de siècle qu'une seule grande icône a pu faire l'objet d'attaques sous la forme d'aphorismes : Sarah Bernhardt. Puisque le centenaire de sa mort a récemment été fêté (1923), et que le Petit Palais a organisé à cette occasion une exposition qui lui était dédiée[9], la coïncidence s'est avérée heureuse ; l'occasion semblait donc toute trouvée pour centrer mes analyses et réflexions sur elle.

Je tiens à préciser d'ores et déjà qu'il s'agira ici de pistes de réflexion que je lance du fait d'une matière assez considérable : je me suis bornée à observer – ce qui constitue déjà un vaste corpus – les journaux numérisés mis en ligne sur le site *RetroNews*, la plateforme dédiée à la presse de la Bibliothèque nationale de France. Par ailleurs, je ne proposerai pas d'étude stylistique ou linguistique de ces aphorismes ; je m'intéresserai plutôt à la dynamique de production de ces aphorismes, c'est-à-dire à leur contexte d'émergence et d'institutionnalisation, puisque la périodicité du support journal, la circulation et la répétition de certains, supposent une routinisation de l'un ou l'autre trait d'esprit, en déploie l'usage d'autres, conduisant notamment à leur mémorisation.

Après avoir présenté ces aphorismes, j'étudierai les évolutions de quelques syntagmes, la répartition chronologiques des occurrences, en somme ce qui permet de quantifier cette dynamique. Il s'agira enfin d'observer l'aboutissement de pareil usage sous la forme d'ana, intitulés « Sarah-Bernhardtiana ».

1. Quels sont ces aphorismes ?

Lorsqu'Émile Zola prend publiquement la défense de Sarah Bernhardt, dans un article paru en Une du *Voltaire, journal politique et littéraire*, du 8 juillet 1879[10], rappelant quelques-unes des calomnies et critiques que la célèbre comédienne a subies, en particulier par voie de presse, sous la plume, entre autres, d'Albert Wolff, un critique d'art influent du *Figaro*, mais aussi par le biais d'un grand nombre de caricatures, il ne manque pas de souligner que de telles attaques et rumeurs – portant en particulier sur la maigreur de la comédienne, sa vie privée jugée scandaleuse, sa vanité – durent depuis « dix ans » déjà[11]. Plus intéressant pour ce qui nous concerne, il épingle un syntagme éminemment représentatif des aphorismes que l'on va observer ci-après : « elle se montre au public en chair et en os, – en os surtout, dirait un reporter[12] ».

Parmi les aphorismes à l'endroit de Sarah Bernhardt parus dans la presse fin de siècle, en particulier dans la presse satirique, on peut distinguer plusieurs types. Des aphorismes construits sur une forme similaire, tel l'aphorisme à valeur définitoire : « Sarah Bernhardt, c'est…[13] », « Sarah Bernhardt :… », ou « une femme qui…, c'est Sarah Bernhardt ». Les champs lexicaux, également, permettent de classer les occurrences, afin d'en faire ressortir la dimension répétitive. L'aphorisme est en effet une sentence facile à assimiler, formulée dans le but d'être mémorisée. Le répertoire misogyne est par ailleurs largement repris et décliné. Ainsi, l'apparence physique de Sarah Bernhardt, connue pour sa maigreur, est la cible privilégiée des attaques, comme a pu le souligner Zola. La réduction de son corps à un squelette fait florès dans les caricatures[14]. Cette thématique est reprise et prolongée dans les aphorismes, par le biais de calembours autour du syntagme os, qui sont au vrai les plus fréquemment adoptés et auxquels se superposent les saillies sur d'autres aspects touchant plus largement au train de vie de la comédienne et à son caractère, dont voici quelques exemples :

Os-tentation : **Sarah Bernhardt**[15].

Cheval de S. Bernhardt. — Porteur *d'os*[16].

Faire la planche à Bougival entre Sarah Bernhardt et la charmante petite Magnier,

c'est nager entre deux os[17].

> Quelqu'un, de trop bonne heure en somme
> Ayant voulu tirer Sarah Bernhardt d'un somme,
> Reçut un soufflet qui claqua très fort.
> Moralité
> Défiez-vous de l'os qui dort[18].

Bien plus, sa personne est miniaturisée — les auteurs prenant le contre-pied du syntagme communément utilisé pour la nommer, « la grande Sarah ». S'ils prêtent à celle-ci des caractéristiques de tout ce qui est petit et fin (elle est comparée à un fil[19], à une aiguille[20], etc.), c'est bien plus encore à des fins d'invisibilisation :

> Quel est le plus court chemin d'un point à un autre ?
> C'est Sarah Bernhardt[21].

> Au Théâtre-Français, le loueur de lorgnettes loue des lunettes spéciales pour voir Sarah Bernhardt[22].

D'autres phénomènes découlent de cela, tels que les métaphores portant sur tout objet tranchant, qui font écho à ses rôles masculins, tout en pointant des compétences artistiques jugées vaines : « Sarah Bernhardt se mettant au bain : — Un coup d'épée dans l'eau[23]. » Ces aphorismes tendent à réifier Sarah Bernhardt, tout en pointant les travers de la femme libre, à qui l'on prête de nombreux amants, et qui de ce fait ne peut être qu'une « fil de joie[24] ». Enfin, quoique plus rares, certains aphorismes – teintés d'antisémitisme[25] – mettent en avant sa cupidité : « Il faut tout de même que Sarah-Bernhardt ait bien su faire la planche pour ne pas se noyer dans toutes ses rivières de diamants[26]. »

Que la presse touche de la sorte à la figure de Sarah Bernhardt, alors en pleine gloire, laquelle apparaît tantôt flottant à la surface de l'eau,

Aphorismes misogynes à l'endroit de Sarah Bernhardt dans la presse française de la fin du XIXᵉ siècle

Caroline CRÉPIAT

04

tantôt quasi inconsistante hormis ce nom célèbre présenté comme une marque —comme le souligne le tiret ajouté entre le prénom et le nom—, n'a rien d'anodin. En filigrane, et littéralement, c'est un mythe que les producteurs de ces textes brefs souhaitent voir partir à vau-l'eau. De plus, d'un point de vue structurel, ces sentences misogynes suivent des logiques qui font système, et mettent en exergue la proximité de l'aphorisme avec le stéréotype. L'aphorisme s'hybride d'ailleurs avec un autre genre, le fait divers, voire ce qu'on appellerait aujourd'hui la *fake news*, conformément au support journalistique dans lequel il est produit. On songera ainsi à la brève relatant qu'« Un soir d'automne Sarah Bernhardt a été renversée par une feuille morte qui tombait[27]. », et à son succès mémoriel, puisqu'on la cite encore, plus de trente ans plus tard[28].

2. Dynamique et évolution des syntagmes

Ces aphorismes apparaissent clairement stéréotypés dans leur structure. Ils reposent sur du recyclage à plusieurs niveaux, qui est une pratique répandue dans la petite presse fin de siècle, et permet, réciproquement, de donner à ces formes brèves l'aspect de l'aphorisme. Chacun d'eux est fabriqué à partir d'une locution figée (voire à partir de la concaténation de deux), laquelle se trouve dévoyée, dans sa fixité, puisqu'elle apparaît sous la forme d'un calembour. De plus, ils reprennent des syntagmes devenus viraux, et ce des années auparavant, qui demeurent usités dans la petite presse par la suite : c'est le cas de « nager entre deux os », qui apparaît déjà sous la forme aphoristique dès 1860, sous la plume d'Hippolyte Briollet : « Dans les bras de mademoiselle D..., on nage entre deux os[29]. », et est souvent repris, quasiment tel quel[30]. Une requête à partir de la fonctionnalité « Fréquence du terme » du site *RetroNews*, du syntagme « nager/nage entre deux os », montre que celui-ci apparaît dès 1833 et est utilisé jusqu'en 1940, avec une fréquence d'utilisation plus importante de 1873 à 1916. On note davantage encore la dissémination et le succès de l'occurrence sous la forme simplifiée « entre deux os » — 110 occurrences (1831-1948), contre 45 pour la précédente. Le syntagme dont

Zola se fait l'écho est lui-même régi par ce principe. Ce qui semble relever d'une épithète quasi exclusive à Sarah Bernhardt ne l'est en réalité pas : en procédant à une autre requête de fréquence du terme, on observe que l'expression « en os surtout » est courante à partir des années 1865[31], et ce non seulement dans les critiques théâtrales ou artistiques pour qualifier d'autres personnalités que celle qui nous intéresse, mais également dans les genres fictionnels[32].

Pour autant, il ne s'agit pas d'amenuiser la portée et la réception de ces aphorismes misogynes à l'endroit de Sarah Bernhardt — qui ont largement circulé, et été goûtés et relayés bien après, nous l'avons vu. C'est sans doute à ce niveau que se situe la mystification, et la réelle attaque à l'endroit de Sarah Bernhardt, entérinée au fil des années : son nom lui-même – ou plutôt son nom de scène – devient de la sorte un *topos*, est mêlé indistinctement à la parole banale et, de fait, se voit projeté dans la *doxa*, à forte domination masculine. Autrement dit il est à son tour conçu comme un cliché à la mode qui ne peut qu'être repris et dévoyé, comme une blague qui se décline et est réactualisée par le biais d'un *name-dropping* façonné avant tout pour attirer l'œil du lecteur curieux.

Du dépouillement de ces occurrences, il ressort que l'essentiel de la production de ces aphorismes satiriques se joue entre 1879 et 1885, ceux-ci provenant en majorité d'un journal, *Le Tintamarre*, qui est l'un des journaux comiques les plus en vue de la seconde moitié du XIXe siècle et vise un public bourgeois ; lancé en 1843, il est par conséquent déjà ancien dans les années 1880, mais n'a pas pour autant perdu de son panache. Non seulement ce journal impulse la pratique de l'aphorisme misogyne à l'endroit de Sarah Bernhardt, mais il va, de plus, en lancer l'institutionnalisation. Étant sa cible favorite, une rubrique entière lui est rapidement dédiée. Le titre choisi appuie cette inscription dans une matière qui s'affiche comme moins éphémère que ne l'est le simple florilège de pensées et traits d'esprit visant à divertir le lecteur, tout en remplissant les colonnes du journal, en s'apparentant au genre de l'ana : « Sarah-Berhardtiana ».

3. Sarah-Bernhardtiana

C'est en 1878, dans les colonnes du *Tintamarre*[33], que le syntagme « Sarah-Bernhardtiana » apparaît pour la première fois. Il s'agit d'abord seulement d'une sous-rubrique au sein de la rubrique susnommée, signée Pirouette, titre bien choisi étant donné que les attaques envers la comédienne reviennent souvent sous sa plume. Cette sous-rubrique devient peu à peu sérielle – mais une série loin d'être régulière. Ce syntagme est par ailleurs disséminé en-dehors du *Tintamarre*, pour servir de titre à des suites d'aphorismes et non en tant que rubrique à part entière, dans des journaux tels que *Le Grelot*[34], *Le Courrier du soir*[35], *Le Voltaire*[36], *Gil Blas*[37], *Le Cri du Peuple*[38], *Le Rasoir*[39]. Mentionner ces quelques journaux permet d'en observer la variété des producteurs ; à la petite presse bohème et satirique se mêle la presse plus conservatrice, voire réactionnaire. Cela permet également de mesurer l'impact de cette pratique : au vrai, tous ont leurs aphorismes à débiter à propos de la comédienne.

Le second temps d'institutionnalisation, qui vient entériner le premier, est la publication de ces ana en volume. Originellement parus dans *Le Tintamarre* sous le pseudonyme de Pirouette, c'est sous ce même pseudonyme qu'est publié en 1880, chez Tresse éditeur, *Le Livre des convalescents*, agrémenté des dessins d'Henri Pille et d'une préface signée Touchatout. Cet ouvrage, qui collige les textes facétieux de cet auteur parus dans la presse, reprend, sur deux pages seulement[40], en tant que chapitre à part entière, quelques « Sarah-Bernhardtiana » déjà parus. Le volume connaît le succès et est réédité et largement augmenté en 1885, chez le même éditeur, illustré par Pille, dans une édition de luxe, signé cette fois-ci du véritable nom de son auteur, Coquelin Cadet, et préfacé par Armand Silvestre ; cette amplification se répercute sur le chapitre intitulé « Sarah-Bernhardtiana », lequel s'ouvre sur un frontispice et compte désormais onze pages[41]. Cette double mise en volume et ces ajouts conséquents affichent clairement une volonté de l'auteur de pérenniser ces aphorismes qui semblaient voués à une existence éphémère, comme pouvait le supposer leur publication dans une sous-rubrique divertissante d'un journal. Le chapitre paru en 1885 apporte par ailleurs un certain nombre d'aphorismes inédits, tel celui assimilant Sarah Bernhardt à un parasite, par la collusion avec l'un des mots-clés mis en lumière plus haut, le fil : « Une mauvaise langue disait que Sarah Bernhardt était le filoxéra des arts[42]. »

La presse fait une promotion importante de ces volumes[43]. L'accueil est plus que favorable, d'aucuns en parlant même, *a posteriori*, comme du « chef d'œuvre[44] » de Cadet. Parmi les extraits reproduits, dans une logique promotionnelle, ce sont précisément les « Sarah-Bernhardtiana » qui sont choisis, notamment dans *Le XIXe siècle*[45], *Le Voltaire*[46], ou encore *La Caricature* de Robida[47], quand, rappelons-le, ceux-ci ne comptent dans l'édition de 1880 que deux pages, et dans la réédition de 1885 que onze. Cela témoigne d'une reconnaissance symbolique, par les pairs – journalistes, satiristes et artistes – eux-mêmes, de ces textes qui pouvaient sembler anecdotiques au mieux, plus que désobligeants dans le pire des cas. Ce choix éditorial pourrait étonner : les lecteurs acceptent-ils si facilement que l'on entache la réputation d'une telle icône ? Seul Léon Bloy, quoique ami avec Cadet, biaise la critique qu'il fait de l'ouvrage — affirmant ne pas souhaiter en parler, car, à ses yeux, il est « l'assomption de la parfaite idiotie[48] », sans donner plus de précision ni mentionner les aphorismes qui nous intéressent — en proposant au lecteur de plutôt lire un autre ouvrage de Cadet. L'on peut aller plus loin en s'interrogeant sur la production elle-même de ces aphorismes, autant que de ces ana, puisque Coquelin Cadet est, à l'instar de Sarah Bernhardt, et de façon contemporaine à celle-ci, sociétaire de la Comédie Française. Pourquoi une telle obsession ?

Conclusion

Sarah Bernhardt a inspiré ses contemporains et été adulée autant qu'elle a provoqué les haines secrètes — mais amplement déversées dans la presse. Que Cocteau ait pu s'inspirer notamment de Sarah Bernhardt pour forger un syntagme oxymorique, depuis passé dans le langage courant, et même devenu un cliché, pour désigner les stars qui outrepassent ce statut : « Monstre sacré », montre bien le paradoxe qu'elle incarne, mais est surtout fort ironique, si l'on reprend le fil des diverses productions brèves que j'ai pu mettre en exergue ici. La spécificité de la production de ces aphorismes ne repose pas sur leur forme ou leur contenu. Nous l'avons vu, les thématiques et métaphores déclinées sont on ne peut plus éculées et font pleinement partie du répertoire misogyne de l'époque ; et la reprise des jeux de mots d'un journal à l'autre participe de cet effet. La spécificité de ces aphorismes se situe en réalité au niveau de la dynamique de leur production : de simple blague en passant, certes relayée largement, ces aphorismes prennent un statut tout autre dès lors que leur pratique s'inscrit dans le temps et qu'ils deviennent sériels, avant d'être colligés en un chapitre d'un *best-seller*, et ainsi symboliquement institutionnalisés et pérennisés. Il serait intéressant, enfin, d'observer si ces logiques de saillies microformelles sont propres à la production française ou non. Les caricatures de Sarah Bernhardt, parues dans la presse française, ont en effet été réactualisées par des journaux étrangers, en particulier en Allemagne et aux États-Unis, conséquence de ses tournées, mais aussi du support qu'est le journal qui se fait de plus en plus cosmopolite au tournant du siècle : il serait sans doute opportun de vérifier si cette standardisation hypericonique de la figure de Sarah Bernhardt a aussi eu lieu au niveau textuel.

1. Émile Zola, « Revue dramatique et littéraire », *Le Voltaire*, 8 juillet 1879, p. 1.
2. Marie-Ève Thérenty, *La Littérature au quotidien. Poétiques journalistiques au XIXe siècle*, Paris, Éditions du Seuil, coll. « Poétique », 2007, p. 262.
3. Notion introduite par Marie-Ève Thérenty et Guillaume Pinson, dans « Présentation : le minuscule, trait de civilisation médiatique », *Études françaises*, 44/3 (2008), p. 5-12. En ligne : https://doi.org/10.7202/019528ar
4. « Affaiblismes » est le titre d'une série d'aphorismes humoristiques signée Paul Masson, *Le Chat Noir* nouvelle série, n° 47 à 49, 22 février 1896 au 7 mars 1896.
5. Denis Saint-Amand, *Le Dictionnaire détourné. Socio-logiques d'un genre au second degré*, Rennes, Presses universitaires de Rennes, coll. « Interférences », 2013, p. 95.
6. Dominique Kalifa *et al.* (dir.), *La Civilisation du journal. Histoire culturelle et littéraire de la presse française au XIXe siècle*, Paris, Nouveau monde, 2011.
7. Willy, « La Morsure », *Le Chat Noir*, n° 563, 29 octobre 1892.
8. Dom Emilio, « Du haut d'un socle », *Le Chat Noir* nouvelle série, n°58, 9 mai 1896.
9. « Sarah Bernhardt. Et la femme créa la star », Paris, 14 avril-27 août 2023.
10. Émile Zola, « Revue dramatique et littéraire », art. cit., p. 1.
11. Elles atteindront un retentissement sans précédent avec la publication des *Mémoires de Sarah Barnum*, qu'une ancienne collaboratrice de la comédienne, Marie Colombier, fait paraître en 1883.
12. On retrouve ce syntagme un peu partout dans la presse pour qualifier la comédienne. Voir par exemple Charles de Senneville, « Chronique des théâtres – Palais Royal », *La Comédie*, 5 juillet 1874, p. 3.
13. Par exemple, Pirouette, « Zigzags », *Le Tintamarre*, 19 octobre 1879, p. 5 : « Sarah Bernhardt, c'est le sec plus ultra ! »
14. Voir John Grand-Carteret, dans « Portraits et caricatures de Sarah Bernhardt », *La Semaine illustrée*, n° 15, 13 avril 1923, p. 185, qui résume la façon dont les caricaturistes représentaient le corps de cette dernière : « à l'aide d'un parapluie, d'un manche à balai, d'un squelette ou d'une cravache, un paquet d'étoupe perché sur le haut de la tête ». Une caricature américaine la surnomme explicitement « Skeleton Sara » (« 'Too thin' or Skeleton Sara », New York, Evans & Kelly, 1880).
15. Gong, « Chinoiseries », *Le Tintamarre*, 7 janvier 1883, p. 6.
16. Pirouette, « Zigzags », *Le Tintamarre*, 16 février 1879, p. 1. « Porteur d'os » signifie croque-mort.
17. Rigobert, « Bouquet de pensées », *L'Éclipse, revue comique illustrée*, n° 113, juillet 1877, p. 52. Rigobert reprend quasiment mot pour mot un aphorisme paru quelques années plus tôt dans *Le Tintamarre* (« Pensées d'un fumiste », 28 juin 1874, p. 4), de sa plume elle-même : « Tirer sa coupe à Bougival entre Mlles Sarah Bernhardt et Magnier, c'est ce qu'on appelle nager entre

Aphorismes misogynes à l'endroit de Sarah Bernhardt dans la presse française de la fin du XIXᵉ siècle

Caroline CRÉPIAT

04

deux os. »

18. Narcisse, « Fable-express – Le Sommeil interrompu », *Le Tintamarre*, 20 octobre 1878, p. 1.

19. « Homme qui tient Sarah Bernhardt dans ses bras : Serre-fil. » (Fantasio, « Fanfreluches », *Le Tintamarre*, 19 octobre 1879, p. 3), « Sarah Bernhardt est un bien joli brin de fil. » (Hippolyte Briollet, « Pensées d'un Paveur en chambre », *Le Tintamarre*, 14 mars 1875, p. 3), ou encore : « Sarah Bernhardt serait excellente dans le rôle de Marion Delorme, parce qu'elle y serait *bien fil de joie.* » (Pirouette, « Clowneries », *Le Tintamarre*, 31 mars 1878, p. 3).

20. G. Netter, « Prédictions du Sifflet pour le mois d'octobre », *Le Sifflet*, 1 octobre 1876, p. 2 : « Mlle Sarah Bernhardt, notre éminente artiste, tombe dans une botte de foin. Impossible de la retrouver. »

21. Pirouette, « Géométrie », *Le Tintamarre*, 25 mai 1879, p. 5.

22. Pirouette, « Zigzags », *Le Tintamarre*, 27 avril 1879, p. 5.

23. Coquelin Cadet, extraits du *Livre des convalescents*, *La Caricature*, 14 novembre 1885, p. 6.

24. Voir n. 16.

25. Voir à ce sujet Chantal Meyer-Plantureux, « De Rachel à Sarah Bernhardt ou la naissance de l'antisémitisme culturel », *Double Jeu : Théâtre / Cinéma*, 5 (2009), p. 15-31.

26. Louis Isoré, [Légende d'une vignette], *La Halle aux Charges*, 17 février 1883, p. 2.

27. Coquelin Cadet, « Sarah-Bernhardtiana », *Le Voltaire illustré*, 7 mars 1880, p. 7.

28. Notamment par Sergines, dans « Les Échos de Paris », *Les Annales politiques et littéraires*, 3 novembre 1912, p. 4.

29. Hippolyte Briollet, « Pensées d'un paveur en chambre », *Le Tintamarre*, 7 octobre 1860, p. 1.

30. Par exemple dans « Bric-à-brac » [Anonyme], *La Bohême*, 7 novembre 1880, p. 2 : « Dans les bras de Mademoiselle Sz, on nage entre deux os. »

31. Le site *RetroNews* donne ainsi 241 occurrences de 1838 à 1950.

32. Par exemple dans un feuilleton signé Ginko & Biloba (pseudonyme du comte Aimery de Comminges), paru dans *Le Mercure de France*, « Le voluptueux voyage ou les pélerines de Venise – Chapitre XI », 15 septembre 1906, p. 248.

33. Le 6 octobre 1878, p. 4.

34. Par Montretout, 22 juin 1879, p. 2.

35. V.O.L.S., « Échos », 6 août 1880, p. 4.

36. Par Zadig, 6 août 1880, p. 2.

37. L'une des fameuses nouvelles à la main du Diable boiteux, 12 septembre 1882, p. 1.

38. Par Trublet, 7 mai 1884, p. 3.

39. Bricoleur, « Choses et autres », 28 août 1886, p. 2.

40. Ce sont les p. 87-88.

41. Ce sont les p. 154-164. L'ouvrage comporte 430 pages au total.

42. Coquelin Cadet, *Le Livre des convalescents*, Paris, Tresse, 1885, p. 181.
43. Notamment dans les très sérieux journaux *Le Rappel* (5 mars 1880), pour la première édition, et *Le Temps* (4 août 1885, une chronique de Jules Claretie) pour la seconde.
44. [Anonyme], « Le Père des convalescents » [nécrologie], *Les Hommes du jour*, 20 février 1909, p. 6.
45. A. D., « Bibliographie – *Le Livre des convalescents* par Pirouette », 4 mars 1880, p. 3.
46. 7 mars 1880, p. 7.
47. « *Le Livre des convalescents* par Coquelin Cadet », *La Caricature*, 14 novembre 1885, p. 6.
48. Léon Bloy, « Le Père des Convalescents », 2 février 1884, *Propos d'un entrepreneur de démolitions*, Paris, Tresse, 1884, p. 187.

04 19世紀末フランスにおけるサラ・ベルナールを標的とした女性嫌悪のアフォリズム

クレピア・カロリン

Résumé

« En chair et en os, – en os surtout »
(「痩せてガリガリ[1]」)

19世紀末フランスにおけるサラ・ベルナールを標的とした女性嫌悪のアフォリズム(ミソジニー)

クレピア・カロリン

　19世紀末の廉価な定期刊行物には、それまで存在しなかった新しい種類の欄が現れる。通常の欄と異なり、報道でもなく、詩や小説的な内容でもない、非常に短い文章が使われるのが特徴である。その理由としては、調査に基づいたルポルタージュなどの真面目な内容を予算不足のせいで提供できなかったことが考えられる。読者を楽しませることを目指すこの新しい短文欄は、埋め草として利用されるようになった。「メディアの「極短文(ミクロフォルム)[2]」とも呼ばれるこの欄は、アフォリズムを含む多様な形式を取っている。「千鳥足(Zigzags)」、「風聞(Échos)」、「雑筆(Variétés)」などと題される短文欄のアフォリズムは、時事的な問題に反応し、それを掲載している新聞や雑誌のイデオロギーに染まっている。政治、社会の習慣、人を風刺的に取り上げているのだ。特に、「新聞の文明[3]」である19世紀が大衆文化を形成したことで、有名人の存在が可能となった。よって、有名人が対象となったアフォリズムも存在する。19世紀末の新聞や雑誌のアフォリズムを検討すると、2023年に没後100年を迎えた女優サラ・

ベルナールが、唯一継続的にアフォリズムの攻撃を受けた女性の有名人であることがわかる。本論文では、フランスの国立図書館のデータベースに収録されている定期刊行物を用い、19世紀末の短文欄のアフォリズムがどのように作られ広まったかを考察する。とりわけ例としてサラ・ベルナールを取り上げたアフォリズムを紹介し、それらが繰り返し掲載されるなかでどのように展開されていったかを見ていく。最後に、その発展の果てにできたアフォリズム集「サラ・ベルナールティアナ」を検討する。

1879年にエミール・ゾラは『ヴォルテール　政治と文芸の新聞』の一面に掲載された記事で、サラ・ベルナールに対する批判を強く非難した[4]。当時、既に10年前から、ベルナールがその痩せた姿、道徳に反するとされた私生活、自己満足的な態度を主な理由として、酷評の的になっていることをゾラは指摘したのである。そのアフォリズムの典型的な作り方は、一つか二つの慣用表現にかけた言葉遊びから警句を作るというものである。その中には、数年にわたり何度も繰り返された言葉遊びもある。

たとえば、ガリガリに痩せた人をフランス語では俗に「骸骨」(squelette)と呼ぶが、女性の痩せた体型を風刺するのに、« nager entre deux eaux/os »（浅く潜行する／二本の骨の間を泳ぐ＝痩せた女性に抱かれる）」という言葉遊びが人気だった。サラ・ベルナールと関係しないものについても多くこの « nager entre deux os » の言葉遊びを用いた警句が連発された。19世紀の理想的な女性像に比べてはるかに痩せているとみなされたベルナールも、やはり風刺画

| 19世紀末フランスにおける
サラ・ベルナールを標的とした女性嫌悪のアフォリズム　　クレピア・カロリン | 04 |

においてガリガリに痩せた姿で描写されるとともに、アフォリズムでは「骨（os）」を用いた風刺的な言葉遊びの対象になった。

　サラ・ベルナールに対するアフォリズムは、主に1879年から1885年の間に集中している。掲載数が最も多い新聞は、19世紀後半に大人気を博した中流階級や上流階級のブルジョワジー向けの滑稽新聞、『騒音』（*Le Tintamarre*）である。1878年という早い時期に、アフォリズムの短文欄の中にサラ・ベルナールに特化したシリーズを設け、彼女を対象にしたアフォリズムを継続して載せたのである[5]。そのシリーズのタイトル「サラ・ベルナールティアナ」は16世紀から存在する、文人の私生活の逸話や名言を集めた「アナ」（ana）という文学ジャンルを連想させる。このタイトルは他の新聞にも広まり、1880年に出版されたある本では、掲載元の『騒音』のアフォリズムをまとめた章のタイトルともなった。『病み上がりの本』（*Livre des convalescents*）というこの本は、コメディー・フランセーズでのベルナールの同僚でもあった俳優コクラン・カデ（Coquelin Cadet 1848-1909）がさまざまな新聞や雑誌のために書いた滑稽な文章を集めたアンソロジーである[6]。その中で、サラ・ベルナールに関するアフォリズムは数ページを占めるにすぎないが、にもかかわらず、カデの本の広告には常に「サラ・ベルナールティアナ」の内容の紹介がある。

　本論文で検討しているサラ・ベルナールに関するアフォリズムの特異性は、その内容にあるわけではない。これらのアフォリズムにおいては女性嫌悪(ミソジニー)の言葉遊びを通して体型、私生活、性格が揶揄されるが、用いられる表現は必ずしもベルナールに限定されて

はいない。しかし、ベルナールを標的とするアフォリズムは、他の女性嫌悪(ミソジニー)の短文に比べて長期間繰り返し掲載され、本に収録されるまでに至った。定期刊行物という使い捨てのメディアから、長期の所蔵が可能な本へと展開したことは注目すべきである。

1. « en chair et en os » というのはフランス語の慣用表現で、「本人自ら」の意。直訳すると「肉と骨で」となり、その文字通りの意味にかけて「骨」を強調することで「痩せてガリガリ」という嘲笑的なニュアンスになる。引用の出典は Émile Zola, « Revue dramatique et littéraire », *Le Voltaire*, 8 juillet 1879, p. 1.
2. « Microforme médiatique » は Marie-Ève Thérenty と Guillaume Pinson により提唱された概念。Marie-Ève Thérenty, Guillaume Pinson, « Présentation : le minuscule, trait de civilisation médiatique », *Études françaises*, 44/3 (2008), p. 5-12. URL : https://doi.org/10.7202/019528ar
3. Dominique Kalifa *et al.* (dir.), *La Civilisation du journal. Histoire culturelle et littéraire de la presse française au XIXe siècle*, Paris, Nouveau monde, 2011.
4. Émile Zola, art. cit., p. 1.
5. 1878年10月6日, p 4.
6. Coquelin Cadet (dit Pirouette), *Livre des convalescents*, Tresse éditeur, 1880（増刷 1885）.

アフォリズムに何が求められたのか
近代読者の欲望と「侏儒の言葉」

篠崎 美生子

はじめに

　日本語における「アフォリズム」という言葉の意味を簡潔に言い表すことは、非常に難しい。芥川龍之介の「侏儒の言葉」(1923-27)などの印象から、「アフォリズム」とは「警句のような短い形式に深い思慮による真理を含ませた文」(『日本国語大辞典 第2版』[1])だとイメージする人は多いことだろう。『虚妄の正義』(第一書房、1929)などに代表される萩原朔太郎のアフォリズム集や、斎藤緑雨「眼前口頭」(『萬朝報』1898.1.9～1899.3.4　断続的に連載)なども、このなかまである。

　しかし、「アフォリズム」に別の説明を付した辞書も少なくない。例えば『広辞苑 第7版』[2]には「簡単鋭利な評言。警句。金言。箴言。」とあり、『大辞林　第4版』[3]には「簡潔な表現で人生・社会などの機微をうまく言い表した言葉や文。金言。警句。箴言。「芸術は長く、人生は短し」の類。」との説明が施されている。つまり、今日の主要な国語辞典において、「アフォリズム」を「警句」とみなす説明と「金言」とみなす説明が混在しているということだ。

　その背景には、いったいどのような事情があるのか、芥川龍之介の「侏儒の言葉」と掲載誌『文藝春秋』を主な例として考察を加える

のが、小論の目的である。

1.「警句」ができるまで

　その前に、もう少し辞書の表記にこだわってみたい。今日の国語辞典の「アフォリズム」の説明に「警句」と「金言」が混在していると述べたが、ためしに『大辞林 第4版』で「警句」をひくと「奇抜な表現でたくみに鋭く真理を述べた短い言葉。アフォリズム。「──を吐く」」とあり、「金言」は「①人生や生活の上で尊重し模範とすべきすぐれた格言。金句。②〔仏〕仏の口から出た尊い教え。こんげん」[4]とある。『広辞苑』でも『日本国語大辞典』でも、この二語の説明は大同小異で、逆説的な修辞やアイロニーを前提とする「警句」と、疑う余地のない権威をもつ「金言」という、性格の異なる語が「アフォリズム」の訳語とされていることは、疑いようがない。

　もちろん、それは "aphorism"（英）または "aphorisme"（仏）そのものが多義的であるからだと言えばたやすい。ドミニック・マングノーが指摘するように、「アフォリズム」が「脱文脈化」や「再定式化」によって「格言化」[5]をたどる運命だとすれば、それもふくめて日本の辞書に反映されるのも当然というべきかもしれない。たしかに今日の英和、仏和辞典でも、"aphorism" は「アフォリズム、金言、格言、警句（pithy saying）」（『研究社新英和大辞典』[6]）、"aphorisme" は「警句、格言；《軽蔑して》月並みな格言」（『ロベール仏和大辞典』[7]）で、「警句」系、「金言」系双方の訳語が併記されていることが確認できる。

　ただ、気になるのは、19世紀の英和辞典、仏和辞典には、「金言」系の訳語しかなく、国語辞典にすら「警句」が立項されていないこ

アフォリズムに何が求められたのか
篠崎 美生子

05

とである。

　たとえば日本初の和英、英和辞典とされるヘボン『和英語林集成』[8]を見よう。初版（1867）には関連の語の立項はないが、再版（1872）以降は、以下のような訳語が示されている。

版	再版	三版以降
英和の部	APHORISM, n. Kaku-gen	APHORISM, n. Kakugen, Kingen
和英の部	格言, n.A maxim, adage, wise-saying, aphorism. ※「警句」の項なし	格言, n.A maxim, adage, wise-saying, aphorism. ※「警句」なし

表1 『和英語林集成』における"aphorism"と「格言」

「英和の部」の"aphorism"は、再版では「格言」、三版以降では「格言、金言」と訳されており、また「和英の部」では「格言」の訳語のひとつに"aphorism"が挙げられている。「英和」でも「和英」でも、"aphorism"の語意に逆説やアイロニーを内包する「警句」のニュアンスは見つからない。

　これは『和英語林集成』に限ったことではない。やや時代の下った1888年刊行の『ダイヤモンド英和辞典』[9]では、"aphorism"は「解シ易キ諭言（教戒ノ語）。諺」とされ、1901年の『新訳英和辞典』[10]でも「金言、格言、箴言」とあるのみ、1931年まで下っても、『大英和辞典』[11]に「①学問上の原則を述べたる格言、簡潔なる定義　②格言、箴言、諺」の説明があるに過ぎない。仏和辞典でも状況は似ており、1886年中江兆民による『仏和辞林』[12]における"aphorisme"の邦訳は「箴言、格言。」、1887年中村正直の『仏和辞書』[13]では「諺」とし

か書かれていない。

　想像できるのは、当初「金言」の意で持ち込まれた"aphorism"または"aphorisme"の意味が、テクストとしての「アフォリズム」の受容＝読書が近代日本で進むにつれて変化し、多様化したのではないかということである。その過程で、読者の脳裏に「警句」という漢語が想起され、新しい訳語のひとつとして定着していったのではあるまいか。あるいは同時に、逆説、アイロニーを含む短い評言というジャンル、概念が、その過程で培われたという可能性も考えられる。というのも、今日の国語辞典でかならず「アフォリズム」の説明に用いられる「警句」という語が、19世紀の国語辞典（漢語辞典）でまったく立項されていないからである。

　たとえば、高橋五郎『漢英対照いろは辞典』[14]（1888）には、「金言」に「うごかぬことば、格言　Golden saying, a maxim, an adage」、「格言」に「金言、（確乎たる名言をいふ）A theorem; a maxim,（＝確言）」「箴言」に「いましめことば　Words of warning, adage, proverbs,」とあるのみで、「警句」の項はない。初の近代的国語辞典として有名な大槻文彦『日本辞書　言海』[15]（1898年）にも、「金言」＝「金ノ如キ言葉。鑑(カガミ)トスベキ語。「古人ノ―」」、「格言」＝「法(ノリ)トスベキ言(コトバ)「聖人ノ―」」とあるにすぎない。管見の限りでは、1906年の『国漢文辞典』[16]にやっと「警句」＝「詩文などの新奇なる語句。」とあるのが一番古い例となる。次いで1909年『辞林　増補再版』[17]には「警句」＝「よく真情をいひあらはしたる句。すぐれてするどき意義ある句。」との説明が付されるようになる。

　「警句」はもとより漢語であり、『大漢和辞典』[18]には、「本事詩」「宋

05 アフォリズムに何が求められたのか
篠崎 美生子

史」「石林詩話」「紅楼夢」といった古典の一節が、「実際をうがった奇抜な句。わづかな字数で鋭い意味を含む文句」＝「警句」の用例として並んでいる。にもかかわらず、漢文リテラシーが最高調を迎えた19世紀末の日本の辞書に「警句」がなかったのは不思議なことだ。近世は、歌舞伎、風刺画、川柳などのアイロニー文化が栄えた時代でもあり、白隠（1685-1768）『毒語心経』（18世紀頃）などには、漢詩文のアイロニーを禅文化の一部が受け継いでいた形跡が見える。しかしそれが西洋由来の「アフォリズム」の受け皿になった形跡は、一部を除きほとんど見えない[19]。

とすれば、今日の国語辞典における「アフォリズム」の両義性は、原語の多様性の反映であるばかりでなく、概念輸入にまつわる時差の反映であるとも考えられまいか。「金言」として輸入された「アフォリズム」という語が、そのテクストの受容の過程で「警句」の要素を見出され、時代が下るにつれて辞書に書きこまれていったという仮説である。次章では、その過程を概観してみたい。

2. アフォリズムの翻訳

日本における初期の「アフォリズム」として知られる齋藤緑雨「眼前口頭」――、緑雨が仮名垣魯文の弟子でもあったことから、これを江戸のアイロニー由来のものと見るのが定説だが、それに対して塚本章子は、「眼前口頭」は萬朝報時代の同僚幸徳秋水や、秋水の師中江兆民を介して「西洋アフォリズムの影」[20]を受けた結果生まれたものであるとの見解を示した。秋水は、西洋アフォリズムの翻訳「情海一瀾」を『自由新聞』（1894.4〜5）に連載しており、しかもそれは

兆民（訳）「情海」[21] の「継続を意図」したものだという。それらの影響下に、「翻訳された西洋アフォリズムの言葉を借りながら、女性や恋を諷刺したアフォリズムを作り上げ」[22]たのが「眼前口頭」であり、兆民、秋水のアフォリズムは緑雨を介して森鷗外「毒舌」[23]にも影響を与えたのではないかと塚本は述べる。「眼前口頭」に出典表記はないが、たしかに塚本の挙げたいくつかの例は、「情海」「情海一瀾」と似かよっている。

○涙　セリユース[24]
婦人の涙は其弱点に調味する一種の香料なり　（「情海」）
○涙以外に何物をも有せず、女の涙ハ技術なり。（「眼前口頭」）

おそらく兆民「情海」は、逆説とアイロニーをはらんだ西洋アフォリズムの最もはやい翻訳のひとつであろうが、塚本説に従うなら、日本の世紀末の約10年の間に、秋水、緑雨、鷗外等へと次々とその担い手（翻訳者）が拡大したということになるだろう[25]。

なお、「情海」「情海一瀾」「眼前口頭」「毒舌」が、各時代の各国にまたがる複数の書き手のアフォリズムからなっていることも、非常に興味深い。出典は、「ソクラテス」（「情海一瀾」）から「バイロン」（「情海」）、「バルザック」（「毒舌」）に及び、または単に「露西亜」「独逸」（「情海一瀾」）とした箇所もある。兆民や鷗外が西洋で刊行されていた万国アフォリズム集を持っていた可能性はないのか、気になるところである[26]。

さて、20世紀になると、高学歴層をターゲットにした雑誌において、

05 アフォリズムに何が求められたのか
篠崎 美生子

作家単位でのアフォリズムの紹介が盛んにおこなわれるようになる。一例として、1909年に『帝国文学』に掲載された生田長江訳「無題十七章（アナトオル・フランス）」[27]の一部を挙げよう。

> 老人は時価の思想を株守すること、頑強なるに過ぐ。フィジ島の民の、其双親の老衰するに従て、悉く之を屠殺し去る所以なり。彼等の、斯くして発展を容易ならしむるに対し、吾人はすなはち文芸院を設けて其進歩を疎外す。（二）

これなどは、経済学者成田悠輔の「高齢者の集団自決」発言（2023.1）を思わせる、きわめて後味の悪い言説である。

いずれにしても、はじめは英訳を介して、このような作家単位のアフォリズムの紹介が各誌で増えていく。英語圏のアフォリズムも同様で、同年の『帝国文学』には厨川白村「オスカア・ワイルドの警句」[28]が掲載されている。

> 最も遠くおのが時代を離れて立つ人こそ、最もよくそをうつす人なれ。
>
> 人に噂せらるるよりも尚ほ悪しきこと、此世に唯一あり、そは人に噂されざる事なり。（以下略）

なお、ここに付された白村の解説において、「古今の文学に警句の類を以て優れたるもの甚だ多し」と、「アフォリズム」の訳語に明確に「警句」があてられていることに注意しておきたい。これが、「警

句」の語が国漢文辞典に立項されるのとまったく同じ時期の出来事だからである。

　ところで、この時期に雑誌でA.フランスやワイルドを知り、英訳でそのアフォリズムに心酔していったひとりが芥川龍之介ということになる。回想記「学校友だち」[29] には、旧制中学時代に友人の西川英次郎とA.フランスの小説「「タイイス」の英訳を読みし記憶」が語られている。その後芥川は、第三次『新思潮』に自らの翻訳「バルタザアル」[30] を掲載したほか、初期小説の随所に、まだ邦訳のなかったA.フランス「エピクロスの園」の言葉を引用している。

> アナトオル・フランスの書いたものに、かう云ふ一説がある、——時代と場所との制限を離れた美は、どこにもない。自分が或芸術の作品を悦ぶのは、その作品の生活に対する関係を、自分が発見した時に限るのである。[31]（以下略）

　また、芥川はワイルドについても、後輩の浅野三千三への書簡で「サロメを書きたる WILDE に DEPROFUNDIS（from the Depth）と云ふがあり」「INTENTION と称する ESSAY」とともに「WILDE の思想をしる」[32] によいと勧めたりしている。

　ワイルドの日本初の紹介は1883年の諷刺雑誌『The Japan Punch』のポンチ絵にさかのぼるが、その後1909年以降『帝国文学』『早稲田文学』等に多くの翻訳が掲載されるようになり、とくに「サロメ」の翻訳に森鷗外が尽力したこともあって、1910年代の日本の文壇には、ちょっとしたワイルドブームが訪れた。先に紹介した厨川白村の

05 アフォリズムに何が求められたのか
篠崎 美生子

翻訳は、その産物のひとつと言ってよい。

こうした資料からは、単に芥川ひとりの読書体験にとどまらず、1910年代の帝国大学生ほか高学歴の読者層が、西洋由来の「アフォリズム」＝「警句」に一定の支持を与えていたことがよくわかる。また、1913年には、生方敏郎訳『オスカア・ワイルド警句集』（新潮社）も出版されており、「警句」という訳語が実例とともに一般化し始めたこともうかがえる。こうした、逆説、アイロニーを含む短い評語を受け入れようとする読者層の存在こそが、ひいては1920年代の『ワイルド全集』[33]刊行や、A.フランスの仏語オリジナルからの邦訳本出版を支えたに違いない。

しかし一方、1910年代の日本に、フランスやワイルドとは異なる評語が、「警句」と名付けられて出版される動きがあったことも見逃せない。

たとえば坪内士行編『新訳沙翁警句集』などがそれにあたる。士行は「序」で、シェークスピアは平凡で「読んで面白く、為めになる」と述べ、「吾々の日常の役に立つ」[34]言葉を編集したとの説明をしている。ここではシェークスピアの言葉は細分化され、「一、人生　二、死　三、恋愛　四、悲哀　五、女性　六、世間　七、道徳　八、処世観　九、人情　十、運命　十一、雑」の目次に従って並べられている。本はA6版のいわゆる袖珍本で、若い読者が肌身離さず持ち歩いて「日常」の指針にするための便宜が図られていることが想像される。つまり、この本の形状に表れた教育的配慮も含めて、この書物の「警句」は、むしろ「金言」的なものだといえる。

ずばり教育界の人物にも「警語」「警句」の名を借りて金言集を出

版した人がいる。伊藤銀月（長七）が好例であろう。旧制中学校長であった彼は、まさに教育的効果を求めて『日本警語史』（実業之日本社、1918）を出版、1928年には『格言警句集』を刊行、「運動と娯楽」「開拓」「教育」「品性」「勉学」「朋友」などの項目ごとに、各国の古典や俚諺をまとめている。西洋由来のものもあるが、フランクリン、ベーコン、シェークスピアなど、旧制中学教科書に教材として掲載されるような書き手が多く、もちろんA.フランスやワイルドはまったく登場しない。

　たとえば、「衛生」の項は以下のようである。

　　胃袋が突つ張れば眼の皮がたるむ（日本俚諺）
　　充満せる腹は好んで学ばず（支那俚諺）
　　（中略）
　　病を知るは治療の始めなり（ドン、キホーテ）
　　健康を保つは自己に対する義務にして、又社会に対する義務なり（フランクリン）[35]

　「病を〜」の出典が「セルバンテス」ではなく「ドン、キホーテ」とあるのは、故意か過失か。いずれにせよ、上のような生活の知恵を集めて「警句」と称している点、伊藤が、前述した高学歴読者層とは別の場所に立っていることを示していよう。

　さきに1910年前後にやっと国漢語辞典に「警句」が立項され、「アフォリズム」の受け皿となったことを述べたが、それから数年後には早くも、「警句（警語）」という語は、本来の「警句」と「金言」

アフォリズムに何が求められたのか　05
篠崎 美生子

とに分裂して用いられているわけである。これはおそらく、"aphorism/ aphorisme"の「格言化」が、日本においても起こった例だと言えそうだ。

3. アンケートというスタイル

　あらためて、「侏儒の言葉」への道をたどっていきたい。「警句」の分裂、もしくは「格言化」が認められた大正期にあって、「侏儒の言葉」等のオリジナルのアフォリズムがどのようにして可能になったのか、ということが問われねばならない。思考の補助線として、作家を対象にした雑誌のアンケートを取り上げてみよう。
　多くの文芸誌が読者数を競った1910年代、各誌はひとりでも多くの著名な作家を誌面に招くため、さまざまな工夫を凝らした。そのひとつがアンケートである。
　たとえば『新潮』は1915年の3月号に「書斎に対する希望」[36]というアンケートを設定、夏目漱石以下、計34名の作家が回答した。アンケートは、ひとりひとりの文章は短い代わりに、多数の書き手の文章を掲載できるというメリットを雑誌側にもたらす一方、作家にとっても負担が軽く、双方に望まれたのだろう、この時期の文芸誌は好んでこれを用いていた。そのような状況下で現れたのが、短い文章の中で機転をこらし、読者の目をひこうとする書き手であった。「書斎に対する希望」の回答例を見てみよう。
　「私は日当りの好い南向の書斎を希望します。明窓浄机といふ陳腐な言葉は私の理想に近いものであります」という漱石のスタンダードな回答を筆頭に、続くものの多くは、自分の現状にわずかに希望を

上乗せした平凡なものである。が、その中で、アナキスト大杉栄の回答には一風変わった風情がある。

    監獄の独房。
    南向きの鉄窓の下。
    板の間のうすべりの上。
    ざうきん棚を倒さに置いた机。
    長いことはいやだが半年ばかりの間、又、こんな書斎にと
    ぢこもりたいものと、時々はつくづく思ふ。

　治安警察法に触れたとして1908年に逮捕され、1911年まで千葉刑務所、東京監獄で過ごした大杉の過去を知っている読者に、「又」の一字は強く訴えかける。「明窓浄机」を反転させたかのような「独房」をひとつの「理想」として語るこの短詩は、アンケートに対する回答であると同時に、アフォリズムとしても成立している。東京外国語学校仏文科出身で、1912年にはA.フランス「クレンクビュ」の翻訳[37]も出している大杉は、その毒のあるアフォリズムにもなじんでいたのではないか。
　このようにして、統一テーマと字数制限を伴うアンケートという形式が、日本のアフォリズム誕生へのひとつの起爆剤になった可能性は十分にあるだろう。
　では、この数年後に誌面に登場する芥川は、アンケートという形式に、どのように対応しているのだろうか。
　指摘したいひとつの傾向は、アンケートの回答に自分だけでなく友

05 アフォリズムに何が求められたのか
篠崎 美生子

人（第四次『新思潮』メンバー）の個人情報を巧みに盛り込む方法である。たとえば『新潮』の1919年1月のアンケート「出世作を出すまで——文壇の人となった径路と一般的に認められた作を書いた当時のことども（新進作家十二家の感想）」に対し、芥川は自分の読書歴と学歴を列記したうえで、大学時代「久米がよく小説や戯曲などを書くのを見て」「久米などが書け書けと煽動するものだから」「書き出した動機としては、久米の煽動に負う所が多い」と久米正雄の名を繰り返している。

　この回答は、自らを一高／帝大閥のひとりとしてアピールする点で、同年同月に『中央公論』に発表された「あの頃の自分の事」と軌を一にしており、「あの頃の〜」に読者を導く索引の役割を果たしているといえるだろう。「久米の」「煽動」というキーワードも、「あの頃の〜」に共通している。個人情報をメディアに載せることで（私）小説愛読者共同体を形成する手法を芥川と『新潮』が用いていることについては、かつて拙著[38]でふれたが、その戦略にアンケートまでもが用いられていることがここから察せられる。

　久米をはじめとする「友人」たちへの、アンケートにおける言及は続くが、中でも興味深いのは『中央文学』1920年6月のアンケート「作と印象」への回答である。任意の作家についての印象を答えるコーナーで、芥川は久米を選ぶ。しかし、「親しすぎて書けない久米正雄の印象[39]」の題のもとに書かれた文章に、久米自身についての情報は皆無である。その代わり、久米の印象が書けない理由が理路整然といった風に語られている。

第一、久米の大体の性格と云ふやうなものは、既に世間がよく心得てゐる。それを今更増補するやうな事をしたつて、格別面白くも何ともない。
　第二、よし世間で知つてゐても、自分に書く興味があれば兎も角、これまでにこんな問題は、何度となく話したり書いたりしてゐるから、義理にも書きたい気なんぞは持ち合せてゐない。
　第三、では大体の印象以上に、もつと突きこんだ事を書いたらどうかと云ふと、これにも三つの困難が付随してゐる。

　このあとに実際（イ）（ロ）（ハ）の順に「困難」を挙げて、「書けない」という結論が導かれる。人を食った屁理屈だが、これまで複数のメディアを介して芥川による久米の情報を受容してきた愛読者共同体にとって、案外これには、重ねて同じ情報を発される以上の面白みがあったかもしれない。だとすれば、ここからアフォリズムまではあと一歩である。
　実際、こうしたものに対する読者の反応が、悪くなかったのだろうか、この1920年頃より、芥川の作物にはアフォリズム的評言が増え始める。一例として寿陵余子の名で書かれた「別乾坤[40]」（『人間』1920.4）を見てみよう。

　　Judith Gautier が詩中の支那は、支那にして又支那にあらず。葛飾北斎が水滸画伝中の挿絵も、誰か又是を以て如実に支那を写したりと云はん。さればかの明眸の女詩人も、この短髪の老画伯も、その無声の詩と有声の画とに彷彿たらしめし所謂支那は、寧ろ彼等が白

アフォリズムに何が求められたのか　05
篠崎 美生子

　日夢裡に逍遥遊を恣にしたる別乾坤なりと称すべきか。人生幸にこの別乾坤あり。誰か又小泉八雲と共に天風海濤の蒼々浪々たるの処、去つて還らざる蓬莱の蜃中楼を嘆く事をなさん。（一月二十二日）

　――アジアにあこがれ訳詩集『白玉詩書』を出したジュディット・ゴーティエ、『（新編）水滸画伝』など中国由来の画題を数多く手がけた北斎、それらは実際の中国とは異なるが、それでよい。想像上の別天地があることは人生の幸いであり、小泉八雲が「蓬莱」は古代中国のフィクションに過ぎない（「蓬莱」）と述べたように、それを軽視すべきでない――という意味になろうか。J.ゴーティエ、北斎の中国表象、および八雲の「蓬莱」についての予備知識を読者に要求する、かなり高度なアフォリズムといってよい。

　大正期の文芸誌は、さきにのべた『新潮』に限らず、作家の個人情報を適度に流すことにより、（私）小説の受け皿となる愛読者集団をつくるという戦略を好んで用いた。自分だからこそ、この（作家の書いた）作品の意味がわかるという特権意識は、おそらく読者にとって大きな商品価値となったであろう。そしてそれは、個人情報においてだけでなく、アフォリズムを支える「教養」においても可能になるのではないか。

　「侏儒の言葉」は、おそらくそのような衒学的な場においてのみ成り立つテクストだろう。それではいったい、初期の『文藝春秋』とはどのような場であったのか。

4.『文藝春秋』と「我我」

　『文藝春秋』創刊号（春秋社、1923.1）は表紙から裏表紙までわずか32頁の小冊子（10銭）で、4段組みに小さな活字（4号、5号）が並んでおり、当時の総合誌、文芸誌の雑報欄のような体裁である。表紙（目次）をめくると『菊池寛全集』全5巻（春陽堂、刊行中）の広告があり、続く1ページ目の上段に「創刊の辞」、2〜3段に芥川の「侏儒の言葉」、下段に菊池寛「新劇の力量」という短文が掲載されている。1段は、12字×26行で、最大312字しか入らない。2ページ目以降、ページや段をまたぐ作品はいくつもあるが、長くても横光利一「時代は放蕩する」の2ページ（8段）相当を上回るものはない。ほとんどは簡単な書評、雑感で、内容も含めて総合誌の雑報欄に近いものがある。中には、内輪受けを狙ったゴシップもある。

　内容に加えて特筆すべきはその執筆陣で、菊池寛と芥川のほかは、菊池の知人で少なくとも当時はあまり有名でない、比較的若い作家がほとんどである。「創刊の辞」にも「一には、自分のため、一には他のため、この小雑誌を出すことにした」とある通り、これはつまり同人誌[41]なのである。

　ただし、この雑誌は『文藝春秋の六十年の歩み』[42]にあるとおり、瞬く間に売りきれたという。では、この雑誌の読者はどのような人々なのか。

　こうした同人間の話に価値を見出すのは、『新潮』などの文芸誌が作家と共同して個人情報を切り売りした結果生まれた愛読者集団に属する人々に違いない。彼らはまた、一高/帝大を出た作家たちと同レベルの「教養」を読書の前提として持つ読者、または持とうとしている読者たちであろう。そうであってこそ、『文藝春秋』の「侏

アフォリズムに何が求められたのか　｜　05
篠崎 美生子

儒の言葉」を味わい、ゴシップに苦笑し、新感覚派の気勢に関心を寄せることができたはずだからである。『文藝春秋』はまさに、菊池寛とその仲間たちが自らを読者としてつくった同人誌であると同時に、その同心円のすぐ外側に彼らと同質の読者集団を擁する、なかばプライベートな雑誌だったのだ。

　おそらくそのような空間に、警句としてのアフォリズムはなじみやすいのだろう。『文藝春秋』には、「侏儒の言葉」以外にも三上於菟吉「小心亭雑録」の連載があり、ギリシャのアフォリズムなどが紹介されているが、そこで嘲笑のターゲットとされるのは、たとえば女性であり「支那人」[43]であり、つまり『文藝春秋』執筆陣と愛読者集団とは異質な人々である。他者の中に第三項を見つける、あるいは何者かを第三項とみなして他者化し、それによって同質空間の優越性を高めあう構図は、ゴシップを喜ぶ心性とも、どこか響きあっているようだ。

　このような空間の中で「侏儒の言葉」を読み返すと、ある人称が印象深く浮かび上がる。それは「我我（我々）」である。たとえば、「クレオパトラの鼻が曲つてゐたとすれば」という「著名なパスカルの警句」を反転させようとする「鼻[44]」にも、「我我」は頻出する。

> つまり二千余年の歴史は眇たる一クレオパトラの鼻の如何に依つたのではない。寧ろ地上に遍満した我我の愚昧に依つたのである。晒ふべき、——しかし荘厳な我我の愚昧に依つたのである。（「鼻」1923.2より）

歴史は女性の美になど左右されるものではなく、あくまで「我我」の「愚昧」によると語られるときの「我我」は、むろん男性であり、パスカルの警句を事前に知る「教養」の持ち主が想定されている。ためしに「我我」の出現数を数えたところ、1923年分の1号あたりの平均は5.9回、「五、」には14回も使われている。（表2参照）「侏儒の言葉」もやはり、『文藝春秋』集団の同質性に訴えるテクストのひとつだったのである。

　もちろん「侏儒の言葉」に「わたし」という一人称が使われていないわけではない。有名な第四号の「侏儒の祈り」（1923.4）には、例外的に「わたし」という人称しか使われていない。しかし、「侏儒」と自分を僭称する「わたし」が「綵衣を纏い」「筋斗」を打ち、歌を歌うだけの体力と技能を持ち合わせていることは見逃せない。「綵衣」も「筋斗」も役者の境遇とも考えられるが、これはむしろ役者の境遇を借りて、能力も財も一定の見識もありながら「英雄の志」のためにそれらを失うことをおそれ、謙虚、無力を装って安全地帯にとどまろうとする者の、少々厚かましい「祈り」が語られているというべきだろう。

　この「わたし」は、「武器」（1923.6）では、さまざまな宗教や思想を「武器」として相対化しながら、「わたし自身その武器の一つを執りたいと思つた記憶はない。」と述べ、メタレベルに立とうとする。「我我」とは、そのような超越的な「わたし」（芥川自身を思わせる存在）から『文藝春秋』集団に呼びかけられたものであり、そのことによって半ば想像上の読者共同体は、超越的な「わたし」と同じ水準に立つ幻想＝特権意識を味わうことができる。

これがおそらく、「侏儒の言葉」の人気の秘密だったのであろう。このような効果があってこそ『文藝春秋』誌上での「侏儒の言葉」の連載は、全29回にも及んだのである。
　尤も、今述べた全29回の連載というのは、目次に「侏儒の言葉」と書かれているものをカウントした結果である。中には、とくに1925年から26年にかけては、目次とは裏腹に本編には、「澄江堂雑記——「侏儒の言葉」の代りに——」（1925.12）や、「追憶——病中雑記——」（1925.4～5）といった別のタイトルがつけられ、内容も従来の「侏儒の言葉」と異なっているのだ。いったいこの変化の背景には何があったのだろうか。

5.『文藝春秋』の変質と「侏儒」の解体

　はじめに指摘したいのは、『文藝春秋』という雑誌の質の変化である。同質性に基づく読者の特権意識をくすぐる戦略が功を奏してこの雑誌が大いに売れたことは、先に述べたとおりである。誌面には号を追うごとに広告が増え、ページ数は第4号の段階で創刊当時の約3倍になった。1924年には同人制を解消して創作コーナーを充実させるとともに、初期には多くの書き手が揶揄の対象としていたプロレタリア文学とも和解し、島崎藤村、正宗白鳥、徳田秋声といったベテランの作家の寄稿も受けるようになった。つまり、ゴシップ記事に頼らず、多様な記事を掲載できる総合雑誌へと成長したわけである。
　その変化を端的に表しているのが、菊池寛「本誌の過去と将来[45]」（1925.12）である。

(注:売上 83,000 部について)もはや本邦雑誌界の一存在であることは、敢て編集者丈けの自信のみではないだらう。(中略)創刊当時偶々プロレタリア文芸と相当つた観があつたのは時の勢ひで、最初からさうした意志のなかつたことは、創刊号を一瞥してくれゝばすぐ分ることだ。(中略)今後は益々さうした楽屋落的な罵文毒舌をさけ、高尚なる文芸学問趣味を中心としての人生談、芸術談、芸道談、思索、考證、漫談、逸話、感想等を(中略)短編佳作の冀北たらしむべく努力したいと思つてゐる。

『文藝春秋』にとっては、大きな方向転換だと思われるが、ちょうどそのころ、「侏儒の言葉」の「我我」があきらかな減少を見せているのは非常に興味深い。

年月	出現数	年月	出現数	年月	出現数
1923.1	4	1923.8	4	1924.7	3
1923.2	9	1923.11	7	1924.8	1
1923.3	6	1924.1	0	1924.9	0
1923.4	5	1924.2	1	1924.10	2
1923.5	14	1924.3	0	1924.11	1
1923.6	0	1924.4	0	1924.12	0
1923.7	4	1924.6	2	1925.1	4

表2 「侏儒の言葉」の「我我」出現頻度

なお、「我我」という呼びかけが控えめになるのにともなって、「民衆」という言葉が登場していることに注意したい。

05 アフォリズムに何が求められたのか
篠崎 美生子

> 民衆の愚を発見するのは必ずしも誇るに足ることではない。が、我我自身も亦民衆であることを発見するのは兎も角も誇るに足ることである。(「民衆　又」1924.8)

　同質的な「我我」のひとりとして「我我」と呼びかけていたはずの「わたし」は、ここでは「民衆」を定義するより超越的な存在にならざるを得ない。「我我」が「民衆」の一部だとしても、そこには「我我」共同体にあったような同一性は求めようがない。つまり、『文藝春秋』が不特定多数の読者に向けて発信するメディアにかわるにつれ、想像の共同体としての「我我」もまた、フェードアウトせざるを得なくなったということだ。「我我」が、無責任な「侏儒」の集団ではいられなくなったと言い換えてもよい。

　さきにも述べたように、1925年末になると「侏儒の言葉」は目次にだけ残り、実質は毒のぬけた雑記へと変貌していく[46]。掲載媒体の変質に伴い、「侏儒の言葉」はその役割を終えたということだろう。「我我」を限定して読者を囲い込み、その内側でのみ機知や反語を共有する営みは、総合誌にはふさわしくあるまい。

　なお、この時期の芥川テクストの変質は、しばしば作家の病気や精神状態と結びつけて論じられてきたが、「侏儒の言葉」の変化は、それだけでは片づけられない要素があることを物語っているはずである。

おわりに

　小論では、非常に雑駁ながら、日本におけるアフォリズムの訳語が

西洋アフォリズムの翻訳、受容によっていかに変化したか、近代日本オリジナルのアフォリズムがどのような場で生まれた可能性があるか、そして芥川龍之介「侏儒の言葉」が『文藝春秋』のどのような環境のもとに生まれ、また雑誌の変質にともなってどのように変化していったかを追ってきた。

　確認しておきたいのは、アフォリズムが、読者を限定する語りであるということである。機知、反語、その意味を理解するための「教養」といった前提を共有する集団にむけてのみ、アフォリズムは有効になる。たとえば初期『文藝春秋』の場合は、菊池や芥川に共感や憧れを持つ高学歴男性がそれであった。そのような想像の読者共同体にむけて、その同一性を強調することによって「侏儒の言葉」は成り立ちえたのである。

　しかし、そのような語りは、時間がたてば陳腐になろう。それを受容し、共感する読者が外に向けて広がったとき、アフォリズムは「警句」から「金言」に変貌するのではないか。現に、「侏儒の言葉」の連載が終わるころにさかんに刊行されたのが、そうしたものを集めた書物である。先にも言及したように、書名に「警句」と掲げているものもあるが、中身は「金言」にひとしい。

　好例として、野間青治編『修養全集 金言名句人生画訓 3』（大日本雄弁会講談社、1929）を紹介しておきたい。本書には、「道歌、禅の悟の歌」「俚諺」「若、狂歌、歌物語」「俚謡、数へ歌、いろは画訓、唱歌」「俳句、川柳、川柳絵噺、狂句」「名言名句物語、警句、諷刺諧謔」「金言」「家憲、祈りの言葉、辞世」「故事物語」を擁する800頁余の大著で、文例が挿絵と共に掲載されている。ためしに「警句」のペー

05 アフォリズムに何が求められたのか
篠崎 美生子

ジを開くと、

　　急ぐ者は疲れ休む者は遅る
　　男は天下を動かし女はその男を動かす
　　鍬に光あれば大地はほゝゑむ[47]

といった、「金言」とも言い難いような句が、ポンチ絵とともに並んでいる。そして同じページに「「人生は芝居の如し。（中略）棄身になつて何事も一心になすべし。」（福沢諭吉）」や、「「中才は肩書によつて現はれ　大才は肩書を邪魔にし　小才は肩書を汚す。」（バーナード・ショオ）」が置かれている。機知と逆説からなる「警句」が、人口に膾炙するに従って「金言」化していく過程が、この１冊にもよく表れていると言えそうだ。

　そのように考えてくると、今日、機知と逆説をはらんだアフォリズムが、少なくとも日本の活字空間で成立が難しい理由もよくわかる。それを理解し共感する人の特権意識をあおる語りは、必ずそうでない人の排除を伴う。それは今日の公共圏にはなじむまい。そうである限り、「金言」化をまぬがれたアフォリズムを、我々は、古典として受容していくしかないのかもしれない。

　その場合、アフォリズムは、作家の思惑の表出としてでだけではなく、それが成り立った背景 —— 時代、メディア、読者と抱き合わせで読み解かねばならないことになるだろう。むしろアフォリズムは、その時代と読者をよむ鏡として、極めて有効なツールとして再発見されるべきジャンルなのではあるまいか。

1. 日本国語大辞典第二版編集委員会、小学館国語辞典編集部編『日本国語大辞典 第2版　第1巻』小学館、2001、p. 487。
2. 新村出編『広辞苑 第7版 机上版 あ―そ』岩波書店、2018、p. 76。
3. 松村明、三省堂編修所編『大辞林 第4版』三省堂、2019、p. 69。
4. 注3に同じ。「警句」p. 833、「金言」p. 740。
5. Dominique Maingueneau, *Phrases sans texte*, « La scène d'aphorisation », Armand Colin, 2012, p. 29-44 を参照。
6. 竹林滋編集代表『研究社新英和中辞典 第6版』研究社、2002、p. 113。
7. 小学館ロベール仏和大辞典編集委員会編『小学館ロベール仏和大辞典』小学館 ,1996, 初版2刷 p. 118。
8. ヘボン著『和英語林集成』は初版、再版は上海・美華書院でそれぞれ1867年、1872年、三版は丸善商社書店で1886年。参照は、飛田良人、李漢燮編『和英語林集成　初版・再版・三版対照総索引』第3巻（港の人、2001、和英の部 p. 28、英和の部 p. 462）による。
9. 豊田千速著『ダイヤモンド英和辞典』大阪、1888、p. 53。
10. 和田垣謙三著『新訳英和辞典』大倉書店、1901、p. 42。
11. 市川三喜、畔柳都太郎、飯島廣三郎共著『大英和辞典』冨山房、1931、p. 70。
12. 中江兆民『仏和辞林』仏学塾蔵板、1886、p. 56。
13. 中村正直『仏和辞書』同盟出版書肆、1887、p. 21。
14. 高橋五郎著『漢英対照いろは辞典』丸善商社書店、1888、「金言」p. 937、「格言」p. 340、「箴言」p. 1060。
15. 大槻文彦著者・発行『日本辞書　言海』1898、「金言」p. 255、「格言」p.178。
16. 亀井忠一著作兼発行者『国漢文辞典』三省堂、1906、p. 634。
17. 金澤庄三郎編『辞林』三省堂、1909、1907年刊の増補再版発行、p. 465。
18. 諸橋轍次著『大漢和辞典 第10巻』大修館書店、縮写版第5刷、1976、p. 597。
19. 伊藤銀月『日本警語史』（実業之日本社、1918）には、日本人が「警句を好み警語を重んずる」根拠として「禅門の法語」（p. 17）が挙げられているが、この書物における「警句」は「金言」的なものであり、白隠のようなアイロニーは軽視されている。
20. 塚本章子『樋口一葉と齋藤緑雨――共振するふたつの世界』笠間書院、2011、p. 292。
21. 松永昌三「解題 - 情海」（『中江兆民全集 12』岩波書店、1984、p. 433）。1891年3月15日から6月1日まで「木強生の名で、『立憲自由新聞』『民権新聞』に連載されたもので、『兆民文集』に「情海一瀾」として収録されている」とある。大半は『立憲自由新聞』に掲載、ごく一部が『民権新聞』6月1日号に掲載されたものであるが、松永の調査によれば初出不明のものも6篇ある。
22. 注20に同じ。p. 297。
23. 「解題 - 毒舌」木下歪太郎、小島政二郎、齋藤茂吉、佐藤春夫、平野萬里、森於菟、佐藤佐太郎、澤柳大五郎編輯『鷗外全集　第22巻』岩波書店、1973、p. 593 によれば、「明治24年（1891）3月24日、27日の2回『朝野新聞』に「鷗外漁史鈔」として掲載され、同年6月10日発行の雑

アフォリズムに何が求められたのか | 05
篠崎 美生子

誌『婦女雑誌』第1巻第9号に再掲され、のち『かげ草』に収められた」という。
24. ボーヴィウ・マリ＝ノエル氏のご教示により、この文は「セリユース」ではなく Publilius Syrus（古代ローマの作家）のものであることが明らかになった。
25. 高山宏は「ヨーロッパ風な感覚で謔語とか逆説とかやった一番最初はたぶん南方熊楠だと思う」とし、英国から帰ってきたころ（1900年ごろか）に熊楠が「日本語にアイロニーというものがない」（青山学院大学文学部日本文学科編『文学という毒：諷刺・パラドックス・反権力』笠間書院、2009 p. 135）ことを嘆いた書簡があると述べているが、熊楠の系譜については今回調査が及んでいない。
26. 国立国会図書館牽制資料室所蔵「中江兆民関係文書」では確認できなかった。https://ndlsearch.ndl.go.jp/file/rnavi/kensei/nakaechouminn/index_nakaechouminn.pdf 2024年2月23日アクセス。
27. 『帝国文学』1909.2、p. 38-48。
28. 『帝国文学』1909.5、p. 77-83 白村の解説は、西洋文学におけるアフォリズム史とその評価を端的にまとめたもので、アフォリズムはフランス、イギリス、ドイツの順に優れているし、「ラ・ロシュフコオ、シャムフォルの皮肉、ヴォヴナルグの犀利なる」を評価している。また、近年の英文学ではワイルドを最も高く評価、『セバスティアン・メルモス』の一巻」「『ドリアン・グレイ』の自序」を例に挙げている。
29. 「学校友だち」『中央公論』1925.2（『芥川龍之介全集』第12巻、岩波書店、1996、p. 103）。
30. 第三次『新思潮』創刊号（1914.2）に柳川隆之介のペンネームで掲載された。芥川の活字デビュー作でもある。
31. 「野呂間人形」（『人文』1916.8）より。原本は「『エピクロスの園』（Le Jardin d'Épicure 1895）からの引用」（清水康次「注解」『芥川龍之介全集』第1巻岩波書店、1995、p.348）
32. 浅野三千三宛て書簡1913年8月12日付。（『芥川龍之介全集』第17巻、岩波書店、1997、p. 119）
33. 矢口達編『ワイルド全集』全5巻、天佑社、1920。1巻小説集、2巻戯曲集、3巻戯曲及童話集、4巻詩集、5巻論文集で、矢口のほか、本間久雄ら13名が訳と解説を担当している。5巻（1920.7）には既刊の1～3巻「再版出来」との広告が載っており、一定の読者を得たことが想像される。
34. 坪内士行編『新訳沙翁警句集』毎日新聞社、1916、p. 2。
35. 伊藤長七著『格言警句集』誠文社、1928、p. 34。
36. 「書斎に対する希望」『新潮』1915.3、p. 12-23）、大杉は p. 13。
37. 堺利彦編『売文集』丙午出版社、1912 「第四篇 未来と過去」のコーナーに「小説 クレンクビユ（アナトル・フランス）」の題で掲載、抄訳である旨、冒頭に断りがある。
38. 拙著『弱い「内面」の陥穽―芥川龍之介から見た日本近代文学―』翰林書房、2017、p.236-274。
39. 芥川龍之介「親しすぎて書けない久米正雄の印象」（『中央文学』1920,5、p. 100-102）。
40. 寿陵余子「別乾坤」（『人間』1920.4. p. 26-33）。
41. 名実ともに同人誌となったのは第2号（1923.2）からで、14名の「編集同人」の名がこの号

の巻末に掲載されている。芥川は同人に含まれてはいない。
42. (著者不記載)『文藝春秋六十年の歩み』(文藝春秋、1982　非売品)には、3000部刷った「創刊号が売切れ」たばかりか「その月末までに、直接講読の申込みが百五十余名に達した」(p. 19)と書かれている。そのために第2号は4000部となった。
43. 「小心亭雑筆(一)」(『文藝春秋』1923.1、p. 25)には、「両箇の支那人欧羅巴に旅して始めて劇場に到る。一人はたゞひたすらに機構に眺め入りて遂にその運用を学び、他は言語を解せぬものからいかにもして脚本の意味を知らんと力めぬ。天文学者は前者にして哲学者は後者也。―ショッペンハウエル―」との「寓言」が掲載されている。
44. 芥川龍之介「侏儒の言葉」「二　鼻」(『文藝春秋』1923.2、p. 1)。
45. 菊池寛「本誌の過去と将来」(『文藝春秋』1925.12、p. 85-87)。
46. 「侏儒の言葉」の一部は芥川没後の1927年10月号、12月号にも掲載されたが、これら遺稿には、『文藝春秋』初期のものと同じような「我我」が頻出する鋭いアフォリズムが復活している。おなじく遺稿となった「歯車」の「僕は芸術的良心を始め、どう云ふ良心も持つてゐない。僕の持つてゐるのは神経だけである」(2)や、「まづ記憶に浮かんだのは「侏儒の言葉」の中のアフォリズムだつた」(3)などとあわせ読んだ同時代の読者にとって、高い効果を与えたことだろう。
47. 野間清治編『修養全集第3巻　金言名句　人生画訓』大日本雄弁会講談社、1929(非売品) p. 510-511。

補)文中の「支那(人)」の語は、すべて当時の資料の引用です。

Pourquoi l'aphorisme ?
Mioko SHINOZAKI

05

Résumé

Pourquoi l'aphorisme ?
« Paroles d'un nain » et son lectorat

SHINOZAKI Mioko

« Paroles d'un nain » d'Akutagawa Ryūnosuke (première parution : janvier 1923-juillet 1926, revue *Bungei Shunjū*, publié en volume aux éditions Bungei Shunjū Shuppan-bu en décembre 1927) est souvent considéré comme un recueil d'aphorismes représentatif du Japon moderne. Cependant, il est difficile de dire que la place de « Paroles d'un nain » dans l'histoire littéraire japonaise a été analysée de manière convaincante, tant dans le cadre de la critique littéraire japonaise en général que dans le cadre des études spécialisées sur Akutagawa. Par exemple, il existe des recherches montrant qu'Akutagawa a écrit des aphorismes parce qu'il était un excellent lecteur des littératures occidentales, mais à notre connaissance, il n'existe pas de recherche sérieuse s'intéressant à la possibilité ou à l'impossibilité de l'écriture aphoristique dans la littérature japonaise. C'est pourquoi nous nous intéresserons dans cette communication aux années 1920, pendant lesquelles Akutagawa a exercé son activité d'écrivain, pour nous demander sous quelle forme est apparue l'écriture aphoristique dans la presse, et quel était le lectorat cible de ce type de texte.

Les années 1920 au Japon sont d'abord le moment où le marché de la littérature se développe de manière significative : de nombreux magazines littéraires, ainsi que les colonnes littéraires des magazines généralistes se battent pour publier les textes des écrivains. C'est sans doute la raison pour laquelle ces mêmes magazines leur adressent fréquemment des enquêtes qu'ils publient ensuite. Ce format permet de faire figurer dans un même numéro un grand nombre d'écrivains (célèbres) en même temps, même si la quantité de texte fournie par chacun est très faible. Akutagawa se pliait volontiers à l'exercice, et on peut encore aujourd'hui lire un grand nombre de ses réponses à ces enquêtes. Certaines, comme « J'ai commencé à écrire des romans en grande partie sous l'influence de mes amis » (*Shinchō*, janvier 1919 : « Avant la première œuvre décisive – à propos de l'époque où votre première œuvre a été reconnue par le public et de la façon dont vous êtes devenu un membre du cercle littéraire (Commentaires de 20 nouveaux écrivains) »), ou « Ma vie quotidienne » (*Bunshō Kurabu*, janvier 1920 : « Enquête auprès de 10 écrivains dont Satō Haruo et Tokuda Shūsei »), portent sur sa carrière d'écrivain, ses habitudes quotidiennes et son processus d'écriture. D'autres recueillent des commentaires sur les autres écrivains, comme « Qui considérez-vous comme un grand frère ? – Impressions (24) À propos de Kikuchi Kan – (*Shinchō* janvier 1919), « Sur Tanizaki Jun.ichirō » (*Yūben*, avril 1919, numéro spécial), « Ce texte que je ne peux écrire sur Kume Masao parce que nous sommes trop proches » (*Chūō Bungaku*, juin 1920).

Ces enquêtes adressées aux écrivains sont probablement, comme nous l'avons dit précédemment, une forme née de la bataille que les magazines se livraient pour obtenir des textes à publier. D'un autre côté, les fervents lecteurs des « romans du moi » (*shishōsetu*) de l'époque se servaient probablement de ces enquêtes comme d'un outil leur permettant de comprendre mieux que personne ces œuvres alors en vogue. En outre, pour les auteurs, c'était une époque où il leur était possible de vendre contre monnaie sonnante et trébuchante les réponses à ces enquêtes – que d'aucuns hésitent à appeler « texte au fil du pinceau » (*zuihitsu*) – comme relevant du genre littéraire des *shōhin* (ou « petites pièces »).

Il est intéressant de constater que c'est à ce moment précis que, dans la carrière d'Akutagawa, on commence à observer des ensembles de textes dont on ne peut pas dire s'il s'agit de journaux intimes, de textes au fil du pinceau ou d'aphorismes. C'est par exemple le cas de « Potage varié – prose humoristique écrite en prenant le pinceau sous le nom de Juryo Yōshi » (*Ningen*, avril-juin 1920) et de « Bouchées » (*Shinchō*, février-mars 1921 ; publié avec « Potage varié » dans le recueil *Bouchées* (*Tenshin*),

Pourquoi l'aphorisme?
Mioko SHINOZAKI | 05

Kinseidō, 1922). Dans ces textes, on décèle des liens avec les réponses données à certaines enquêtes. Par exemple, dans l'enquête « Mes livres favoris et les impressions durables qu'ils m'ont procurées » (avril 1919) publiée par la revue *Chūō Bungaku*, Akutagawa évoque le compte rendu des cours magistraux de Koizumi Yakumo (nom japonais de Lafcadio Hearn, qui avait été professeur de littérature anglaise à l'Université Impériale de Tokyo), qu'il encense en les recommandant à « tout Japonais qui souhaiterait se familiariser avec la littérature anglaise », tout en lui opposant Hokusai et Judith Gautier qui n'ont décrit la Chine que d'après leur imagination, comme il le fait aussi dans le fragment "Terra Incognita" de « Potage varié ». Dans ce dernier texte, il ajoute au contenu de la réponse qu'il avait donnée à l'enquête un certain pédantisme, dont le ton est très proche de celui qui apparaîtra dans « Paroles d'un nain ».

On a souvent dit que la vigueur du marché des magazines littéraires dans les années 20 a permis l'avènement de l'âge d'or de la nouvelle. Cependant, la compétition entre les magazines pour obtenir des textes des écrivains a aussi amené la multiplication des enquêtes, ce qui a conduit non seulement au raccourcissement des œuvres narratives, mais aussi à la mode des textes « au fil du pinceau ». Il est intéressant de noter que c'est ce contexte qui a amené Akutagawa au développement de la forme aphoristique, et notamment à la publication en série de « Paroles d'un nain », laquelle s'est étalée sur trois ans et demi. On peut noter ici que le *wit* à l'œuvre dans « Paroles d'un nain » est un esprit, un *wit* (*kichi*) homosocial, mais si l'on considère que le lectorat consommateur des colonnes littéraires des magazines généralistes ainsi que des magazines littéraires était essentiellement masculin, cela n'est pas étonnant.

Toutefois, les années 1920 sont aussi l'époque de la massification de la littérature. Kikuchi Kan lui-même, le fondateur de la revue *Bungei Shunjū*, a été l'un des premiers à ouvrir le genre du roman à un lectorat plus large que l'élite masculine, notamment par la publication du roman *La Dame aux perles* (sérialisé dans le journal *Ōsaka mainichi shinbun* à partir du 9

Résumé

juin 1920). « Paroles d'un nain », au contraire, ne suit pas l'air du temps : sa publication s'arrêtera avant même la mort d'Akutagawa, et la forme aphoristique ne parviendra pas à s'étendre au-delà d'Hagiwara Sakutarō et de quelques autres – il serait intéressant ultérieurement de voir si la raison s'en trouve également dans le contexte médiatique et dans le lectorat.

Partie 03
Faire de la littérature avec des aphorismes

アフォリズムで文学作品を書く

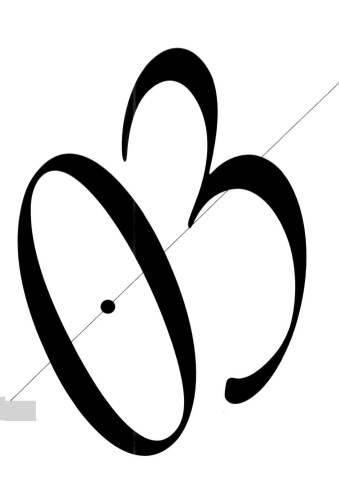

萩原朔太郎のアフォリズム
詩の原理と詩語をめぐる内的省察と実験の軌跡

朝比奈 美知子

はじめに

　アフォリズムというジャンルを萩原朔太郎ほど斬新な発想でとらえた著者がいるだろうか。彼の四つのアフォリズム、すなわち『新しき欲望』(大正11年)、『虚妄の正義』(昭和4年)、『絶望の逃走』(昭和10年)、『港にて』(昭和15年)は、詩の探究者としての不断の自己省察であると同時に、ジャンルの境界線上で新たな詩言語を探す飽くことのない試行錯誤の記録でもあった。

1. アフォリズム、エッセイ、詩

　萩原朔太郎は昭和11年「セルパン」に発表した「アフォリズムに就いて」において、アフォリズムの一般的な訳語として用いられる「箴言」という訳語が、なにか「教訓的、金言的の意味を感じさせ、且つ理知的で人間味がなく、文学としての内容を指示していない」ゆえに適切でないと述べている。彼によればアフォリズムとは、そのような非人情的なものではなく、詩や小説と同じく純粋の文学表現であり、「理知からの思索でなく、生活体感からの直覚的表現」という意味においてエッセイの一種、それも、一層簡潔に縮小され、より芸術的、詩文的にエキスされた「珠玉のエッセイ」である (V-342[1])。フランス文学者の河盛好蔵は、一般的な辞書的定義を踏まえた上で、

萩原朔太郎のアフォリズム

朝比奈 美知子

06

　フランスの『ラルース十九世紀万有大事典』に見られる「経験にもとづくささやかな総合」という記述を引き、朔太郎のアフォリズムは公理、自明の理のごとき固定的かつ権威的な文章とは質を異にする主観的な色合いを持つものであると指摘している[2]。

　同じ「アフォリズムに就いて」において朔太郎は、日本の伝統的随筆とみずからのエッセイとを対照し、前者が『枕草子』や『徒然草』の系譜に連なる花鳥風月の趣味性の主題や茶呑み話の漫筆に終始しがちであるのに対して、エッセイは「哲学的、思想的の根拠」を持ち、「人間生活の文化命題」に関わるものだとする（V-342）。他方それは「小論文」と訳されることもあるが、元来エッセイと論文は別のものであり、論文が理知の抽象的産物で非文学的であるのに対し、「エッセイ」は主観の体験や生活感情を主とした純文学的なものであるとつけ加えている。

　とりわけ朔太郎のアフォリズム観において特筆すべきは、彼がアフォリズムを「詩」の一種であると考え、「思想詩」と呼んでいることである（V-343）。

　同じ文章の中で萩原は、アフォリズムの名文家としてパスカル、ニーチェ、[レミ・ド・]グールモン、マックス・ジャコブ、[ジャン・]コクトーの名を挙げている。一方、日本の作家については、当時随筆家として定評があった内田百閒や松岡譲に言及するものの、アフォリズム作家としては認めず、唯一芥川龍之介の名を挙げ、芥川の書くものは「小説でもなんでも皆一種のエッセイ（小説的形態をもつエッセイ）」であり、彼は厳密な意味で「小説家というよりエッセイストというべき作家」であったかもしれないと述べる。作品に関し

ては、『西方の人』を「アフォリズムの形態で書いた小説として、極めて特異のもの」とする一方、『侏儒の言葉』は「純粋のアフォリズムであったけれども江戸ッ子的機知に類して深味がなく、意外に詰らない」ものであったとつけ加えている（V-343〜344）[3]。

　それでは、哲学的・思想を含み、なおかつ生活感情に根差した直覚的なエッセイであり、しかも詩の一種である「思想詩」とはどのようなものなのか。朔太郎のアフォリズムについては諸論があるが、以下ではそれらの論考を踏まえつつ、あらためて朔太郎の言葉をたどることから始めよう。

2. 思想詩

　第一のアフォリズム集『新しき欲情』の序にあたる「概説」（IV-5〜8）で朔太郎は、「『詩人としての私』はすでに幾編かの叙情詩によって公表されたが、『思想家としての私』がこの書物によって始めて世に出る」のであり、「[詩とは]他の半面における生活とその著しい特異性」、「詩によっては未だ言い得なかった多くの情操」を書くのだと述べ、さらに、同書は「芸術哲学の根本問題」を扱うものであり、かつ「詩の原理への入門」でもあるとする。また彼は、「論文でもなく、評論でもなく、感想でもなく、随筆でもなく、全く一種特別な」ものであるアフォリズムには「散文詩」の呼称を考えもするが、散文詩が抒情詩の延長上にあり暗示的で節律性を重んじるのに対して、自身の表現は説明的かつ非節律的で、純粋評論の要素をそなえているという理由から、それを「情調哲学」と呼ぶ。

　このようにアフォリズムは抒情詩とは別の側面を表現するものと

萩原朔太郎のアフォリズム
朝比奈 美知子 | 06

して構想されたわけであるが、朔太郎の意識には常に詩があった。実際、第二集『虚妄の正義』の「序」でも述べられているとおり、アフォリズムのある部分は「詩文風のスタイル」（V-228）で書かれており、のちに散文詩集『宿命』に収録されたものもある。

　第三集『絶望の逃走』の「自序」においては、詩と表裏一体のものとしての「思想詩」像が打ち出される。朔太郎は、詩人としての出発以来、常に二つの文学、すなわち、『月に吠える』、『青猫』などの抒情詩と、『新しき欲情』、『虚妄の正義』などのアフォリズムを常に対立的に描いてきたとする一方、抒情詩とアフォリズムは彼自身の詩精神の両面をなし、抒情詩は彼の生活における「夜」、思想詩は「昼」であり、両者はともに彼自身の「詩人生活を生成」する「同じ詩情の生活する表現」であると述べる（V-5）。昭和9年6月27日付三好達治宛書簡においても、『氷島』は「『虚妄の正義』の精神を抒情詩で歌ったようなもの」であり、『虚妄の正義』は「私にとっての生活記録で、本質的には詩と同じもの」（XIII-357）であるとし、翌年10月末（推定）の清水房之丞宛書簡では『絶望の逃走』が『虚妄の正義』とともに「『氷島』のリリックが所因している本源のもの」を書いていると述べる（XIII-375）。

　アフォリズムの探究は、ある意味で詩と思想の分断の超克を通じて新たな文学形式を模索しようとする企てであったともいえる。昭和3年3月に『近代風景』に発表された「詩と哲学との比論よりその現在未来を論ず」（VI-417〜427）において朔太郎は、詩と哲学の分断を歴史的な視点から考察している。以下にそれを要約しよう。

彼によれば、人史上の原始においては詩が「あらゆる文学の総合」であったが、散文が発達するにつれて韻文の領地が食い取られ、歴史、小説、戯曲、随筆などが生じた。哲学もまたあらゆる点で詩と同じ運命をたどっている。哲学はもともと「一切の科学の総合」であったが、科学の発達とともに数多くの科学的独立部門に分裂した。このように詩と哲学は、文化史的にきわめてよく類似した相互の関係をもっており、ともに「文化の母胎」、「二つの並行した原始的存在」であったものが、他によって食い込まれ、他によって自体を分裂されてしまっている。最近では、詩は抒情詩という特殊な韻文のみに限定されているが、今その最後の牙城も自由詩によって脅かされている。というのも、自由詩は「散文全盛時代における、商工業時代における、社会のプロゼック〔ママ〕な情操」を表現しているからだ。こうして「哲学は科学の中に消滅され、詩は散文の中に吸い散られてしまい」、「触覚する実体」を持たず、単にそうしたものの空疎な言語、観念にすぎないものとなっている。

とはいえ、同論において朔太郎は、自分の時代において詩と哲学が滅んでいるとしても、詩的精神、哲学的精神は滅んでいないのだとする。そして、詩壇を担っている者に求められる最大の課題は、「実体なき幽霊観念」に陥っている詩に対して、新しく予想される未来形式を創作において示すと同時に、それを理論上で正しく定義づけることだと主張するのである。

このように、朔太郎は詩と哲学の分断と凋落の原因を近代における科学主義と商業主義の蔓延に見出しているが、そうした意味においての近代批判は『新しき欲情』をはじめとするアフォリズムの基

調にもなっている。同書の「第一放射線」所収「新しき欲情」においても彼は、美やあらゆる文化の凋落の元凶をつくった「錯誤せる妄想」である自然主義、啓蒙主義を厳しく批判する。かくして彼は、「過去の現実の、また古めかしき新しき、廃れたる流行している、それらあらゆる思想の逆流をさかのぼって、遠く真実の沿岸にまで、我等自身の新しき風景を幻想する」という「新しき欲望」を表明するのである（IV-14〜15）。

3. 生活体感の直覚的表現

　ところで、前述のように、朔太郎はアフォリズムを「生活記録」と呼び、思想詩と抒情詩を「詩人生活を生成」する「同じ詩情の生活する表現」ととらえているが、彼がアフォリズム（＝思想詩）について述べるときに用いる「生活」という言葉は検討に値する。
　『絶望の逃走』の「自序」で朔太郎は、アフォリズムの思想は「自分の日常生活から発見」され、同書の大部分のトピックは「戸外の漫歩生活——街路や、森や、電車や、百貨店や、珈琲店や、映画館や——で啓示された」もので、画家が写生帳を持って歩くように、常に手帳を懐中にして行く先々の感想を記録していたので、それは「一種の日記帳みたいなもの」であるとする（V-7）。『港にて』においても、アフォリズムは「街の酒場や、散歩の途上や、友人との会話や、電車の中や、映画館の一隅で、随想の浮ぶ毎に書きつけたもの」で、そこにあるのは「書斎の思想」ではなく、「街上の思想」だと述べる（V－129）。
　「生活」への言及は書簡においても一貫して繰り返される。昭和4

年11月13日付室生犀星宛書簡では「あの本は論文ではなく、むしろ僕の過去における孤独生活の日記」であり、「あの本を一冊よめば、過去に僕がどんな生活をし、どんな思想をもって生きてきたかがわかる筈で、『生活者』としての萩原朔太郎を知る上には、最も都合の好い参考書なのだ」（XIII-290〜291）と述べる。同じ書簡で彼は芥川に触れ、芥川の書いた「侏儒の言葉」やその他の書き手が書いている機知的な警句などがすべて「頭脳」だけで書かれているのに対して、自分は「すべて『心情』から、生活感の深い底で抒情詩の涙を流して居るのだ」（XIII-292）とも述べている。

昭和4年11月（推定）の岡本潤宛書簡では、『虚妄の正義』とは、「僕の過去における生活日記」あるいは「孤独者の手記」とも言うべきもので、まず文壇を相手に戦い、広くは社会に対して鬱憤し、さらに根本的には人生の不条理な宿命に対して叛逆する自分が、近代の過渡期の日本においていかなる生活を送り、いかなる姿勢で「月に吠える」や「青猫」の創作にあたったのかを書き記した記録であり、その意味において、それは「僕の自叙伝であり、同時にまた見方によれば、僕の叙情詩の自然発生を解いた原理」でもあると綴っている（XIII-294〜295）。

このようにアフォリズムは、日常生活の漫歩に触発された断片的な随想であるにとどまらず、同時代の社会や文芸思潮と格闘しながら詩の原理を追究した一人の文学者としての朔太郎の生の軌跡を語るという点で、時間的継続性と自己探求の一貫性を有するものなのである。

だが、「アフォリズムに就いて」において朔太郎が述べた「理知か

萩原朔太郎のアフォリズム

朝比奈 美知子

06

らの思索でなく、生活体感からの直覚的表現」という言葉はさらなる検討を要する。『虚妄の正義』「序」においても朔太郎は、「内部に於ける一つの思想を、さまざまなる肉情の衣装によって、直感に盛り上げようとしたのである」（IV-228）という表現を用いているが、朔太郎の言う直覚、直感性とはどのようなものなのか。またそれは「生活」や「思想」とどのように関わるのだろうか。

『絶望の逃走』の「序」において朔太郎は、この書を「日常生活の記録」、「一種の日記帳みたいなもの」としながらも、自身の日記帳は「生活様式の個々の事実を省略して、事実の背後に暗示された普遍的な意味だけを、直覚に捉えて書いた」（V-7）ものだと述べている。また、『詩人の使命』所収「詩と散文精神」において、「真実の心（意識）」は「常に全体としての統一的流動」であって、分析的抽象や散文的説明になじまず、「直覚的に感触する以外に、真相を知ることの出来ないものである」（X-201）と述べている。

そもそも「思想」と呼ぶものについての朔太郎の考え方は注目に値する。大正8年4月17日付多田不二宛書簡において彼は、「思想」を感情に対立する「概念」ととらえる世間一般の考え方を批判し、真の意味での「思想」という言葉は、「統覚的心理にもとづく感情でなければならぬ」（XIII-214）と述べている。この考え方が『新しき欲情』に反映されることになる。同書の「第一放射線」所収「読者への挨拶」においては言葉、思想、詩についての朔太郎の考え方が展開されているが、そこで彼は、言葉というものは、すべて感情によってのみ、気分によってのみ、情欲によってのみ語られるものであるゆえ、思想そのものは「我等の表現における符号」に過ぎず、概念

や事柄でなくその内面における意向やその表白を余儀なくせずにおかない情意の律動的な躍動を伝えるとき、あるいはまた、読者の側から見れば、思想が「記述」や「説明」でなく、むしろ「情欲的に魅惑のある詩」として読まれた時に、はじめて表現の目的が達せられるのだとしている（IV-12～13）。

　こうした考え方の醸成には複数の要素が関わっていると考えられるが、朔太郎は大正8年4月17日付多田不二宛書簡において、「聖書にあるキリストの言葉の如きものを、私は真の意味の『思想』と呼ぶ」と述べる。彼によればそれは「感情であって、同時に哲学」であり、「聖書は一扁の叙情詩であるが、同時に思想的の書物」であり、「ニーチェの書物の如きも、また抒情詩であって同時に哲学」である（XIII-214）。さらに彼は『詩の原理』の「内容論」第8章「感情の意味と智性の意味」で、「感情は理知の知らない真理を知ってる」というパスカルの言葉を引き、その言葉は無知の感情を指すのではなく、「知恵の認識と共に溶け合ってる感情 ―― 即ち主観的態度の観照」を指しているのだと解説している（VI-56）。

　ところで、ここでパスカルと並んで引かれているニーチェが朔太郎の思想詩の生成に深い影響を与えたことはよく知られている。たとえば『新文学論全集　四』（河出書房、昭和16年）所収「抒情詩」において朔太郎は、「思想詩」とは主として哲学的、神学的なドグマを書いたもので、ダンテの『神曲』、ニイチェの『ツアラトストラ』などがそれにあたるとしている。とりわけニーチェの『ツアラトストラ』については、いかに深遠幽玄な哲理を内容に含蓄するとしても、それはニーチェの主観的な詩的感情を最も強烈に燃焼させた表現で

06 萩原朔太郎のアフォリズム
朝比奈 美知子

あり、「どんな意味から見ても散文ではない」ゆえに、「哲学でもなく評論でもなく、最も本質的な意味において詩〈思想詩〉なのである」と述べている（XIV-140 〜 141）。

　久保忠夫は、朔太郎の文章と彼が参照したと考えられるパスカル、ニーチェ、ツルゲーネフらの作品との対照を通じて朔太郎のアフォリズムの生成過程の解明を試み、ニーチェについては、生田長江訳の影響の重要さを指摘した上で、大正 11 年に刊行された『新しき欲情』の生成という観点から、新潮社から刊行された生田長江訳の全集の中で大正 11 年以前に刊行された翻訳作品、すなわち『人間的な、余りに人間的な』、『黎明』、『悦ばしき智識』に焦点を絞り朔太郎の作品との関係を考察している[4]。しかし、『ツアラトストラ』の翻訳は、全集への収録は大正 11 年になるものの、同じ生田長江の訳による『ツァラトゥストラ』が新潮社からすでに明治 43 年に刊行され、その翌年には再版が刊行されている[5]。のちに「ポオ、ニイチェ、ドストイエフスキイ」（『ニヒル』昭和 5 年 5 月）で回想されるように、朔太郎は全集版以前に出版された生田訳を少なくとも読んでいた（XI-555-557）。そこで彼は、同書をはじめて読んだ際には理解不能で反感さえ持ったと述懐しているが、アフォリズムという形式の着想はもちろん、漂泊と探究、求道者（思想家）と詩人、肉体的な直覚による真理の把握、そして一人の人間の生涯を語るという点において、生田訳『ツァラトゥストラ』が朔太郎に霊感をもたらしたことは明らかである。そして、『新しき欲情』においても、少なくともその片鱗は現れていると考えられる。

　ニーチェとの関わりの詳細については場所を改めて論じる必要が

あるが、ここでは一つ例を挙げよう。朔太郎は大正6年5月中旬の高橋元吉宛書簡において、自分の本質はどう考えても「詩人」というより「求道者」という方が正確で、詩は自分にとって「罪の懺悔」に過ぎず、自分は詩人としては「どこかアマチュアな感覚」があり、「思想家としてはとにかく、人間としては下劣な肉情主義者」であると述べている（XIII-176）。つまりこの書簡において朔太郎は、詩と求道を対置し、詩人であることを未熟と見なし、自身の人生を求道の道程としてとらえようとしているかに見えるが、この告白は『ツァラトゥストラ』第二編「詩人」を想起させる。そこでは「詐ること多き」[6]詩人であったツァラトゥストラが葛藤を経て求道者たることを選ぶに至った顛末が語られ、章は「我は精神の悔恨者の来れるを見ぬ。彼らは詩人の間より出しなり[7]」という言葉で結ばれる。ここにおいては詩人であることが未熟の段階と見なされ、求道者としての覚醒が成長としてとらえられている。ただ、その一方で求道者は「詩人の間より出しなり」とされ、詩の探究が求道につながるものであることも示唆されている。この詩と求道（＝思想）の間の葛藤は朔太郎自身の問題となり、アフォリズムにはその葛藤の軌跡が現れている。この問題に関し、青春期に触れた『ツァラトゥストラ』のイメージが、理解が不完全な段階であれ直観的に影響したことは想像に難くない。

　さらに、同じ「詩人」の章の冒頭の「肉体を善く知りし後、精神はただ幽霊の如きものたるに過ぎず（…）総ての『不滅なるもの』は、畢竟ただ一の比喩たるに過ぎざるなり[8]」というツァラトゥストラの言葉もまた、概念としての思想の空虚を批判し肉情を通じた直感的把

萩原朔太郎のアフォリズム　06
朝比奈 美知子

握を進めようとする朔太郎のアフォリズムの精神に共鳴するものであることも付け加えよう。

4. 都市の漫歩の詩学

とはいえ、ツァラトゥストラが揺るぎない真理の探究者であるのに対し、アフォリズムの「私」は都市の漫歩者である。また何より、ツァラトゥストラが詩人であることよりも求道者（＝思想家）であることを選ぶのに対し、朔太郎は両者の間で葛藤しながらも、常に詩を見据えている。

こうした都市の漫歩者としての詩人像には、やはりボードレールの影響を認めずにはいられない。というのも、朔太郎のアフォリズムは詩人であることをめぐる「エッセイ」（モンテーニュ的な意味においての）であると同時に詩そのものであるからだ。

実際ボードレールは朔太郎のアフォリズム、とりわけ前半の二集において最も頻繁に言及される文学者の一人である。『新しき欲望』「シャルル・ボドレエル」において朔太郎は「ボドレエルに対する燃えるが如き愛」を語る。彼によればボードレールは、「阿片吸引者の夢に見る月光のように、いつも蒼ざめた病魔の影に夢遊」しながら、その反面の人格において「あんなにも明徹な、白日のような理性」を有し、そうした明晰さを持ちながら「永遠への郷愁」を慰めることができず、「自ら信じない幻像の実在」にむかってたえず「霊魂の悲しい羽ばたき」をした詩人である。その意味において彼はボードレールを「真の近代的神秘詩人」とするのである（IV-66〜67）。

フランスでの日本の近代詩の紹介に貢献したステニルベル＝オー

ベルランは、「萩原朔太郎はボードレールという庭で自然に生え出た花のようであり、ボードレールは萩原朔太郎の温室で人工的に育てた花のように思われる[9]」という言葉で二人の詩人の共振関係を表現したが、アフォリズムにおいてもボードレール的なテーマの存在は顕著に認められる。以下にいくつかのテーマとそれが現れる断章を示そう。

○「自然主義の常識美学」への叛逆、反自然、反自然主義……『新しき欲情』「概説」(IV-6)、同「シャルル・ボドレエル」(IV-71)、『虚妄の正義』「日本の自然主義派文学」(IV-195)、同「文学の本質問題」(IV-396~397)

○近代における詩人の失墜、詩人の受難……『新しき欲情』「シャルル・ボドレエル」(IV-66~67)、『虚妄の正義』「天才の鬼哭」(IV-432)、『絶望の逃走』「ドン・キホーテの近代性」(V-40~41)、同「絶望の復讐」(V-58~59)

○退廃……『虚妄の正義』「痛ましき風景」(IV-325~326)

○野蛮……『新しき欲情』「野蛮への若返り」(IV-216~218)

○反近代、反進歩……『虚妄の正義』「芸術家の風俗とその変轉」(IV-352-353)、同「芸術には進歩がない！」(IV-362~364)、『港にて』「進歩という考の妄想」(V-176))

○群衆……『絶望の逃走』「群衆の中に居て」(V-56~58)

○詩と先験的記憶……『港にて』「詩と先験的記憶」(V-150)

○悪の詩……『新しき欲情』「苦蓬酒の盃をあげて」(IV-186~187)

○遊歩……『新しき欲情』「概説」(IV-5)、同「散歩の必要」(IV-172

06 萩原朔太郎のアフォリズム
朝比奈 美知子

　朔太郎のアフォリズムがボードレールに限定されない複数の文学者、思想家の複合的な影響下に書かれたものであることは間違いないが、こうしたテーマ展開を見ると、詩と散文をめぐるボードレールの紆余曲折する思考をたどっているかのような感覚を覚えずにいられない。

　ニーチェとも通底する問題であるが、朔太郎のボードレールへの傾倒の理由は、彼がこのフランス19世紀の詩人の中に自らが範とすべき近代の詩人像を見出したことに求められる。「蒼ざめた病魔の影に夢遊」しながら「明徹な、白日のような理性」を有し、明晰さを持ちながら「永遠への郷愁」を慰められず、「自ら信じない幻像の実在」を求め続ける詩人の姿は、まさに朔太郎自身に重ねられる。昭和14年12月2日付丸山薫宛書簡において彼は「お互に詩人と生れたことは悲劇」であるが、悲劇そのものは芸術家にとって必ずしも不幸なものではなく、「詩人はセンチメンタリストであると共に、一方で冷静な知性人でもなければならない」（V-436）と述べている。

　ボードレールはまさに近代の詩人の悲劇を生きた詩人、すなわち、失われたロマン主義的夢への憧憬と不可逆的に進行する近代社会という現実の間で苦闘する「呪われた詩人」であった。朔太郎はアフォリズムを通じてその人生と生活を反芻し、詩語として刻む。ボードレールもニーチェも等しく近代のキリスト（殉教者）であるが、『絶望の逃走』所収「絶望の復讐」によれば、彼らを苦しめる悪の要因は、単なる社会の外部条件にのみ存するのでなく、「もっと深遠で宿命的な人性の本源問題」に存し、それが、彼等を不断に苦しめ、生涯を

通じて復讐を誓わせる「敵」となる。彼らは、実体のない夢を追い求めては絶望し、復讐を成し遂げられる希望もないまま「絶望の復讐」に駆られて無限の悲しみを生きる（V-58）。そうして彼らは、常に満たされない憤怒を抱え、「芸術によって『久遠の復讐』をたたきつけた」（「復讐と怨恨の芸術」XIV-15）。朔太郎もまた、詩とアフォリズムを通じ、自身に内在する絶望を復讐として社会に、あるいは自分に刻むのである。

　以下では、朔太郎がボードレールをどのように読んだのかについてあらためて確認しておこう。

「僕は不幸にして仏蘭西語の知識がないので、訳文の適否について語学上の批判を述べる資格がない[10]」と述懐しているように、朔太郎はボードレールを翻訳で読んでいたと思われるが、ボードレール作品の翻訳はすでに明治末期から多数発表されていた。『新しき欲情』（大正11年）以前あるいはその周辺の時期に出版された単行本としては、『悪の華』については矢野文夫訳（『悪の華』、耕進社、年代不詳）、馬場睦夫訳（『悪の華　詩集』、洛陽堂、大正8年）が、『パリの憂鬱』については髙橋公江訳（『パリの憂鬱』、青郊社、昭和3年）、三好達治訳（『巴里の憂鬱』、厚生閣書店、昭和4年）などが出版されている。

　一方、文芸雑誌にも明治期から多数の翻訳が発表されている[11]。『悪の華』に関しては明治末期の上田敏『海潮音』（本郷書院、明治38年）での部分訳をはじめとして、永井荷風、蒲原有明、川路柳虹、あるいは朔太郎と親交のあった大手拓次らが矢継ぎ早に翻訳を発表している。『パリの憂鬱』についてもそれに劣らず、むしろより多くの翻訳が発表されている。主なものに限っても、明治末期からさまざま

06 萩原朔太郎のアフォリズム
朝比奈 美知子

な雑誌に発表された蒲原有明訳、山村暮鳥訳「リツトル・ポエムス・イン・プロオズ」(「詩歌」、大正1〜2年)、同「無韻小詩」(「感情」、大正5年)、大川周明訳「散文詩」(「新世紀」、大正2年)、火の鳥訳「小散文詩」(「早稲田文学」、大正4年)、谷崎潤一郎訳「ボオドレエル散文詩集」(「解放」、大正8〜9年)などがある。短い期間にこれほど多くの翻訳が発表されていることは、『パリの憂鬱』という散文詩に対する日本の文学者の関心の高さをうかがわせるものである。

　評論、評伝の分野でも、小林秀雄訳『エドガア・ポー　その生涯と作品／再びポオに就いて』(新しき村出版部、昭和2年)、中島健蔵・佐藤正彰訳『ボオドレエル芸術論集』(芝書店、昭和9年。「近代生活の画家」を含む)、松井好夫訳『人工楽園』(耕進社、大正11年)、堀口大学訳『ボオドレエル感想私録』(第一書房、昭和8年、『火箭』、『赤裸の心』含む)などの翻訳が出版されている。

　このように、第1集『新しき欲情』を構想した時点では単行本としての出版物は比較的少なかったものの、雑誌掲載の形ではすでに多様な翻訳を読むことができ、朔太郎は私淑した北原白秋らとの交際の中で各種の雑誌に触れ、複合的な形で影響を受けたと推測される。だが、『新しき欲情』醸成の過程での着想という点においては、朔太郎と親交があり、詩作においても刺激しあう関係にあった山村暮鳥が発表した散文詩の翻訳「リツトル・ポエムス・イン・プロオズ」(大正元年〜2年)、「無韻小詩」(大正5年)には、時期的に見ても、アフォリズムを構想していた朔太郎の注意を引くに足るものがあったと推測される。とりわけ大正5年「無韻小詩」が発表された雑誌「感情」には「シヤール・ボードレールに就て」と題する暮鳥のボー

ドレール論も掲載されている[12]。そこで慕鳥は、文芸の退廃の時代を生きる受難者としての詩人、真の美の追究と悪、無形の郷愁とリアリズムの相克といったボードレールのテーマを紹介しているが、それらは朔太郎がアフォリズムにおいて述べていることと符合する。もちろん、ボードレールの解釈については明治期以来多数の翻訳が出ていることから、慕鳥の論を待つまでもなかったはずではあるが、慕鳥が両方の雑誌の散文詩集で紹介した「芸術家の懺悔」(原題 Le Confiteor de l'Artiste)は、前述の高橋元吉宛書簡の「詩はわたしにとって『罪の懺悔』に過ぎず」という書簡の言葉と共鳴するものがある。

　また、「かくの如き芸術は、霊と肉との弁別しがたき混淆錯雑にあり、霊魂の感ずる凡ての繊微なる掠奪を以て殆ど物質的の事物と、それ自身、避け得られぬ関係を有する」ゆえに、「抽象的の瞑想に於てでは無く、官能、肉の欲、眼の快楽を通じて」把握されるべきものであるという慕鳥の言葉を通じて紹介されたボードレールの詩作の在り方は、概念を否定し街路からの直接の刺激や肉情や直感に従おうとする朔太郎の思想詩の醸成をニーチェとともに促した可能性があるだろう。

　そもそも、ボードレールが同じ都市風景に依拠しながら『悪の華』(叙情詩)と『パリの憂鬱』(散文詩)という2つの詩集を通じて行った詩言語の探究は、同じ内面を抒情詩と思想詩という二側面で表現するというフォルムの探究を行っていた朔太郎を直接的に刺激したことは間違いない。一方は夢への、他方はレアリズムへの傾斜を見せる『悪の華』と『パリの憂鬱』は萩原朔太郎が言うところの夜と昼に対応するのであるし、詩言語、あるいは詩の構成という点でも

朔太郎のアフォリズムの探究を刺激したに違いない。周知のとおりボードレールは『パリの憂鬱』の序「アルセーヌ・ウーセーへ」において、脊椎の骨を一つひとつ取り出すように筒切りの断片に分割でき、しかも、切断されたのちに苦もなく繋がりうるような、しなやかであると同時にぎくしゃくした詩的散文の探究に言及し、しかも、それが巨大な都市を足繁く訪れることから生まれたものであると述べている[13]。一方朔太郎も、『新しき欲情』を「一見ばらばらであるように見え」て「一切が統一」されている書物とし（「概説」、Ⅳ -5)、「系統立った通読は厳禁で、読者は散歩の道すがらどこでも手に触れたページを開き、また閉じることができ、書き手においては、書斎でなく戸外の空間においてこそ思想の最も悦ばしき解説が知覚され、不可知の何事かを捉えることができる」（Ⅳ -5）と述べている。こうした着想は大都会の遊歩に霊感を求めた『パリの憂鬱』、移ろいやすいものを刻々に受容しながら「不変のもの」を求めるボードレールの「めぐり合わせの画家」の探究（『現代生活の画家』)[14] を想起させずにおかない。

　翻訳の出版時期からすれば、「アルセーヌ・ウーセーへ」にしても『現代生活の画家』にしても、大正11年に発表された『新しき欲情』への直接的な影響関係の証明はむずかしい[15]。しかし、都市の遊歩に啓示を得て同じ都市生活の情景と風俗を韻文詩、散文詩という異なる詩言語を用いて探究するというボーレールの詩人としての実践（＝生活）そのものが、訳詩を通して朔太郎に啓示を与えたことは間違いないだろう。

5. 日本回帰、劣敗

　しかしながら、第3集『絶望への逃走』と第4集『港にて』、とりわけ『港にて』においては探索の方向に変化が認められる。その変化は昭和9年発表の『氷島』周辺期におけるいわゆる日本回帰と無縁ではないだろう。

　たとえば、『絶望の逃走』においては「大和魂」、「文化と武士道」、「神風連」「日本の回顧」、『港にて』においては「和歌と純粋詩」、「幻燈の日本」、「日本の甲冑」などといった日本回帰的な断章が目を引くようになる。また、朔太郎は、『絶望の逃走』所収「日本の回顧」においては「日本に移植された西洋思潮は、少なくとも文芸の土壌に於て、かつて一度も根を持たなかった」（V-91）と、『港にて』所収「知性の橋」においては、日本人にとって西洋は「橋」、すなわち「新しい時代を創るために、日本が通過しなければならないところの、単なるコースにすぎない」（V-242）と述べる。

　とりわけ『港にて』においては、「思想」という語の頻度が相対的に減り、その一方で、「純粋詩」、「純粋」という言葉の頻度が増す。たとえば同書の「詩人と随想」では「詩人は絶えず随想（エッセイ）せねばならない」（V-147）とするものの、同じく同書所収「純粋なる詩人」では、「抒情詩人だけが、真の純粋の詩人である」（V-164）と述べる。もともと朔太郎のアフォリズムは、思想と詩、散文と韻文という狭義のジャンルの境界の超克を目論む企てであったはずだが、『港にて』ではむしろ詩の純粋性への傾斜が顕著になる。

　それと並行するように、思想詩人が直観的に把握すべきものについても、『港にて』においては特に「先験的記憶」という言葉が頻

萩原朔太郎のアフォリズム

朝比奈 美知子

06

繁に用いられるようになる。たとえば、同書所収「詩と先験的記憶」（V-150）においては、「真の純粋な抒情詩は、決して経験的なものを素材としない」のであり、「詩の純粋な内容」とは、「詩人が生れる前から、経験以前に所有していた記憶」、「人類が歴史とともに経験し、何代もの先祖を経て、個人の意識中に遺伝されてる」ところの「先験的記憶」もしくは「先天的経験」であるとされる。直観性の重視という点では初期のアフォリズムと共通するものの、ここでは、都市の漫歩を通じて見聞きするものによる外在的な刺激よりも記憶の内在性が強調され、空間的広がりよりも時間の遡行と起源の意識が強まっている。

それとともに、純粋な詩の要件としての韻律や音楽性への言及が増える。朔太郎によれば、「先験的記憶」とは「実に縹渺として捉えがたく、夢のように説明出来ないところの、不思議にむず痒い心の衝動」であり（「詩と先験的記憶」、V-150）、「音楽以外のどんな手段を以てしても、決して表現することができない」。一方、音楽が表現しようと意志するものは「人間の意識内容の中で、最も秘密に奥深く実在し、且つ最も抜きがたく本能と密接している情緒」、「猿猴の先祖と共に遺伝され、純粋持続の記憶によって把持されてる、意識の先験的記憶」にほかならない。「詩が本質に於て音楽と一致し、音楽に対して無限の郷愁を持つのはこの故」なのだ（「詩と音楽」、V-151 〜 152）。朔太郎は、当初目論んだジャンルの枠を超えた新たな詩言語の探究から撤退し、自由詩や詩的散文も否定し、純粋なる韻文詩へと回帰しているようにも見える。

ところで、朔太郎は「和歌と純粋詩」において「日本の平安朝末

期の歌（特に千載集や新古今集など）は、詩学の根本的な精神に於て、現代ヴァレリー等の仏蘭西詩人が理念している、所謂『純粋詩』と全くよく符節している」と述べている（V-152）。『港にて』でもボードレールへの言及はあるものの、ボードレールが19世紀、つまり過去の時代の詩人として引かれるのに対し、ヴァレリーは現代の詩人として引かれている。ただし、平安の「純粋詩」について朔太郎は、そこに残るのは「硝子のように透明な知性」と「純一無垢のリリシズム」のみで、音楽的リリシズムで恋愛を詠んだ平安の詩人たちは、恋愛に耽溺しながら恋愛さえも趣味的に客観視し、生活の素材を失い、どんな熱情もなくしてしまうほどの「透明な知性人」になってしまったとする（「和歌と純粋詩」、「光栄ある没落」、V-152~153）。阿毛久芳は、『氷島』以後朔太郎は「実作によってそのイデアを示し得なかった[16]」と述べている。詩と思想の境界の超克の企てを捨て、無垢なる純粋詩のリリシズムへの回帰を夢見たものの、そこに行きつくべき「港」はなかったのだ。

　たしかに日本回帰自体が敗北であった。朔太郎はボードレールやニーチェに霊感を受け、近代西欧における精神的闘争者である彼等の跡にみずからの生活感情を同化させるべく探究を続けたものの、その探究において無力感に苛まれ、闘争に背を向け、飯島耕一の言葉を借りれば「大きく『喪失』することさえできないという深い絶望感[17]」に陥る。

　しかしながら飯島は、それを早計に転向と見なすことに異議を唱え、朔太郎は常に自問と「否」の自答を続けているとする[18]。

　実際、朔太郎は第一のアフォリズム『新しき欲情』以前すでに出

06 萩原朔太郎のアフォリズム
朝比奈 美知子

口のない無力感を常に抱いていた。大正6年11月（推定）高橋元吉宛書簡において彼はすでに「ボードレールのように悪に徹底することもできず、ニーチェのように大胆な虚無主義者となりきってしまうことができない」と述懐している（XIII-188）。思想と詩の融合を目論む野心的なアフォリズム自体が抜き差しならない劣敗者の気分を糧に構想されていたのだ。

「僕の過去の生涯は実に一貫して絶望の逃走でした」、「僕の叙情詩もまた「僕にとっては絶望の逃走に外ならないのだ」──昭和4年11月推定岡本潤宛書簡で朔太郎は述懐している。彼は彼自身の「情操に本質する厭世感」の中で生き、「悲しみの底で怒り、孤独の窓で常に鬱憤を感じて」いた。彼にとって詩は唯一の「逃走の道」であり、「自己冒涜」であると同時に「自慰としての『悲しき玩具』」であった。そして彼は「若し哲学を持たなかったならば、[…]一種のデカダン的耽美主義者として終ったでしょう」と言う。もはやどこにも存在しないと知っている美や理想を飽くことなく追い求める情熱的あるいは妄想的ロマン主義者である朔太郎にとって、理性はみずからの破綻を暴く「仇敵」であったが、それが彼を「苦く」し、同時に「デカダンへの没落を妨げていた」のである（XIII-294～295）。

やはり第一のアフォリズムを世に出す前の大正6年、高橋元吉に宛てた書簡で朔太郎は、ボードレールやニーチェが囚われた近代の不可避の病理としての退屈に言及し、「私共のような思想上の文明人にあっては、この退屈の恐怖から免れることはほとんど不可能である」とした上で、「私共の義務は、常にその恐怖に面接し、その恐怖を敵として絶えず戦って居ることだと思う」（XIII-190）と述べてい

る。昭和15年2月丸山薫宛書簡においても彼は、ドストイエフスキイやボードレエルらも「劣敗者」であったが、彼らは「何れも皆その仕方によって、最も弱い劣敗者の性格を最も強い積極的の性格に変えた」のであり、自分自身も「昔からアフォリズムの形式で、絶えずそれをノートに書き続けて居たお影〔ママ〕で、逆に弱い性格を、多少積極的に転化することができた」とつけ加える（XIII-443）。

　アフォリズムの創作は、それ自体として、劣敗者の生を生きるという「苦さ」を生活感として刻々に味わい、確かめ、刻むことにほかならない。だが、絶望や無力感を刻々に自らに突きつけることを通じて彼は、日々闘い、生きる。そのことが、抽象的な観念や思索でなく肉情に根差した詩人としての彼を支えていたのである。

6. 矛盾を生きるものとしての漫歩の言説

　『絶望の逃走』発表の直後、「読売新聞」の評者谷川徹三は、件のアフォリズム集は「感覚的感受」を本質としているゆえに「結密がない」と述べ、「珠玉のエッセイ」の失敗をほのめかしたが[19]、その批判は朔太郎のアフォリズムの独自性を明るみに出している。漫歩に触発された「街上の思想」であるところの朔太郎のアフォリズムは、結晶や緊密とは反対の不定形、拡散、断片性、流動性を志向するものであった。

　阿毛久芳は『萩原朔太郎論序説　イデアを追う人の旅』において、朔太郎のアフォリズムに関する論の中で最も深い理解を示し優れた論として辻野久憲著「萩原的文学論序説」を挙げている[20]。同論で辻野は、朔太郎の文学論・文芸批評が、真実、純粋、絶対かつ完全

萩原朔太郎のアフォリズム　06
朝比奈 美知子

な美や理想に対する憧憬と、あまりに徹底的な現実主義の相克ゆえに「破壊と創造の両作用を同時的に遂行し」、「漸進的でなく飛躍的」で、そこには懐疑と破壊の宣言か理想の憧憬かのいずれかしかなく、その「一方から他方の間には無限の、少くとも莫大な空間」が横たわっていると述べている[21]。この矛盾する二つの方向性と両者の間の隔たりの指摘は、まさにロマン主義的憧憬と怜悧きわまりない現実主義の間で漫歩する朔太郎の言説の特徴を言い当てている[22]。

　菅野昭正は論考「『新しき欲情』の昔と今」の末尾を、「矛盾なるが故に、我信ず」という朔太郎の言葉（『新しき欲情』「円球の中心から」、IV-37）で結んだ[23]。実際朔太郎のアフォリズムにおいては、詩と散文、純粋詩と思想詩、ロマン主義的夢と現実主義、西欧と日本、近代批判と都市への憧れ、理性と肉情、求道と漫歩といった矛盾する観念や感覚、欲望が刻々に断片として現れ、否定され、また浮かび上がる。

　ここで再び『パリの憂鬱』序「アルセーヌ・ウーセーへ」が想起される。朔太郎がアフォリズムを通じて探し求めたのは、自身の矛盾する夢と感覚を反映し、無数の断片に分割でき——というよりも否応なく断片に分裂し、なおかつ一つの体をなす、あるいは統一した詩体となることを夢見るうねうねとした詩語であった。しかし、ボードレールの散文詩が到達しえない夢との距離の意識を保持しながらなお夢の周りをめぐる狂想の書であったように、朔太郎のアフォリズムもまた、行きつく港を持たぬままあてもなくさまよう放浪の書であっただろう。しかし、阿毛は「イデアの喪失感を味わいながらそれでもなおイデアにあこがれることは、実は日常性を忘れること

ではなく逆に日常性への認識を深めることになったように思われる[24]」と述べた。朔太郎が生活感情と呼ぶものはまさにそこにある。『新しき欲情』所収「二人の旅人」において朔太郎は、詩と散文の間での矛盾を孕む探究を「互いに仲の悪い、しかも互いに道案内の先達となる、二人の旅人の追いつ追い越されつする道中の道行」(IV-30)に譬えている。朔太郎のアフォリズムとは、歩く旅人に象徴されるように、時代や都市に肉情(直覚的な感覚)を通じて触れ、夢見つつ理念や感覚の齟齬や矛盾を刻々に体感し続けることであった。朔太郎の言うところの生活とはそうしたものにほかならない。

昭和14年12月丸山薫宛の書簡において朔太郎は、自身の持つ「流動性」によって「絶対の悲劇から救われてきた」(XIII-435〜436)と述べている。その流動性とは、矛盾を孕み拡散と瓦解を繰り返しながらなお持続する生の象徴にほかならない。

おわりに

ニーチェは『悦ばしき知識』において「尚私は生きている。尚私は考える、私は尚生きなければならぬ。私は尚考えなければならぬから[25]」と述べた。この言葉はまさにアフォリズムを通じて詩語と詩の原理を追究する朔太郎自身のものでもあった。彼は矛盾を直視する漫歩の中で生の直感に導かれながら、詩人としての自らの生を「エッセイ」したのである。

萩原朔太郎のアフォリズム　06
朝比奈 美知子

1. 萩原朔太郎からの引用は筑摩書房の『萩原朔太郎全集』（全15巻）から行い、引用の際には、巻号とページのみを示した。字体や仮名遣いの表記については現代のものとしてある。
2. 河盛好蔵「朔太郎のアフォリズム」『萩原朔太郎全集』第5巻月報、筑摩書房、1976年1月。本稿で参照したのは『現代詩読本　萩原朔太郎』思潮社、1983年7月1日，p.154-155。
3. この芥川評自体は否定的なニュアンスを含むように見えるが、芥川をアフォリズム作家として認知したことは重要で、以下で見るような朔太郎流のアフォリズムの思想やその模索の道程と照らし合わせて見るとき、芥川にはむしろ深い共感を寄せていたことが推測される。
4. 久保田忠夫「萩原朔太郎とニイチェ」『萩原朔太郎論　下』《日本の近代作家5》、橘書房、平成元年6月15日、p. 945-961、特にp. 946-951。久保は、前述のパスカルに関しては三木清『パスカルに於ける人間の研究』が参照されたと推測している（同書p. 869-870）。なおニイチェに関しては、シンポジウムの時間の制約で触れられなかった内容が本稿で加筆されている。
5. フリィドリッヒ・ニイチェ『ツァラトゥストラ』生田長江訳、新潮社、明治43年1月。再版は明治44年1月刊行。再版が何度も増刷されていることから、同書の反響は大きかったことがわかる。この刊行の周辺の時期にはニーチェの解説書類も刊行されており、英語版あるいはドイツ語版が参照できた可能性もある。
6. 本論を執筆する際に参照したのは以下の版である。フリィドリッヒ・ニイチェ『ツァラトゥストラ』生田長江訳、新潮社、大正8年第9版、p. 225。以後の引用については書名とページのみを記す。
7. 『ツァラトゥストラ』、p. 227。
8. 『ツァラトゥストラ』、p. 224。
9. Steinilber-Oberlin, « Poètes Japonais d'aujourd'hui. Impressions et Réflexions », *FRANCE-JAPON*, 6ᵉ année, n° 43-44, Juillet-Août 1939（復刻版 *FRANCE-JAPON*, vol. 7, 和田桂子監修、ゆまに書房、2011年）, p. 398。
10. 松井好夫訳『人工楽園』（耕進社、昭和10年）序「人工楽園のこと」。同じ文章の中で朔太郎は、詩という文学は特殊で一つの言葉の中に多くの複雑なイメージを含有しており、実際に翻訳された詩はいつも原作と大いに変貌したものになっているゆえに、日本人が日本語で西洋の詩人を理解しようとする場合には、詩の翻訳でなく散文、とくにエッセイの翻訳を読むことが第一で、同書を読んで始めてボードレールという詩人の本体を幾分掴み得たような気がした、と述べている（XIV-294）。松井好夫は、同じ耕進社から研究書『ボオドレエルの病理』（昭和11年）も出版している。
11. 以下の考察においては、川戸道昭・榊原貴教編集『ボードレール　明治・大正期翻訳作品集成』（大空社—ナダ出版センター、2016年）を参照した。
12. 山村慕鳥訳「シャール・ボードレールに就て」、「感情」、大正5年11月、p. 3-5（川戸道昭・榊原貴教編集『ボードレール　明治・大正期翻訳作品集成』、p. 291-293参照）。
13. Charles Baudelaire, « À Arsène Houssaye », *Le Spleen de Paris, Œuvres complètes*, Gallimard, « Bibliothèque de la Pléiade », t. I, 1976, p. 276。以下、ボードレールの引用については作品

名、プレヤード版の巻号とページのみを記す。
14. Charles Baudelaire, *Le Peintre de la vie moderne*, OC II, p. 687。
15. 「アルセーヌ・ウーセーへ」の翻訳が読めるようになるのは、昭和3年の高橋広江訳以降である。他方、『上州詩人』昭和9年9月号「ボードレール詩抄を読む」において朔太郎は、『パリの憂鬱』が「従来すでに高橋広江、三好達治等の諸氏によって全訳されている」と述べており（XIV-391）、少なくとも『絶望の逃走』の出版前にはこれらの訳の存在を知っていた。遊歩の詩学が展開される『現代生活の画家』も、中島健蔵・佐藤正彰訳『ボオドレエル芸術論集』（芝書店、昭和9年）に「近代生活の画家」の題名で収録されている。
16. 阿毛久芳『萩原朔太郎論序説　イデアを追う人の旅』、有精堂、1985年、p. 132。
17. 飯島耕一「ボードレール、ニイチェ、萩原、西脇」『萩原朔太郎2』みすず書房、2004年、p.146。
18. 飯島耕一 前掲書、p. 222。
19. 谷川徹三「『絶望の逃走』とその著者」『読売新聞』昭 11.8.『萩原朔太郎全集』第5巻付録「研究ノート」、筑摩書房、1976年1月、p. 12。
20. 阿毛久芳 前掲書 p. 127。
21. 辻野久憲著「萩原的文学論序説」「作品」昭和11年6月、p. 89-90。阿毛は、朔太郎の内部にある求道的志向と現実認識の矛盾が、逆に相乗作用として働くとしながらも、弁証法についての辻野の指摘は整理されすぎた感があると述べている。阿毛久芳前掲書、p. 128。
22. 阿毛久芳 前掲書 p. 127。
23. 菅野昭正「『新しき欲情』の昔と今」「国文学解釈と鑑賞」第47巻第5号、1982年5月、p. 111。
24. 阿毛久芳 前掲書 p.131。
25. ニイチェ『ニイチェ全集　第4編　悦ばしき知識』生田長江訳、新潮社、大正9年、p. 281。ただしここでは現代仮名遣いを採用した事情から、表記の一部を変更している。

Résumé

Les aphorismes d'Hagiwara Sakutarō
Traces d'auto-réflexions et d'expériences autour du langage poétique et des principes de la poésie

ASAHINA Michiko

Hagiwara Sakutarō a publié quatre recueils d'aphorismes : tout d'abord *Atarashiki yokujō* [Les nouveaux désirs] (1922)[1], puis *Kyōmō no seigi* [Justice de l'illusoire] (1929)[2], *Zetsubō no tōsō* [Fuite désespérée] (1935)[3], et *Minato nite* [Au port] (1940)[4]. L'aphorisme est généralement défini comme une « phrase courte mais réfléchie qui révèle une vérité fondamentale » (selon le dictionnaire *Nihon kokugo daijiten*), comme un « énoncé succinct, précis et percutant », ou encore comme une « phrase mordante (*keiku*), un apophtegme (*kingen*), une maxime (*shingen*) » (d'après le dictionnaire *Kōjien*). Néanmoins, ce dont témoignent les aphorismes d'Hagiwara, c'est bien davantage de la trace des essais et des rêves inaboutis du poète dans sa quête d'une création littéraire renouvelée.

Il l'explique en termes relativement simples dans « De l'aphorisme », publié dans le numéro de juin 1936 de la revue *Serupan/Le Serpent* (n° 64). Selon Hagiwara, le terme « *shingen* » (maxime, proverbe) », couramment utilisé au Japon pour traduire « aphorisme », n'est pas approprié. Pour Hagiwara, le *shingen* « est de l'ordre de la morale, du dicton, et, raisonneur et sans dimension humaine, il n'informe nullement sur un quelconque contenu littéraire ». À la différence de la maxime, l'aphorisme « n'a pas cette insensibilité, et est littéraire en ce qu'il compte parmi les expressions littéraires pures au même titre que le roman ou la poésie (c'est-à-dire des expressions directes qui viennent de l'expérience personnelle de la vie, non de spéculations à partir de la raison et de la connaissance) » : il est

« une catégorie de *l'essai* », mais « un *essai* fait plus dense par concision extrême, dont l'essence est plus poétique, plus artistique »[5]. De plus, pour Hagiwara, bien que le mot anglais « *essay* » soit parfois traduit par son équivalent japonais *shōronbun* (petit traité), l'essai et le traité ont des origines différentes : le traité serait un produit abstrait issu de la raison, alittéraire, tandis que l'essai, lui, serait purement littéraire, principalement fondé sur l'expérience subjective et les émotions du quotidien. En outre, Hagiwara considère que les essais de la littérature occidentale doivent être considérés comme une forme poétique au sens large du terme, et sont partie intégrante des formes littéraires dont le poète doit faire usage au même titre que la poésie épique ou la poésie lyrique ; il décrit ses propres aphorismes comme une « poésie de la pensée[6] ».

Si l'on en croit ce qu'il en dit dans le même ouvrage, le recueil *Zetsubō no tōsō* est né de « découvertes faites au cours de la vie quotidienne ». La majorité des sujets abordés, en particulier dans ce recueil, lui auraient été révélés « au cours de ses promenades hors de chez lui – à travers les rues, les forêts, les trains, les grands magasins, les cafés et les cinémas », et il précise qu'il gardait « toujours un carnet dans [s]a poche pour y noter [s]es impressions au fil de [ses] déplacements », comme un peintre promène un carnet de croquis. En d'autres termes, ce livre est en quelque sorte « un cahier d'enregistrement de la vie quotidienne » du poète, ou bien « une sorte de journal de notations personnelles »[7]. En ce sens, les aphorismes/les essais d'Hagiwara Sakutarō constitueraient des ouvrages d'introspection ancrés dans la vie de tous les jours, plutôt que des recueils d'énoncés gnomiques comme le seraient des recueils de maximes ou d'apophtegmes. Cependant, bien qu'inspirés par ses flâneries urbaines quotidiennes, les aphorismes d'Hagiwara sont une « pensée » d'une autre nature que de simples « observations » sur la ville. Dans le « Sommaire » qui ouvre son premier recueil, *Atarashiki yokujō*, Hagiwara parle de « philosophie de l'émotion ». Il explique que son « moi en tant que poète » a déjà été rendu public à travers plusieurs poèmes lyriques

Les aphorismes d'Hagiwara Sakutarō

ASAHINA Michiko

06

publiés précédemment, mais que c'est « dans ce livre qu'apparaît [s]on moi en tant que penseur ». Il annonce que ce qui est donné à voir dans ce livre, c'est « l'autre moitié de [s]a vie, dans [s]a remarquable singularité », qui n'avait pas trouvé place jusqu'ici dans ses poèmes lyriques. Il qualifie également ce livre d'« introduction aux principes de la poésie ». En effet, on y trouve des passages importants sur les principes de la poésie et des réflexions sur les fondements de la théorie de l'art. Hagiwara fait d'ailleurs aussi référence dans le même texte au poème en prose ; cependant, il note que le poème en prose suggère plus qu'il ne dit et repose sur le rythme, ce qui en ferait une forme délayée de la poésie lyrique. À l'inverse, il nomme son écriture « philosophie de l'émotion » parce qu'elle se montre proportionnellement trop explicative, dénuée de rythme, et comprend des passages pouvant être qualifiés de critique pure.

Dans l'introduction de son deuxième ouvrage, *Kyōmō no seigi* (1929), Hagiwara annonce que certaines parties sont écrites dans un « style plutôt poétique ». En effet, parmi les aphorismes recueillis dans ses trois premiers recueils, certains seront repris plus tard dans la section « Poèmes en prose » de *Shukumei* [Destinée] (1939). Par ailleurs, dans l'introduction à *Kyōmō no seigi*, Hagiwara déclare que « [s]on intention n'était pas d'user du parfum poétique interne à la langue mais de rendre directement sensible une pensée intérieure par diverses images sensuelles » opérant ainsi une distinction entre le sentiment poétique proprement lyrique et l'aphorisme.

Dans l'introduction de son troisième ouvrage, *Zetsubō no tōsō*, Hagiwara écrit que depuis ses débuts en poésie, il a toujours pratiqué en les opposant ces deux types d'écriture - la poésie lyrique, à laquelle appartiennent des œuvres comme *Tsuki ni hoeru* [Hurler à la lune] et *Aoneko* [Chat bleu], et l'aphorisme, comme dans *Atarashiki yokujō* et *Kyōmō no seigi* –, la poésie lyrique et l'aphorisme constituant les deux facettes de son esprit poétique. Selon lui, la poésie lyrique correspond à la nuit de sa temporalité quotidienne tandis que la poésie de la pensée en serait le jour, et bien que ces deux formes soient différentes, elles sont toutes deux l'« expression d'une même poésie qui vit au quotidien ».

L'existence d'une poésie lyrique et d'une poésie de la pensée telle que la décrit ici Hagiwara rappelle les explorations de Baudelaire dans les deux recueils que sont *Les Fleurs du mal* pour la poésie lyrique, et *Le Spleen de Paris* pour la prose. Et effectivement, Baudelaire est le poète qu'Hagiwara cite le plus fréquemment dans ses recueils d'aphorismes. Dans *Atarashiki yokujō*, Hagiwara parle de son « amour brûlant pour Baudelaire ». Il voit dans celui qui « rêve toujours dans l'ombre d'une pâle maladie, tel le clair de lune dans la rêverie d'un fumeur d'opium », celui-là même qui, paradoxalement doté d'« une raison lumineuse et pénétrante », et qui, en dépit de cette clarté, demeure pourtant incapable de se consoler de son « désir d'éternité », « battant sans cesse de ses tristes ailes » face à une « vision à laquelle il ne croit pas lui-même », un « véritable poète mystique moderne ».

Hagiwara n'ayant jamais étudié le français, il est communément admis qu'il a lu Baudelaire en traduction, mais il faut noter que pendant la période qui couvre la publication de ses recueils d'aphorismes, les traductions japonaises de Baudelaire se multiplient. De nombreuses traductions des *Fleurs du mal* se sont succédé à partir de la fin de l'ère Meiji, notamment par Ueda Bin (*Kaichōon*), Nagai Kafū, Kambara Ariake, et Kawaji Ryūkō. À la même époque paraissaient également de nombreuses traductions des *Petits poëmes en prose* (*Le Spleen de Paris*) : Kambara Ariake en a donné une traduction partielle à la fin de l'ère Meiji, suivi par Yamamura Bochō qui publie ses traductions sous les titres « Little Poems in Prose » dans la revue *Shiika* [Poésies] en 1912-1913 et « Petits poèmes non rimés » dans la revue *Kanjō/Sentiment* en 1916, avant que Tanizaki Jun.ichirō ne propose une « Collection de poèmes en prose de Baudelaire » dans la revue *Kaihō/Emancipation* (1919-1920). Des traductions paraissent finalement en volume : citons ici la traduction de

Takahashi Kimie sous le titre *Le Spleen de Paris* chez Seikōsha (1928), celle de Miyoshi Tatsuji chez Kaizōsha (1930), ou encore celle de Murakami Kikuichirō chez Shun.yōdo (1936).

Dans la préface de son premier recueil *Atarashiki yokujō*, Hagiwara affirme que ses aphorismes sont à l'origine motivés par un « esprit de rébellion » envers l' « esthétique du bon sens des Naturalistes » qui dominait le monde littéraire de l'époque, les théories sur le bonheur, le réalisme, ainsi que le pragmatisme simpliste issu de l'école naturaliste tardive[8]. Cette attitude commune à l'ensemble des recueils d'aphorismes reprend essentiellement la posture littéraire de Baudelaire, et l'influence du poète français est évidente dans les thèmes récurrents de l'art et la nature, la société et l'artiste, la décadence et la barbarie de la civilisation, la révolte contre la vulgarisation et la marginalisation de l'artiste dans la société, ainsi que dans les motifs tels que l'ivresse, les débits de boisson, le jeu, la misogynie et la solitude.

Par l'écriture des aphorismes, Hagiwara, tout en prenant Baudelaire pour modèle, a œuvré à la recherche de nouvelles formes poétiques propres à l'expression de la pensée d'un poète vivant dans le Japon moderne.

Toutefois, dans *Zetsubō no tōsō*, et surtout dans *Minato nite*, Hagiwara travaille à revenir à la rime. Les références à la « poésie pure » et aux « poètes purs » y sont frappantes, et en parallèle, Baudelaire cède le pas à Valéry vers qui les renvois se multiplient. Dans *Minato nite*, Hagiwara affirme que ce qui est purement poétique dans un poème est ce qu'il faut bien nommer une « mémoire *a priori* » ou une « expérience innée » qui précède l'expérience acquise et que le poète possède dès avant sa naissance. Ce qu'un poème tente ainsi réellement de chanter est « uniquement les étranges impulsions qui chatouillent le cœur, que, comme un rêve, on ne peut expliquer, et qui sont difficiles à saisir parce qu'on ne peut en délimiter les contours », ajoutant que « les expériences, les émotions qu'impliquent ces impulsions ne sauraient être exprimées par aucun autre moyen que celui de la musique[9] ». En outre, d'après lui, « la poésie japonaise de la fin l'époque de (en particulier les recueils poétiques que sont le *Senzaishū* et le *Shinkokinshū*) est, en ce qui concerne le principe fondamental de la création poétique, exactement la même que la 'poésie pure' que professent les poètes français contemporains comme Valéry[10] ». Cette position fait écho à un retour à la poésie japonaise et à la versification dans *Hyōtō* [L'île gelée], publié en 1934.

Cet article observe ainsi les aphorismes d'Hagiwara Sakutarō comme étant tout à la fois les traces d'auto-réflexions d'un individu explorant inlassablement les principes de la poésie et le lieu d'expériences, d'*essais* de création de nouvelles formes et d'un nouveau langage poétique.

1. Hagiwara Sakutarō, *Atarashiki yokujō*, *Hagiwara Sakutarō Zenshū* [Œuvres complètes d'Hagiwara Sakutarō], vol. 4, Chikuma Shobō, 1975-1989, p. 3-224. Cette édition des œuvres complètes sera dorénavant notée *HSZ*.
2. Hagiwara Sakutarō, *Kyōmō no seigi*, *HSZ*, vol. 4, p. 225-449.
3. Hagiwara Sakutarō, *Zetsubō no tōsō*, *HSZ*, vol. 5, p. 3-126.
4. Hagiwara Sakutarō, *Minato nite*, *HSZ*, vol. 5, p. 127-253.
5. *HSZ*, vol. 5, p. 342.
6. *Ibid.*, p. 343.
7. *Ibid.*, p. 7.
8. Voir notamment *HSZ*, vol. 4, p. 6, p. 71 et p. 396-397.
9. *HSZ*, vol. 5, p. 150.
10. *Ibid.*, p. 152.

大岡昇平とスタンダール
小説におけるアフォリズム的表現をめぐって

杉本 圭子

はじめに

　戦後文学の代表的作家のひとりとされる大岡昇平（1909-1988）はフランス文学の翻訳・研究でも知られ、とりわけスタンダールについて多くの研究を残している。フランス文学者の側からのアプローチも多くなされており[1]、大岡の文学はそのフランス文学への傾倒という側面を抜きにして語ることはできない。大岡昇平がスタンダールから受けた影響の数々については、従来テーマや小説技法、文体等の側面から論じられてきたが、ここではアフォリズム的表現の使用という観点から、文体の問題をこえて広く小説観、人間観にかかわる部分も含めて考察する。まずはアフォリズムを含む広く短句形式の文学を愛好したスタンダールの例からはじめて、二人の作家がこの形式をどのようにして自らの文学的実践にとりこんでいったのか、見ていくことにしよう。

1.「人間研究」から『恋愛論』(1822)へ──スタンダールとモラリストたち

　ロマン主義の時代からレアリスムの時代にかけて生きた作家スタンダール（1783-1842）は、小説家になる以前、劇作家を目指していた。王政復古期のパリでは伝統的な悲劇、喜劇からヴォードヴィル、メロ

ドラマに至るまで、劇場が活気を呈しており、青年は観劇のかたわら、シェークスピアやラシーヌ、モリエール、アルフィエーリなどの古典主義演劇を精読し、さらに笑いについてのホッブズの理論、エルヴェシウスの感覚論、およびデスチュット・ド・トラシ、カバニスらイデオローグ（観念学派）の著作などの理論的著作に挑んでいた。そうした著作から人間の感情や情念の動きを学び、劇の筋書きの構想や人物造形、台詞の執筆に役立てるためである。韻が踏めないという弱点は散文の採用により回避できたが、筋は作れても実際に場面を構築するとなるとうまく台詞を繰り出すことができず、風俗喜劇、歴史劇ともに、すべて中絶して終わっている。

ところでこの「人間研究」の枠内でスタンダールが精読していた作家たちの中には、ラ・ロシュフコー、ラ・ブリュイエール、ヴォーヴナルグ、シャンフォールら、17世紀から18世紀にかけてのモラリストたちが含まれている。これらの作家たちは箴言や格言、アフォリズムなど、短い形式の、しばしば対句や比喩、反語などの修辞を用いた様式化された文章で、人間の本性や社会風俗を皮肉や風刺をこめてあぶり出した。その形式は、ラ・ロシュフコーの有名な箴言「太陽も死もじっと見つめることはできない[2]」（箴言26）のように一文からなるものから、社交界に出入りする実在の人物を念頭に置いて、その特徴的な行動や習慣を数行にわたってスケッチするラ・ブリュイエールの人物描写（ポルトレ）まで、長短さまざまである[3]。帝政期、王政復古下のフランスではルソーやシャトーブリヤン流の抒情的な美文がもてはやされたが、美辞麗句を嫌うスタンダールはモンテスキュー、ヴォルテールらの簡潔で明晰な文体を理想としていた。

07 大岡昇平とスタンダール
杉本 圭子

　その点、モラリストたちの凝縮された論理的な文体はまさに理想にかなったもので、修業時代のスタンダールは彼らの文章の抜粋を書き写したり、それにコメントを付したりしていた。
　その中には「フランス女性の性格について」という、フランス人女性の特性を知って恋の戦術に役立てよう、というほほえましい若書きの覚え書（1803年7月‑8月）も含まれている[4]。この数ページのメモにはラ・ブリュイエール『カラクテール』の「女について」の章からの抜粋が9つ含まれており、必ずしもすべてが正確な引用ではないが、たとえば次の箴言に見られるコケットな女、移り気な女、貞淑ぶる女といった女性の類型化は、後年の恋愛についてのエッセー、『恋愛論』（1822）の内容と重なる。

　　不実な女とはもう愛していない女のこと、浮気な女とはすでにほかの男を愛している女のことであり、移り気な女とは自分が恋しているかどうかも、だれを愛しているかもわからない女で、冷淡な女とは何も愛さない女のことである[5]。

　類似した構造の文を並べて対照の妙を演出する、ラ・ブリュイエールの才気あふれる文体の特徴がわかる例である。1803年執筆のこの覚え書においては、こうした文例が実践（恋の戦略の立案）に用立てるべく集められているのが特徴的である。たとえば次の抜粋、

　　つれない女とは、これから愛することになる男にいまだ出会っていない女のことだ[6]。

この定義ふうの箴言が「コケットな女」相手に恋をしかける際に参照すべき事例として引かれていることが、あとの部分からわかる[7]。ラ・ブリュイエールの原文ではこの一文に続けて、かつてスミルナに住んでいたエミールという女性の逸話が展開される。

　絶世の美女エミールはどんな男に言い寄られても冷淡そのものだったのに、あるとき一人の青年の存在が気になりだした。だがその青年はエミールには関心を示さずにエミールの親友である女性に惚れこんだ。エミールの思いをよそに、二人が相思相愛の仲になったとき、エミールは恋の狂気に陥る…[8]。後年の『赤と黒』(1830)のマティルドの人物像を想起させるという意味でも興味深い挿話だが、注目すべきは定義ふうの短句を冒頭に掲げたあと、その例証となるような物語調の挿話を続ける、ラ・ブリュイエールの記述のスタイルである。これは『恋愛論』でもしばしば用いられる構成で、たとえば第1巻第21章「最初の出会いについて」がその好例である。

>　**想像力に富む女は感じやすく、警戒心が強い。どんなに純真な女であってもそうだ。**［…］**最初の出会いがロマネスクであればこそ、恋は勝ち誇る**[9]。

　この最初の一段落で、「想像力に富む女」がいかにありきたりの出会い方に失望しているかが述べられたあと、「ロマネスク」な出会いの状況の例がルサージュの『ジル・ブラース物語』の一節により示されている[10]。さらに同じ章の原注には「『ラマムーアの花嫁』、アシュトン嬢」とあり、ウォルター・スコットの小説のヒロインのアシュ

大岡昇平とスタンダール　　07

杉本 圭子

　トン嬢ルーシーが野生の牛に襲われたところを一族の仇敵、レイヴンズウッド家の若殿エドガーに助けられ、恋に落ちる場面への参照もある。このようにスタンダールのテクストでは箴言調、定義ふうの短句表現のあとに、補足説明や具体的な事例の紹介が行われることがしばしばある。こうした補足が逸話の域をこえて、小さな小説の趣を帯びることも珍しくない[11]。

　短句形式についての理論家のひとり、アラン・モンタンドンが論じているように、短句形式の文章は思想のエッセンスを最大限に凝縮して切り詰めた形にまとめられているため、同時に無数の注釈や物語を派生させる可能性を秘めていると考えられる[12]。実際、ラ・ロシュフコーのあとに続くラ・ブリュイエール、シャンフォールらのモラリストたちは、個々の文章が自己完結し、高い独立性と完成度を保っているラ・ロシュフコーのテクストを範として仰ぎつつも、人間の本性をよりリアルに描き出す手段として、人物描写（ポルトレ）や性格描写（カラクテール）、逸話（アネクドート）といった、より多様な形式を追求した。さきほどのラ・ブリュイエールのエミールの物語やスタンダールのモーティマーの挿話のように、章の冒頭や段落冒頭に置かれた箴言調の文章が敷衍説明や論証のためのさまざまな要素を引き寄せてふくれあがっていくのは、むしろ自然な現象といえるだろう。

　『恋愛論』は「愛について」（*De l'Amour*）という論文調のタイトルからしても、本論の内容や構成に理論化への意志が垣間見られることからしても（4種類の恋愛、恋の誕生の7段階、国民別の恋愛、等々）、学術的な体裁を装ってはいる。しかし、実際には自らの報われなかっ

た恋の体験を軸に、伝え聞いたり書物から学んだりした古今東西の恋愛の事例をもりこんだ、まさに引用の織物のようなエッセーである。テクストの外部を起源とする他者の言葉が自身の言葉と混じり合い、渾然一体となっている。そうした中で、モラリストたちの言葉も自説の展開のための、いわば「枕」として使われることがある。

あらためて『恋愛論』におけるラ・ロシュフコー、ラ・ブリュイエールの参照のあとを検証してみると、モラリストの箴言的表現の直接的な引用は意外に少なく、把握できるかぎりではラ・ロシュフコーからの引用は二か所、ラ・ブリュイエールからの引用は一か所のみである。最初の引用は、女性の嫉妬の特徴について論じた第1巻第37章「ロクサーヌ」にあらわれる。

　　ラ・ロシュフコーはこう言っている。「人は嫉妬していることを恥じて認めたがらないが、過去に嫉妬したことがあるとか、これから嫉妬することがあるかもしれないということは誇る」。あわれな女たちには、自分がこの残酷な責め苦を味わったと打ち明ける勇気すらない。それほどまでに、嫉妬は彼女たちを滑稽に見せてしまうのだ。これほどの痛みをともなう傷口が、完全にふさがることはありえないだろう[13]。

例によってラ・ロシュフコーのテクストと比べると省略や細部の相違がある。「自負心にも他の情念と同じく支離滅裂なところがある」という一文に導かれるラ・ロシュフコーの箴言では、主語が男女双方を含めた「人」となっており、嫉妬という感情よりも、嫉妬した経験を他人に誇りたがる自尊心が問題になっている。それに対して

大岡昇平とスタンダール
杉本 圭子
07

　『恋愛論』では女性の嫉妬に焦点をあて、嫉妬という感情のもつ意味合いが男女間で大きく異なることを述べる。すなわち女性特有の嗜みや羞恥心ゆえに、女性は男性とちがって自らの感情をそう簡単にはあらわにできず、恋の告白につながる嫉妬の感情を打ち明けることすら体面にかかわる、というのが趣旨である。ここでのスタンダールはラ・ロシュフコーの引用を下敷きにして、持論の展開のために利用している。やはり恋愛感情における男女の意識の不均衡を述べている第1巻第7章「男女による恋の発生の相違について」においても、冒頭の一文はラ・ブリュイエール『カラクテール』の箴言の前半部分をほぼ写しているが、参照は明示されていない[14]。

　ラ・ロシュフコーの二番目の引用は、『恋愛論』の二部からなる本論のあとに置かれた169の長短さまざまのテクストを集めた「断章」（Fragments）と称する部分にある。この「断章」は内容的には「情熱恋愛」、「結晶作用」、ヨーロッパ各国の恋愛、女子教育など、本論で述べられている内容と多く重複しており、出典の明らかでない逸話や他書からの引用、つぶやきに似た思索に混じって、恋に苦しんでいたころの自身の日記の一部が引用されるなど、自伝的な要素が多く垣間見える部分でもある。「嫉妬」や「疑念」など、スタンダールの恋愛理論を支える重要な概念についてもあらためて考察が加えられている。以下の例では、「結晶作用」（恋する相手を無数の想像上の美点で飾りたて、）を第一の段階から第二の段階へと進ませるうえで重要な役割を果たす「疑念」について、ラ・ロシュフコーの箴言を裏付けとして示している。

恋をすると、人は往々にしてもっとも信頼しているものまで疑う
　　（ラ・ロ [シュフコー]、355）。逆にそれ以外の情熱においては、いっ
　　たん自分で確かめたことはもう疑わない（断章25）[15]。

引用によらない「断章」の考察の中には、以下のようにアフォリ
ズム的に定式化された断章もある。

　　多くの人に気に入られれば入られるほど、深く好かれることはなくな
　　る（断章43）[16]。

　　フランスでは、女たちの及ぼす支配力はあまりに大きく、個々の女が
　　及ぼす支配力はあまりに限られている（断章132）[17]。

ただしオリジナルの考察のうちでこれほどコンパクトにまとまっ
たものは少なく、全体としては説明調、冗長になりがちで、内容的
にも個のレベルにとどまって普遍的な思索の域にまで達していない
ものが目立ち、アフォリズムとして出来がよいとはいえない。だが、
視覚的にも表現的にも大きなインパクトをもたらすこうした短句形
式のメリットを、スタンダールは理解していたと思われる。
　同時代人の恋愛のありようについての総体的な記述を目指した『恋
愛論』において、箴言的表現はこのように章や段落の冒頭、あるい
は「断章」のパートにしばしば引用や参照の形で掲げられ、濃密な
表現と射程の広さによって強い印象をもたらしている。その凝縮さ
れた表現形態ゆえに、その後に敷衍説明や具体例を挙げての論証を

ともなうことが多く、作者が自らのバイアスに沿って持論を展開する口実のようにもなっている。アフォリズム的表現はここでは借用かそうでないかにかかわらず、語りにおける一種の起動装置のような役割を果たしているといえよう。

2. スタンダールの小説におけるアフォリズム的表現

『恋愛論』と並行して美術・音楽・文芸評論などを手がけたあと、スタンダールは1827年の小説『アルマンス』をもって小説家としてデビューする。小説家としてのスタンダールは、アフォリズム形式の表現をどのように用いたのだろうか。

『アルマンス』は王政復古時代の反動の時代に生きる没落貴族の青年オクターヴと、彼に思いを寄せる親戚の娘アルマンスとの悲恋を描いた作品である。オクターヴは人知れず悩みをかかえており、さまざまな徴候からそれは性的不能の悩みと察せられるのだが、それを愛する相手に伝えられないもどかしさから、憂鬱の発作を繰り返している。かたやアルマンスは後ろ盾も財産もない自分の立場を自覚し、オクターヴとの結婚をあきらめようとしてこうつぶやく。

> 結婚は恋愛の墓場だと、よく言うじゃないの。気持ちのよい結婚はあっても、楽しい結婚は皆無だと[18]。

これはラ・ロシュフコーの箴言113「よい結婚はあるが楽しい結婚はない[19]」をふまえている。世間知にかこつけて本心を押し殺そうとする女主人公の心理を描くために、作者は自ら慣れ親しんでいた箴言

を援用しているのだが、モラリストたちの著作が知識人のあいだで広く読まれていた当時にあっても、二十歳になるかならないかの娘の口から発せられるこうした物言いは、古風を通り越していささか時代錯誤な印象を与えたのではないか。

　箴言類の借用はその後の小説でも散発的にあらわれるが、登場人物の口から語らせる以外の形もある。スタンダールの小説においては、本の巻頭や各章の冒頭にエピグラフと呼ばれる引用句が置かれることが多く、それは作品や章の内容を暗示したり、作品世界の雰囲気づくりをしたりする機能を担っているが、ここに箴言風のアフォリズムが見られることがある。たとえば『赤と黒』第1巻第22章のエピグラフがその例である。

　　言葉が人間に与えられたのは自分の考えを隠すためだ。－マラグリダ神父[20]

　カトリックが勢力を盛り返していた王政復古期に、反教権主義的な信条を押し隠して聖職者の道を歩もうとする主人公ジュリヤンの立場を象徴的に表している。実際にはこの神父の言葉ではないようだが、聖職者の言葉の引用という形をとることによって、いっそう冒涜的なニュアンスが加わっている。

　もうひとつは小説の語りの途中に語り手（作者）が主観的なコメントを差しはさむ「語り手の介入」（「作者の介入」ともいう）と呼ばれる形で、ここにも箴言風の言い回しが用いられることがある。これは三人称小説において、創作の主体である「作者」と、物語を

07 大岡昇平とスタンダール
杉本 圭子

進行させる機能的な主体である「語り手」がまだ完全に分化しておらず、物語世界に作者が顔を出し、人物や物語内容に関して講釈したり批評を加えたりする、バルザックの時代くらいまでの小説に頻繁に見られる現象である。以下は第1巻第27章で、ブザンソンの神学校に進んだジュリヤンが下層階級出身の無教養な同級生たちの中で孤立するようすを描いた場面である。

> このころ、ジュリヤンはメーストル氏の『法王論』を利用して、[仲間の神学生たちの] 尊敬を集められるのではないかと考えた。実際、仲間たちは驚いた。だがこれもまた不幸のもとだった。彼ら自身の意見を自分たちよりもうまく述べ立てられて、不愉快になったのである。[…][ジュリヤンの師の] シェラン司祭はジュリヤンに、正しく考え、空疎な言葉に惑わされない習慣をつけさせることはしたが、あまり尊敬されない立場の人間だと、こうした習慣が罪になることを伝えなかった。なぜなら、あらゆる正論は人を苛立たせるものだからだ[21]。

主人公に厳しい現実を突きつけるような末尾の箴言ふうの表現は、スタンダールの筆による。評論家ジャン・プレヴォはこの一節を、スタンダールが好んだ幾何学的命題に類する表現の典型としている。段落の最後という目立つ位置に置かれていることからも、この一文に与えられた重要性は明らかだ[22]。世間一般の通念を示すことで、逆説的に主人公の優越性を印象づけることになる。

「語り手の介入」は、作者が自己の分身である登場人物に寄り添い、その言動に口を差しはさまずにはいられないスタンダールという作

家の性向に基づくもので、こうした習慣を大岡昇平も受け継ぐことになる。別の例として、『赤と黒』第 2 巻第 19 章に「小説とは大きな道に沿って持ち運ばれる鏡である[23]」という、後世の人々に写実的な文学（レアリスムの文学）の先駆的なマニフェストとして受け取られた有名な一節がある。第 1 巻第 13 章のエピグラフに、17 世紀の文人サン・レアルの言葉の引用としてすでに登場している表現の繰り返しだが（「小説、それは道に沿って持ち歩かれる鏡だ[24]」）、この一文にしても、もともとは侯爵令嬢マティルドの風変わりな人物像の言い訳のようにして書かれた一節である。

　大貴族の家系に生まれながら、貴族の取り巻きの青年たちには見向きもせず、家柄よりも政治犯が過去に受けた死刑判決のほうによほど価値があると考える、そのように嗜みに欠けた激情型の性格の娘は実際には当時の上流社会には存在せず、「まったくの想像上の人物[25]」であるからこそ描くことを許される。いっぽうで、小説という「大きな道に沿って運ばれる鏡」は「あるときは青空を、あるときはぬかるみの泥」を読者の目に映し出す。その「泥」を非難して、読者は「鏡を背負いかごに入れて持ち運ぶ男」を「不道徳」だと非難するが、真に非難すべきは「ぬかるみのある道」であり、さらに言えばぬかるみを放置している「道路監察官」のほうであろう、と[26]。

　ここで「ぬかるみの泥」とは「鏡」が本来映すべきではない、道徳的とは言い難い要素の比喩となっている。片岡大右は古来、「鏡」の比喩が歴史家の間で、人々が従うべき模範を提示するために用いられてきたことを指摘している[27]。スタンダールはマティルドの奇矯な性格の描写を通じて読者に道徳的な矯正を強いているわけではな

07 大岡昇平とスタンダール
杉本 圭子

く、「まったくの想像上の人物」である以上、「鏡」には本来映らないはずが、れっきとした「個」として映りこんでしまっているさまを描いている。マティルドは貴族階級においてはまれなエネルギーをそなえた人物として、作品内では逆説的に肯定のニュアンスを帯びることになるのだが、「鏡」に映りこんでしまった以上、マティルドの慎みを欠いた言動は「ぬかるみの泥」と同様にとらえられかねない。ただしその場合でも非難されるべきは「鏡」を持ち運ぶ男（＝作者）ではないのだし、そもそもこのような人物は現実にはありえないのだから批判には及ばない、ということで、作者は二重に言い抜けを図っている。その意味でここでの「鏡＝小説」は、現実の社会の客観的でフラットな模写の機能を担うものではなく、本来は映らないはずの異形の存在をも映してしまう、不都合な、しかし実のところ、そうした存在にフォーカスしたい作者にとっては必須の装置なのである[28]。

「小説とは大きな道に沿って持ち運ばれる鏡である」は作品内の文脈から切り離すことにより、本来の趣旨から外れて拡大解釈されてしまうアフォリズムの典型的な例である。もともとが言い抜けに近いのだから、本来、客観性を旨とするレアリスム文学のマニフェストになど掲げるべきではない。アラン・モンタンドンはスタンダールやバルザックの小説の中の短句表現を例に挙げ、文脈から切り離して抜き出すと新しい意味を帯びてしまうような文は、形式的にはアフォリズムに似ていても、もともとはそう意図して書かれたものではないので、アフォリズムと見なすべきではないと主張する[29]。こうした齟齬はスタンダールが結局のところ、普遍よりも「個」を念頭に小説世界を構築する作家であったことに起因するように思われる。

スタンダールの影響を強く受けた作家のひとり、ジードは『アルマンス』のある版に寄せた序文の中で、スタンダールとその前の世代の作家たちを比較し、マリヴォー、モンテーニュ、ラ・ロシュフコー、コルネイユ、ヴォルテールなど、スタンダールとロマン主義以前の作家は「人間一般の研究」のほうを「人間それぞれの研究」より重視し、「普遍」に向かう傾向があった、と述べている。それに対し、スタンダールには（そしてジードの見解によればラシーヌにも）「個」に向かう傾向が強く、普遍的な要素は多く残しつつも「識別」の欲求が勝っている、とする[30]。ジードはこの考え方にしたがって、不能者の宿命を負った『アルマンス』の主人公オクターヴについても、「異常」な事例ではなく「個」として扱われていると主張するのだが、普遍的、理論的な体裁を装いつつ、実際には特殊な「個」としての事例を語っているという姿勢は、『恋愛論』にも見られた。

　ところで小説の語りという側面から見ると、こうしたアフォリズム的な表現を小説の中で連ねることは、物語の進行の中断をもたらしかねない。スタンダールは後年、未完の小説『リュシヤン・ルーヴェン』（1834-1835執筆）の執筆メモにこう書いている。

> 小説は物語らなければならない。[…] 論文調やラ・ブリュイエール風の凝った表現は堕落だ[31]。

　「語り手の介入」の形で挿入されるアフォリズム風の表現には、作品世界に一般性の論理を導入することにより、人物像を相対化できるメリットがあるが、こうした一刀両断の裁きにはフィクションの進

行に水を差し、物語の流れを止めてしまうリスクもある。草稿の別の箇所では、「この本全体ではじめてのラ・ブリュイエール流の表現」を自然に語りの中に取りこめた、と自画自賛している箇所もあり[32]、スタンダールが文体という観点からも、アフォリズム的表現の効果的な活用を強く意識していたことがわかる。

　このようにアフォリズム的表現は、その特徴的な表現形態を駆使してテクストの各所で効果的に用いられつつ、スタンダールの「個」と「普遍」への志向を絶妙なバランスのうえに実現していると言える。以上の点を踏まえたうえで、スタンダールを師として戦後の日本の文壇に漕ぎ出した大岡昇平が、こうした嗜好をどう受け継いでいるかを見てみることにしよう。

3. 大岡昇平『武蔵野夫人』(1950)におけるアフォリズム的表現

　大岡昇平はいわゆるアフォリズム愛好者とは言い難い。「箴言好き」だった埴谷雄高との対談の中で、パスカルやブレイク、キルケゴールらの箴言やアフォリズムの類を好み、作品内でも「一語で全宇宙をあらわす」何かがないかを追求する埴谷に対し、自分はそういう性質ではない、と明言している[33]。大岡の著作ではモラリストについての言及は少なく、わずかに小説作法について書かれた本の中で、ラ・ロシュフコーを善意や博愛の概念にひそむ「自己愛」を告発した「心理家（プシコローグ）」のひとりとして数えているが[34]、その特徴的な短句形式の文学については特に何も語っていない。盟友、中原中也についての評伝も書いているが、実証的な研究が中心で、中也が実践したアフォリズムの詩形にとくに注目した形跡はない。この方

面に関するかぎり、大岡は師であるスタンダールからそれほど多くのものを受け取らなかったということだろうか。

　樋口覚は大岡昇平の小説には多くエピグラフが付されていることに注目し、そこにスタンダールの影響を見ている[35]。たとえば『武蔵野夫人』(1950)にはフランス20世紀の小説家ラディゲの『ドルジェル伯の舞踏会』の冒頭の一文が、『花影』(1961)にはダンテの『神曲』「地獄編」の一節（スタンダールの『恋愛論』にも引用されている）がエピローグとして掲げられている。樋口は、こうしたエピローグが作家自身の愛好した作品からの、きわめて短い引用であるのに対し、大岡が散文作品でしばしば用いる「箴言」は他書からの引用ではなく、「自己の本文から割り出されたある要約」である点が特徴的である、と指摘する[36]。たしかに大岡が小説の中で箴言の類を引用することは、エピグラフの箇所を除きあまり例がない。それに対し、樋口が指摘するように、自前の箴言的な表現はとくに初期の『武蔵野夫人』のような小説に顕著に見られ、作品に独特の緊張感をもたらしている。

　大岡昇平は小説論や創作術（小説の作法）は書いているが、文体についてはあまり論じない作家である。その文体はしばしば翻訳調と称され、本人も作家活動を始めた当初、ほかに選択肢をもたなかったためにあえてそうした文体を採用したことを認めている[37]。彼が一貫して心がけたのは、スタンダールの文体と同様、明快であること、簡潔であること[38]、とりわけ「描写」をしないことであった[39]。創作活動を続けるなかで、大岡の文体は変化をとげていくが、彼のいう「文体」というのが表現や語彙のレベルだけではなく、広く作家が「対

大岡昇平とスタンダール

杉本 圭子

象を前にして取る態度の結果あらわれたもの[40]」を指しているため、その特徴をひとことで論じるのは容易ではない。そこで本論では「文体」を広義にとらえ、スタンダールの影響がとくに強く感じられる初期の作品を対象に、アフォリズムふうの表現の使用が大岡の人間観、文学観とどうかかわっているかを考察する。

『俘虜記』（1948-1952）と並行して書かれたはじめての本格的な小説『武蔵野夫人』は、姦通を通して現代のロマネスクの不毛を書くという意図のもとに書かれた恋愛小説である。執筆にあたってはラディゲ『ドルジェル伯の舞踏会』、ラファイエット夫人『クレーヴの奥方』を読み返した、と小説家福田恆存への回答に書いており[41]、翻訳調の文体[42]、場面をつなぎあわせた感のある演劇的構成、スタンダールの恋愛理論への直接の言及、「情熱恋愛」、「虚栄恋愛」などのスタンダールの恋愛理論の価値観を担わされた人物たちと、一読すればスタンダールの影響が明らかな小説である。戦後まもない武蔵野を舞台に、裕福な家の跡取り娘の道子と、その夫のフランス語教師の秋山、道子の従弟の復員兵の勉、秋山の不倫相手の富子の間に繰り広げられる濃密な感情のドラマを描いている。この小説では先に触れた「語り手の介入」が多く見られ、語り手が背後から登場人物の心情を明かしたり、その言動に価値判断を加えたりする。道子と勉の関係の深化の過程は、明らかに『赤と黒』第1巻でのジュリヤンとレナール夫人の関係を下敷きにしているが、「介入」部分においてよく見られる反実仮想的な表現を用いた例でいえば、次のような一節に並行関係が認められる。

パリでなら、ジュリヤンのレナール夫人に対する立場はすぐに単純なものになっただろう。パリでは恋愛は小説の息子なのだから。[…] 小説は彼らに、演じるべき役割を描き出し、従うべき見本を示しただろう[43]。

　勉が近親相姦的な『パルムの僧院』を読んでいなかったのは、秋山にとって倖せであった。読んでいたら、彼[勉]はこの時、すぐ彼の従姉に対する感情に別の名前をつける気になっていたかも知れなかった[44]。

『武蔵野夫人』では登場人物自身が箴言めいたせりふを口にすることはないが、お互いの感情を意識しはじめた道子と勉について語り手が加える考察の中にはアフォリズムふうのものが含まれ、スタンダール『恋愛論』からの引用だと言われてもわからないほどだ。大岡が『武蔵野夫人』の準備中に『恋愛論』の翻訳を出している（1948）ことも指摘しておこう。

　恋はしかし恋されているものに伝わらずにはいないものである[45]。

　女は本能的に恋をその他の感情と区別することを知っているが、男にはあらゆる愛情に任意に恋の色をつけることができる。その気で見れば、どんな愛情でもいくらかは恋に似ているものである[46]。

　先に見た反実仮想的な考察と合わせ、こうしたアフォリズムふう

07 大岡昇平とスタンダール
杉本 圭子

の表現は道子と勉の世間知に染まらない感受性のありよう、そして大岡文学の大きなテーマである「無垢」を引き立てることになる。逆に道子の夫の秋山は、スタンダールの説く恋愛術に心酔する研究者でありながら、妻の不倫は断固として許さないが自身の不倫については情熱恋愛の理論を盾にとって正当化するというその狭量さゆえに、しばしば「贋のスタンダリアン[47]」として語り手の揶揄の対象となる。秋山の浮気相手、富子についても、寂しさを紛らわそうとして誰彼構わず媚態をふりまくその節操のなさをとりあげて、

　　コケットは情況によって動き、またそれに動かされるものである[48]。

と、これも『恋愛論』ふうの評言が与えられているが、このアフォリズムはむしろ一般化の効果によって、当該人物の「個」の凡庸さを際立たせている。

　こうした箴言ふうの介入表現は『武蔵野夫人』に限ったことではなく、特に初期の作品に顕著である。辻邦生はここに、小説家以前に批評家として出発した大岡の、小説の人物たちの言動に批評的判断を加えずにはおかない資質の反映を見ている[49]。「客観的な叙述のなかに批評性を帯びた寸言がするどく閃く場面が少なくない[50]」と、やはり初期の小説『酸素』について菅野昭正は指摘する。『武蔵野夫人』においては、末尾の道子の自死をめぐる次の箴言ふうの一節に着目している。

　　道子の試みが未遂に終わらなかったのは純然たる事故であった。事

故によらなければ悲劇が起らない。それが二十世紀である[51]。

道子は家にあった薬物を大量にのんで自殺を図った。ただならぬ事態を察した夫は急いで医者を呼ぶが、医者の所見は徹頭徹尾、楽観的であった。道子の服薬量は致死量に達していなかったが、おそらくは生来、心臓が人よりも弱かったせいで（「事故」）、エンマ・ボヴァリーのように譫妄と苦悶を繰り返しながら亡くなる。こうした個人的な事情を含む突発事が、なんの媒介もなく時代（「二十世紀」）の本質に結びつけられているのが唐突な印象を与えるのだ[52]。

　ここで思い出されるのが、『赤と黒』第2巻第44章のジュリヤンの独白に、『武蔵野夫人』の一節と呼応しているような箇所があることである。

　　彼［ジュリヤン］は声高に、苦々しく笑ってつぶやいた。「同時代人の影響は強力だ。自分だけに向かって、しかも死を目の前にしてしゃべっているというのに、おれはまだ偽善者をやめられないのだから。ああ、19世紀よ！[53]」

このモノローグは死刑判決が確定したあと、レナール夫人との面会がかなわなくなったジュリヤンが絶望にかられる場面で展開される。暗い牢獄で思索するうちに、ジュリヤンはナポレオン、聖書の神、ヴォルテールの神など、信じるに足ると思っていたものを次々と否定し去ってしまうのだが、結局のところ絶望の原因は愛するレナール夫人に会えないという、その一点に尽きると認めざるをえなくなり、

19世紀全体に蔓延している自己欺瞞の病を呪う。この小説でスタンダールは繰り返し、出世のために自らの信条を欺いたり、信じてもいないものを信じているようにふるまう19世紀の人間たちの醜い姿を描き、主人公もまたときにそうした選択を迫られるさまを書いた。ただ、まだそこには「神」がいた。道子の生きる20世紀にはもはや背くべき「神」もおらず、大きな秩序が崩れ去った今、アクシデントによらなければ「悲劇」すら生まれない。文脈は大きく異なるものの、望むと望まざるにかかわらず、個人の命運が抜きがたく時代の刻印を受けてしまうことを、これらのテクストは告げている。

このように、初期の大岡昇平の小説ではエピグラフや「語り手の介入」の中にアフォリズム形式の表現がしばしば見られるが、そこにスタンダールの影響があるのは明白である。ただし、介入によって語り手が背後から評釈を加えるような箇所は作品を重ねるにつれて減っていき、登場人物たちの感情の動きも、地の文と会話やモノローグをスムーズに交錯させることで表現されるようになる。客観的な語りの中にときどき混じる箴言風の表現については、それが物語の流れを一時せきとめかねないことを、大岡がスタンダールから学びとった形跡はない。しかし作品を重ねるにつれて語りは洗練され、読者は適度な批評性を保った物語の自然な流れに身をゆだねることができるようになる。

4.『俘虜記』(1948-1952)におけるアフォリズム的表現

最後に、『武蔵野夫人』と同時期に連作の形で執筆と刊行とが続けられていた『俘虜記』に焦点を当てる。よく知られているように、

この作品は大岡自身の俘虜体験をもとにした実録（ノン・フィクション）で、「小説」とは見なされていない。ただし菅野昭正が指摘するように、事実の取捨選択、そして記憶の解釈を行う過程で虚構の要素が入りこんでくることは確かで、大岡本人も連載が進むにつれて小説家としての自覚を強めていったとされる[54]。
　唯一無二の極限の体験が描かれたこの作品でも、ときにアフォリズム的な表現が顔を出す。作品全体の冒頭に掲げられたエピグラフはデフォー『ロビンソン・クルーソー』（1719）の第3巻序文にある一文からとられているが、より正確にはカミュの『ペスト』（1947）のエピグラフ経由の孫引きである。デフォーの原文に比べるとかなり簡略化されているが、『ペスト』同様に、自らの体験した「監禁状態」を一種の隠喩として示そうという意図が打ち出されていると考えられる。

　　或る監禁状態を別の監禁状態で表してもいいはずだ　デフォー[55]

また、以下の例はドストエフスキーの言葉の、いわば自由な応用である。

　　人は何もしないでどうして時が過ごせるかと問うかも知れない。しかし俘虜は何もしないで時をすごすことになれた人種である。「人間はなんにでもなれることが出来る存在である。これがその最上の定義だ」とドストエフスキーはいっている[56]。

07 大岡昇平とスタンダール
杉本 圭子

　こうした例を除けば、以下はいずれも偶然が生きるか死ぬかを左右する究極の体験に基づき、声を絞り出すようにして記されたアフォリズムである。そこには実存主義的な響きがある。

　　しかし虚脱という文字は無であるが、虚脱した人間の中にあるものは無ではない[57]。

　　俘虜にとって唯一の希望は、この状態が一時的のものであること、いつか解放される時があるということである。しかし俘虜の刑期は不定であり、「待つ」目標がない。それに「待つ」とは生きることではない[58]。

ここではしばしば戦場における、自分以外に証人のいない経験や行為が語られ、描かれる。「事実」そのものの価値が戦場では揺らぎ、ざっくばらんに言えば言ったもの勝ち、といった状況が生まれるのだ。戦争にからむ美談や不都合な事実の隠蔽も、しばしばそのようにして生まれる。「戦友」と題する章には収容所で大岡が再会した、同じ中隊所属の兵士たちのありようが描かれる。上官の大部分は俘虜となってもなおかつての権威をふりかざし、人間としてとうてい尊敬できない言辞を吐く彼らの姿を、筆者は冷徹に、と同時にある種の諦念をもって描き出す。たとえば増田伍長という人物は、戦場で起こったことのうち、人の知りえない事実については徹底的に嘘をつく人物だった。つねに自分が当事者か目撃者であったふりをし、大岡の友人が落命した状況を語ったが、実はその兵士は死んでなど

いなかった。自分がゲリラに襲われて投降した経緯についても詳しく話したが、本来逃げるべき経路とは逆の方向を選んだ時点で、それ以前に投降する意志を固めていたことは明らかだったのである[59]。次のシニカルな一文には、大岡が行き着いた悟りのような境地があらわれている。

人間に関する限り戦場には行為と事実があるだけである。あとは作戦とか物語とかである[60]。

増田伍長の虚言などかわいいものだ。戦場をめぐる虚偽の証言の裏には、今となっては知る由もない人間の底知れぬ悪意や犯罪行為が隠れていたかもしれないのである。

ただ、虚実の境を見定めることじたいが意味を失ったそのような状況においても、大岡は俘虜病院に運ばれてそのまま息絶えていった、声なき兵士たちの「物語」を記録に残そうとする。彼らの生きた体験を残せるのは、その場で彼らの言葉を聞き取った彼だけなのだ。いっぽうで、俘虜となったのちにも米軍指揮下の収容所内での地位を笠に着て、同国人である俘虜たちを恫喝する日本人幹部たちについては、集団性の中からすくいあげてその個人的特徴を逐一描き出す気力もないと述べている[61]。『人間喜劇』のバルザックにならって「俘虜名簿と競争」したとしても、「列挙の退屈」という障害には打ち勝てそうにもないから、と[62]。

こう書いて来ると、わが俘虜専制政体の頭部が、あまりにも類型的

大岡昇平とスタンダール
杉本 圭子
07

な人物によって占められているのを認める。すべて或る政体はそれを構成する人間を似通った型に刻むものらしい[63]。

　彼らのような類型的人物は、「市民社会のどこにでもいる最も平凡な悪党にすぎない」からして、一般性を体現するアフォリズムの領域に閉じこめておけばよいのだ。個別にとりあげて物語に仕立てるにはとうてい値しない。

　いっぽう、左胸に弾丸をもったまま野戦病院に運ばれてきた若い兵士が語った捕らえられるまでの「貴重な詳細」は、どうしても「書き落としたくない[64]」性質のものだった。この兵士の語ったところによれば、彼は森林の中で撃たれたところをフィリピン人たちに保護され、捕まるくらいなら死んだほうがましだと暴れるのを、日本語を話すひとりのフィリピン人の男に「助かる命なのだから、日本のお父さんお母さんのためにこらえなさい」と涙ながらに説き伏せられたという[65]。大岡は大分の小作農の息子であったこの兵士を毎日欠かさず見舞っていたが、あるとき亡くなったと聞かされ、深く後悔する。「私は彼の名前さえ知ろうとしなかったではないか[66]」。だがあのような状況では、感傷だけでお互いに心を開いて語り合うことはできなかったにちがいない、と考えて自分を納得させる。記録者が、ともすれば歴史の一般性の中に常に逃れ去ろうとする「個」を掘り下げるには、それを可能にする状況と膨大な聞き取り調査、そしてなによりも書き手の覚悟と力量が必要なのである。戦後、『レイテ戦記』（1967-1969）に挑む大岡昇平は、それを身をもって示すことになるだろう。

おわりに

　すでに見てきたように、短句形式の箴言やアフォリズムは、その形式上の制約ゆえに、一般性、普遍性の領域を超えて「個」をすくい上げるには十分でない。ただしその箴言やアフォリズムも、もともとは多くその作者の実体験や伝聞から抽出され、普遍化されたものである以上、個別的なものをつねに内包している。モラリストたちの箴言に培われたスタンダールも、そのスタンダールを師として出発した大岡昇平も、「世のならい」を受け入れつつ、その次元におさまりきらない「個」のありようを析出させようとして、あるときはアフォリズムが体現する一般性の圏外にとどまり、あるときはその敷居を踏み越えて、個別の物語を紡ぐ欲求に身をゆだねたのである。

大岡昇平とスタンダール

杉本 圭子

07

1. 本稿執筆のためには菅野昭正、清水徹、辻邦生、平岡篤頼をはじめ、多くのフランス文学者の大岡昇平論を参照している。スタンダール研究者の論考としては、日本でのスタンダール受容史についての栗須公正の研究を挙げておく（栗須公正『スタンダール　近代ロマネスクの生成』、第16章「大岡昇平とスタンダール」、名古屋大学出版会、2007）。近年ではジュリー・ブロックを中心とする国際高等研究所の共同研究の成果として出版された次の報告書の中に、比較文学の立場からの大岡昇平論が多数含まれている（ジュリー・ブロック編『受容から創造性へ――日本近現代文学におけるスタンダールの場合』、高等研報告書1202、2013）。また同じ編者により、大岡昇平が執筆したスタンダール論のうち主要なものについてのフランス語訳が出た。Ôoka Shôhei, *Mon Stendhal*, traduit du japonais par Julie Brock, Paris, Champion, 2020.
2. ラ・ロシュフコー、二宮フサ訳『ラ・ロシュフコー箴言集』、岩波文庫、p. 18。
3. スタンダールのモラリスト受容については拙論を参照のこと。杉本圭子「スタンダールとモラリストたち」、『仏語仏文学研究』第49号、東京大学仏語仏文学研究会、2016年10月、p. 217-231。
4. Stendhal, *Journaux et papiers*, t. I (1797-1804), Cécile Meynard, Hélène de Jacquelot et Marie-Rose Corredor（éd.）, Grenoble, ELLUG, 2013, p. 353-357。
5. *Ibid.*, p. 355. 参照元はラ・ブリュイエール『カラクテール』第3章「女について」24。ラ・ブリュイエールの原文については以下の版本を参照した。La Bruyère, *Les Caractères*, R. Garapon（éd.）, Paris, Classiques Garnier, 1990. 翻訳については関根秀雄訳『カラクテール（当世風俗誌）』（岩波文庫、上・中・下）を参照しつつ、論者が訳出した。
6. *Ibid.*, 参照元はラ・ブリュイエール『カラクテール』第3章「女について」81。
7. *Ibid.*, p. 356。
8. ラ・ブリュイエール『カラクテール』第3章「女について」81（La Bruyère, *op. cit.*, p. 134-136）。
9. Stendhal, *De l'Amour*, Victor Del Litto（éd.）, Gallimard, « Folio », 1980, p. 127. 翻訳は杉本圭子訳、岩波文庫『恋愛論』（上・下巻）を使用した（上巻、p. 86）。
10. ただし人名をまちがえるなど、かなり不正確な引用であって、しかも原作の挿話では女性にとってというより語り手の青年の側のひとめぼれの様相が強い。『恋愛論』上巻、第1巻第21章の訳注106を参照。
11. たとえば第1巻第32章「親密な仲になることについて」では、章の冒頭近くに置かれた「情熱恋愛において親密な仲になることは、完璧な幸福というよりは、そこに至るための最後の一歩である」という命題の事例として、モーティマーという青年の架空の物語（恋人ジェニーとの唯一の幸福の記憶として、思いを遂げる直前に、ともに庭を散歩していたときにジェニーの服がアカシアの枝のとげにひっかかった記憶だけが残った）が語られている（同書、上巻、p. 161-162）。
12. Alain Montandon, *Les Formes brèves*, Paris, Classiques Garnier, 2018, p. 61. ヴォルテールはラ・ロシュフコーの『箴言集』を「本というよりは本を作り上げるための材料」であるとし、小説家のジャック・ド・ラクルテル（1888-1985）は「箴言のひとつひとつに物語が見い出される」がゆえに、ラ・ロシュフコーを「フランス最初の小説家」と見なした。

13. 『恋愛論』上巻、p. 193。ラ・ロシュフコーの引用部分について、スタンダールの原注では箴言 495 とあるが、現在もっとも流布している『箴言』の版では 472 にあたる。箴言の全文は以下のとおり。「自負心にも他の情念と同じく支離滅裂なところがある。人は嫉妬していると告白することを恥とし、かつて嫉妬したとか、嫉妬するかもしれないと言うことは誇りにする」（ラ・ロシュフコー、前掲書、p. 133）。
14. 「女は男に愛のしるしを与えることによって、男と愛情で結ばれる。女が常日頃ふける夢想のほぼすべては恋愛にかかわるものなので、深い仲になったあと、女の夢想はただひとつの目標のまわりに集中する。すなわち、かくも常軌を逸し、かくも決定的で、羞恥心の命ずるあらゆる習慣にかくも反するふるまいを正当化しはじめるのだ。こうした作用は男にはおこらない [...] 」（『恋愛論』上巻、p. 44。下線部がラ・ブリュイエールからの借用部分）。ラ・ブリュイエールの原文は以下のとおり。「女は男に愛のしるしを与えることによって男と愛情で結ばれるが、男はその同じ愛のしるしによって恋から癒えてしまう」（La Bruyère, *op. cit.*, p. 116）。
15. 『恋愛論』下巻、p. 91（下線部が借用部分）。ラ・ロシュフコーの箴言は、岩波文庫版では 348（前掲書、p. 103）。
16. 同書、p. 97。
17. 同書、p. 154。
18. *Armance, Œuvres romanesques complètes*, t.I, Yves Ansel et Philippe Berthier（éd.）, Paris, Gallimard, « Bibliothèque de la Pléiade », 2005, p.153.『アルマンス』、『赤と黒』については既訳を参照しつつ、論者が訳出した。
19. ラ・ロシュフコー、前掲書、p. 40。
20. *Le Rouge et le Noir, Œuvres romanesques complètes*, t.I, éd. cit., p. 471. プレイヤッド版の注によれば、スタンダールは 1824 年の別のテクストではこれを政治家タレーランの言葉としている。
21. *Ibid.*, p. 519. 下線強調は論者による。
22. Jean Prévost, *La Création chez Stendhal* (1951), Gallimard, « Folio Essais », 1996, p. 36.
23. *Le Rouge et le Noir*, éd. cit., p. 671.
24. *Ibid.*, p. 417.
25. *Ibid.*, p. 670.
26. *Ibid.*, p. 671.
27. 片岡大右「サン＝レアルからスタンダールにかけての文学＝鏡の変容」、『仏語仏文学研究』第 49 号、東京大学仏語仏文学研究会、2016 年 10 月、p. 199-215. 片岡はこの論考の中で、スタンダールがこうした「鏡としての文学」の伝統を踏まえながらも、理想的ならざる現実を道徳的矯正の意図に従属させずに提示した点において画期的であると述べる。
28. エーリヒ・アウエルバッハが『ミメーシス』（1946）の中で歴史的、政治的、社会的状況を物語の展開の中に有機的に織りこむ「ミメーシス」の作家として、スタンダールを近代的レアリスムの作家のひとりに数えて以降、スタンダール研究は戦後、大きく進展した。現象学や映画の技法の影響を強く受けたジョルジュ・ブラン（*Stendhal et les problèmes du roman*, José Corti,

大岡昇平とスタンダール　　杉本 圭子　07

1953）の研究を経て、スタンダールの提示する「鏡」がけっして公平で客観的な鏡ではなく、視点や視野の操作によってしばしば現実を歪めて映しとる鏡である、という認識はほぼ共有されている。この「鏡」の背後には操作する人間がいるのであり、手回しカメラのように移動しながら位置や向きを自在に変えるのである。

29. Alain Montandon, *op. cit*., p. 13.
30. この序文は大岡昇平の訳で読むことができる。『大岡昇平全集』1（初期作品）、ジード「『アルマンス』に序す」、p. 21-22。なお、アフォリズムと伝統的な箴言、格言の類とを比較したとき、18 世紀啓蒙主義時代のドイツを転回点として、アフォリズムがより主観的な性質を帯びるようになるというアラン・モンタンドンの指摘は、このジードの認識と一致する（Alain Montandon, *ibid.*, p. 78）。
31. *Lucien Leuwen, Œuvres romanesques complètes*, t. II, Yves Ansel, Philippe Berthier et Xavier Bourdenet（éd.）, Gallimard, « Bibliothèque de la Pléiade », 2007, p. 684, note B. 草稿に残された 1835 年 4 月 1 日付のメモ。
32. *Ibid*., p. 469, note C.
33. キルケゴールの『あれかこれか』、パスカルの『パンセ』、ウィリアム・ブレイクの『箴言』に強い影響を受けたという埴谷雄高に対し、大岡は「もともと君は箴言好きであったに違いないね」と言ったあと、自分のことを「きみみたいにアフォリズム好きで、現実と非現実の世界がもろに広くて、それへぐらい深くもぐっていくという性質じゃない」と続けている（『大岡昇平全集』15（評論 II）、「二つの同時代史」（1982-1983）、p. 47、p. 58）。
34. その「心理家（プシコローグ）」に与えた定義は次のようなものである。「心理家（プシコローグ）といえば、十七、八世紀の社交界では、「わけ識り」というほどの意味でした。」（『大岡昇平全集』14（評論 I）、『現代小説作法』（1962）第 19 章「心理描写について」、p. 475-476）。
35. 樋口覚「誤解の王国―『俘虜記』序説」、『ユリイカ』増頁特集・大岡昇平の世界、1994 年 11 月、青土社、p. 229。
36. 同書、同ページ。
37. 『俘虜記』を執筆中の 1946 年 4 月 27 日の「疎開日記」に「文体の問題―翻訳体を使うこと。私は文体を持っていない。持つまでの仮りの手段。」（『大岡昇平全集』14（評論 I）、p. 3）というメモが見られ、4 月 29 日にも「模範とすべき文体がないので、翻訳体をとるのは、辛いことである」（p. 4）とある。
38. 「私は「文章は経済なり」と考えています。なるべく少ない言葉で伝えたいことをはっきり伝える」（『大岡昇平全集』15（評論 II）、「文章に関する忠告」（1963）、p. 375）。
39. 終戦にともなって復員した大岡に、周囲は戦場での体験を書くことを勧めるが、そのひとりの「X 先生」（小林秀雄を指すと思われる）は他人のことでなく自分の「魂」のことを書け、ただし描写するんじゃない、と進言する。それに対して大岡は「スタンダリヤンを捉えて、描写するなとは余計な忠告というものである」と書いている。（『大岡昇平全集』3（小説 II）、「再会」（1963）p.372-373）。

40. 『大岡昇平全集』14（評論I）、『現代小説作法』(1962) 第 22 章「文体について」、p. 500。
41. 『大岡昇平全集』14（評論I）、「『武蔵野夫人』の意図」(1950)、p. 57。
42. フランス文学者の平岡篤頼は大岡昇平の『パルムの僧院』の翻訳（1948）を読んで、そこに「文体の面では最もスタンダールに近い日本語が創造されていた」との感想を残しているが、その平岡が『俘虜記』や『武蔵野夫人』を読んだときの印象は、「文体は明らかにスタンダールそっくり」で、「模倣とさえ言っていいそんなバタくさい日本語で立派に小説が書けるという事実が驚異だった」とある（平岡篤頼「音楽会の最中にピストルを—大岡昇平のスタンダール観」、『国文学　解釈と鑑賞』、1979 年 4 月号、p. 109）。やはりフランス文学者の出口裕弘は『俘虜記』をはじめて読んだときの衝撃を「こんな文章で小説が書けるなどとは信じがたいことだった。[…] 欧文脈などという段階の話ではない。まさにヨーロッパ語の逐語訳である」と記し、また『武蔵野夫人』連載当時の印象として、「報告書ふうな文体とロマネスクなものとの理想的な結合がそこにあった」、「「彼は」「秋山は」「勉は」「富子は」「道子は」という書出しが多く、その一つ一つに、偽の感動を徹底的に排除しようとする作者の決意が、ナイフのようにきらめいて見えた」と書いている（出口裕弘「『花影』の謎—太宰、三島、そして」、『ユリイカ』増頁特集・大岡昇平の世界、1994 年 11 月、青土社、p. 125-126）。大岡自身は後年、なるべく原文の語順を変えず同じ語に同じ訳語をあてるという原則を、スタンダールの翻訳を通じて学んだ、と語っている（『大岡昇平全集』21（評論VIII）、「私の文章修行」(1978 初出)、p. 270）。
43. *Le Rouge et le Noir*, éd. cit., p. 671.
44. 『大岡昇平全集』3（小説II）、『武蔵野夫人』、p.166。ここで大岡が道子と、年の離れた従弟の勉の関係を描くにあたり、『パルムの僧院』(*La Chartreuse de Parme*, 1839) のファブリスと叔母のサンセヴェリーナ夫人との関係も念頭に置いていたことがわかる。『パルムの僧院』の大岡訳は 1948 年に上巻が刊行されたが、このとき大岡は『武蔵野夫人』を準備中であった。
45. 『大岡昇平全集』3（小説II）、『武蔵野夫人』、p. 192。
46. 同書、p. 195。
47. 同書、p. 198。
48. 同書、p. 209。
49. 辻邦生「大岡昇平とスタンダール」、『國文學』、1977 年 3 月号、p. 34。
50. 菅野昭正、『小説家　大岡昇平』筑摩書房、2014、p. 118。
51. 『大岡昇平全集』3（小説II）、『武蔵野夫人』、p. 504。
52. 菅野昭正はここで「事故」と「悲劇」の間に「偶然」という観念を媒介させることで両者が結びつきやすくなるとし、さらに「神の死」以降、統一的な秩序を失った 20 世紀の世界においては、個人が見舞われる「悲劇」はもはや世界の必然とはならず、「偶然」に過ぎなくなるという解釈を示している。そして大岡がそのような運命論的な認識に至った経緯の根源には戦争体験があるとする（前掲書、p. 60-64）。出口裕弘もまた、このアフォリズムを称して「三島の警句よりもどすがきいていて、戦争の修羅場をくぐってきた人間の凄みを感じさせた」と書いている（前掲記事、p. 126）。

53. *Le Rouge et le Noir*, éd. cit., p. 798.「小説=鏡」のアフォリズムと同様、この箇所も第2巻第29章のエピグラフによって前触れされている。「情熱に身を捧げるのはいい。だが抱いてもいない情熱に身を投じるとは！ああ、悲しき19世紀よ！―ジロデ」(*Ibid.*, p. 723)例によってこのエピグラフが19世紀の画家ジロデ（1767-1824）のものであるという確証はない。「倦怠」の章題をもつ第2巻第29章は、ジュリヤンが意図的に社交界のほかの婦人に言い寄り、親密な関係になって以来冷淡な態度を貫いていたマティルドを再び振り向かせることに成功するという、いわば野心家として頂点を極める章である。「抱いてもいない情熱」は字義的にはジュリヤンの浮気を指すが、エピグラフ全体はより一般化された次元で、欺き欺かれる偽善的な恋の駆け引きに興じる19世紀人のありさまを揶揄している。
54. 菅野昭正、前掲書、「I. 小説家の生誕」。-
55. 『大岡昇平全集』2（小説I）、『俘虜記』、p. 3。このエピグラフの表現をめぐって大岡が自己弁明と自己注釈を繰り返した経緯については、樋口覚の前掲記事を参照のこと。
56. 同書、p. 139（「生きている俘虜」）。
57. 同書、p. 65（「タクロバンの雨」）。
58. 同書、p. 105（「生きている俘虜」）。
59. 同書、p. 147-150（「戦友」）。
60. 同書、p. 149（「戦友」）。
61. 同書、p. 114（「生きている俘虜」）。
62. 同書、p. 203（「労働」）。もし自分が「小説家」であれば、登場人物のひとりひとりに事件をこしらえて人物を躍動させることも可能だろうが、「俘虜の間には行為がないしたがって、本質的な意味での「事件」というものもない」ので、それもまた不可能である、また同じ理由により、俘虜の「典型」を書くことも難しい、と書いている。
63. 同書、p. 114（「生きている俘虜」）。辻邦生はこの一節をとりあげて「ほとんどスタンダールのパロディといってもいい」と評している。「作者の介入」の形式に加え、政府の形態が人間を形づくるというモンテスキュー経由の相対主義的人間観がスタンダールの筆を思わせる（辻邦生、『大岡昇平全集』3（小説II）解説「想像の地平との出会い」、p. 689）。
64. 同書、p. 96（「バロの陽」）。
65. 同書、p. 96-98（「バロの陽」）。
66. 同書、p. 98-99（「バロの陽」）。

Résumé

Ōoka Shōhei et Stendhal :
sur le style aphoristique dans le roman

SUGIMOTO Keiko

Ōoka Shōhei (1909-1988), qui compte parmi les principaux écrivains de la littérature d'après-guerre, a consacré toute sa vie à l'étude de Stendhal (1783-1842). C'est encore jeune homme, avant de connaître la guerre et d'être fait prisonnier, qu'il devient un amoureux de Stendhal sous l'influence de Rimbaud et de Gide. Après la guerre, il commence à traduire des œuvres et des critiques de Stendhal, puis se fait critique littéraire avant de devenir écrivain. Appartiennent au genre de la non-fiction son *Journal d'un prisonnier de guerre* (1948-1952), dans lequel il décrit son expérience de prisonnier de guerre dans un style froid, ainsi que *La Bataille de Leyte* (1971) où il tente d'explorer la vérité du tragique de la guerre d'usure en s'appuyant sur des entretiens avec d'anciens combattants, ainsi que sur une grande quantité de documents. Son premier roman, *Les Feux* (1952), où il a donné un cadre fictionnel à ses expériences réelles, a été conçu presque en même temps que son premier roman d'amour, *La Dame de Musashino* (1950). Ce dernier roman traite frontalement de l'infidélité dans une famille bourgeoise et a eu un impact considérable dans le Japon d'après-guerre ; il est aussi fortement influencé par les romans psychologiques à la manière de Stendhal.

Comme Stendhal, Ōoka a travaillé une variété de genres (notamment l'autobiographie, la biographie et les récits de voyage) parallèlement à une vie de romancier et de critique. Les similitudes entre les deux écrivains ont souvent été discutées dans le domaine de la littérature comparée, mais les aspects formels de leur travail, y compris leur style d'écriture, n'ont pas été systématiquement examinés, en partie à cause de la grande variété du corpus que constitue l'ensemble de leurs œuvres. Nous nous proposons ici de voir de quelle manière l'écriture de Stendhal, qui aimait les maximes et les aphorismes des moralistes français et les citait dans ses essais et ses romans, a pu influencer celle d'Ōoka. Pour ce faire, nous nous intéresserons surtout aux œuvres romanesques d'Ōoka, dans lesquelles il s'attache à dépeindre l'individu avec la volonté sous-jacente de tendre vers l'universel.

1) *L'usage des expressions proverbiales et aphoristiques chez Stendhal*
Né juste avant la Révolution française, Stendhal s'opposait à la belle écriture lyrique populaire à son époque, représentée par Rousseau et Chateaubriand, et admirait le style concis et clair de Montesquieu, de Voltaire et d'autres. Il a d'abord aspiré à devenir dramaturge, mais il n'a pu réaliser son rêve en raison de faiblesses indéniables : il ne savait pas rimer, et s'il était capable d'inventer une intrigue, il ne savait pas créer une scène. D'ailleurs, parmi les écrivains que Stendhal appréciait à l'époque et qu'il prenait pour modèles, on trouve La Rochefoucauld (1613-1680), La Bruyère (1645-1696), Vauvenargues (1715-1747) et Chamfort (1741-1794), tous considérés comme des moralistes. Ces écrivains pratiquent une écriture de la formule typique des formes brèves telles que la maxime ou l'aphorisme, qui repose sur des figures rhétoriques comme l'opposition, la métaphore ou l'antiphrase, afin de décrire la nature humaine et les mœurs sociales d'une manière ironique et satirique. Toutefois, les thèmes qu'ils exploitent et les formes qu'ils emploient sont marqués par une grande variété : on peut comparer à cet effet les *Maximes* de La Rochefoucauld, condensées en une phrase telle que « Le soleil ni la mort ne se peuvent regarder fixement », et *Les Caractères* de La Bruyère, qui se saisissent d'une personne spécifique pour en esquisser le comportement et les habitudes singulières sur plusieurs lignes. Ce sont les textes de ces moralistes que Stendhal cite et développe dans son essai *De l'Amour* (1822). Le texte, qui comprend les célèbres passages sur « l'amour-passion » et « la cristallisation », est suivi de 169 réflexions de longueur inégale regroupées sous le nom de « Fragments », dont l'un cite presque

telle quelle une maxime de La Rochefoucauld.

Dans son premier roman *Armance* (1827), Stendhal fait murmurer à sa protagoniste féminine une formule empruntée à une maxime de La Rochefoucauld (« Il y a de bons mariages, mais il n'y en a pas d'heureux »). Dans les romans ultérieurs, ces formules sont placées en épigraphe pour résumer symboliquement le contenu du chapitre, ou bien sont utilisées au fil de la narration sous la forme d'une « intervention du narrateur (de l'auteur) ». Un exemple de ce type d'intervention est la formule « Tout bon argument est une offense » au chapitre 27 (Livre 1) du *Rouge et le Noir* (1830), insérée dans une scène où le protagoniste Julien se détache de ses camarades séminaristes issus des classes inférieures parce qu'il conserve l'habitude de penser par lui-même et d'une manière logique. Ici, le narrateur (ou l'auteur) simule d'une part la résignation en suggérant, par cette formule, que le monde est ainsi fait, mais d'autre part, il se tient aux côtés du protagoniste immature qui se trouve dans une situation difficile. Cette prédilection pour la forme aphoristique chez Stendhal contamine donc jusqu'à la fiction : elle apporte une perspective objective sur l'histoire au sein de la narration, cette perspective objective permettant aussi à un auteur qui ne peut pas s'en passer de porter un jugement sur les paroles et les actions des personnages.

2) *L'influence de Stendhal sur Ōoka Shōhei*

« L'intervention du narrateur (auteur) » est une technique souvent utilisée par les écrivains français de la génération de Balzac. Ōoka Shōhei, qui est entré en littérature sous l'influence de Gide et Stendhal, a commencé par être lui aussi un romancier incapable de s'empêcher de critiquer les moindres faits et gestes de ses personnages. Dans *La Dame de Musashino*, son premier roman écrit après son expérience du front et de prisonnier de guerre, un professeur d'université nommé Akiyama, spécialiste de Stendhal, justifie l'adultère sur la base des théories de l'écrivain français. L'écriture d'Ōoka est souvent appréciée parce que le japonais qu'elle emploie possède une coloration propre à celle qu'on trouve dans les romans traduits depuis une langue étrangère. En outre, on voit souvent l'auteur ajouter des commentaires aphoristiques sur les situations et les états psychologiques des personnages. Par exemple, des propos tels que « L'amour, cependant, ne peut pas être caché à ceux qui sont amoureux », et « Du point de vue de l'amoureux, toute affection est susceptible d'être interprétée comme de l'amour » ne seraient pas déplacés dans un chapitre de *De l'Amour* (rappelons que Ōoka a traduit cet ouvrage). Ōoka Shōhei lui-même ne montre aucun goût pour la forme aphoristique en tant que telle, et rien n'indique qu'il ait tenté d'en créer un recueil, mais c'est bien par le biais de ce type d'intervention reposant sur l'écriture aphoristique qu'il ouvre l'espace romanesque à la généralité et place les situations et les états psychologiques des personnages dans le cadre de la sagesse conventionnelle.

Soulignons tout de même ici que Stendhal estimait qu'il ne fallait pas recourir trop souvent à ce type de formules : en effet, en raison du changement de niveau narratif, elles interrompent temporairement la progression du récit. De fait, au fil du temps, ces expressions deviennent moins fréquentes dans les romans d'Ōoka. Dans son *Journal d'un prisonnier de guerre*, où l'auteur s'appuie sur des faits réels pour tendre vers une forme de vérité à travers ce qui relève d'une expérience singulière, les phrases de type aphoristique ne sont pas si nombreuses. Cependant, on voit l'auteur osciller entre une écriture généralisante et une écriture singularisante selon qu'il traite de personnages sans signes distinctifs ou d'individus hors du commun : le récit de ces derniers excède nécessairement le cadre de l'aphorisme, parce qu'il s'agit d'explorer le plus précisément possible ce qui constitue leur caractère extraordinaire. Ainsi, l'écrivain Ōoka se dégage progressivement de l'influence littéraire de Stendhal à la recherche d'une écriture qui vise la vérité de l'Histoire.

Annexe／巻末資料
De l'aphorisme
Hagiwara Sakutarō

アフォリズムに就いて

アフォリズムに就いて

萩原 朔太郎

　アフォリズムのことを、日本では普通に「箴言」と言つてる。だがこの譯は適切でない。箴言といふ言葉は、ソロモンの箴言などのやうに、なにかしら教訓的、金言的の意味を感じさせ、且つ理知的で人間味がなく、文學としての内容を指示して居ない。ところでアフォリズムは、決してそんな非人情的なものではなく、詩や小説と同じく純粹の文學表現（理知からの思索ではなく、生活體感からの直覺的表現）に屬する文學なのである。つまり早く言へば、アフォリズムはエツセイの一種なのである。エツセイの一層簡潔に縮少され、より藝術的、詩文的にエキスされた文學で、言はば「珠玉エツセイ」とも呼ぶべきものなのである。

　アフォリズムは「箴言」でもなく「警句」でもない。ではなんと譯すべきだらうか。それが「珠玉エツセイ」であるとすれば、エツセイといふ語の譯語から考へて行かねばならぬ。ところが日本にはまだ、エツセイといふ語の適切な譯語がないのである。或る人はエツセイを「小論文」と譯してゐる。或ひはもつと漠然と、單に評論一般をエツセイの名で呼んでる人々も居る。しかし考へる迄もなく、元來エツセイと論文とは別物である。論文は理知の抽象的産物であり、したがつて非文學的のものであるが、エツセイは主觀の體驗や生活感情を主とした純文學的のものであり、且つその表現も藝術品としての高

い洗煉を盡してゐる。(西洋ではエツセイが文章讀本の手本にされてる。)エツセイを論文と譯することは、如何に考へても間ちがひである。そこで或る人々は、エツセイを「隨筆」と譯してゐる。この方の譯語は、前の「小論文」などより遙かに優つて適切である。たしかにエツセイは、日本の隨筆と同じ種類の文學形態に屬してゐる。逆にまた日本の『徒然草』や『枕草紙』のやうなものは、西洋流の文學で言ふエツセイに相當してゐるのである。

　しかし嚴重に考へれば、エツセイと隨筆ともまたちがふのである。日本の隨筆といふものは、花鳥風月の自然を書いたり、或ひは日常生活の身邊記事などを、茶話のやうな低い調子で書くのであるが、西洋のエツセイには、必ず本質になにかの哲學的、思想的の根據があり、且つその書くことも人間生活の文化命題に廣く亙つてる。(今日の流行言葉で言へば、エツセイの命題は非日常性の哲學にある[1])したがつてエツセイは、外見上から論文に似た様式を取るのであつて、この點からすれば、却つて「小論文」の譯語の方が、一方の「隨筆」にまさつて居る。つまり前の譯語は、エツセイの形態のみを見て精神を見ないことの誤譯であり、後者の譯はその反對、即ち精神を見て形態を見ないことの誤譯である。

*

　明治以來、日本はたいてい西洋の文學用語を譯し盡した。例へば「小説」「戯曲」「評論」「抒情詩」等々である。しかも今日に至るまで、不思議にただ一つだけ譯されてない空白の言葉がある。それが即ちエツセイである。そしてこの譯語がないといふのは、事實上に於て、日本にこの種の文學が無いといふことを實證してゐる。實際日本の

文檀には、昔からエツセイといふ文學が發育してないのである。日本人がエツセイを書かうとすると、必ず堅苦しい普通の「論文」になるか、でなければ慢筆風の「隨筆」になってしまふ。日本人には論文や隨筆は書けても、不思議にエツセイが書けないのである。

ところで前に言ふ通り、アフォリズムはエツセイの一層また文學的に洗煉された珠玉である。既にエツセイの無い日本の文壇で、それの珠玉であるアフォリズムの無いのは當然である。西洋では、アフォリズムは「詩」の一種として廣義に見られ、抒情詩や叙事詩と共に、詩人の表現すべき文學の一部に編入されてる。つまり言へば、アフォリズムは「思想詩」なのである。然るに日本の詩人は、昔から傳統的にこの「思想詩」を所有してないのであるから、今日の文壇に於いてさへも、尚依然としてエツセイやアフォリズムを書く人がなく、譯語さへも未だに無いといふ有様である。

*

アフォリズムの名文家として、パスカルやニイチエの名は有名である。特にニイチエは、アフォリズムによつて全く新しい文學の世界を開拓した。二十世紀以降では、グウルモンが詩人的な感受性で秀れたアフォリズムを多く書いてる。日本に翻譯されたもので、ジヤコブやコクトオのアフォリズムも面白い。すべて西洋の詩人にして、アフォリズムを書かないものは殆んどなく、しかもまたそのすべてが藝術的に秀れて居る。アフォリズムが詩人の文學と言はれるのは當然である。

日本の作家では、故芥川龍之介君が一人でアフォリズムを書いてゐた。もっとも芥川君の書くものは、小説でもなんでも皆一種のエ

「アフォリズムに就いて」全文
萩原 朔太郎

ツセイ（小説的形態をもっエツセイ）見たいなものであった。嚴重な意味で芥川君は、小設家と言ふよりは、むしろエツセイストと言ふべき作家であったかも知れない。し、し就中その晩年の作『西方の人』の如きは、アフオリズムの形態で書いた小説として、極めて特異のものであった。『文藝春秋』に連載された『侏儒の言葉』は、純粹のアフオリズムであったけれども、これは江戸ッ子的機智に類して深味がなく、意外に詰らないものであった。内田百閒氏の隨筆は定評のある名文であるが、本質的にはやはり日本の「隨筆」に屬するもので、西洋流の意味のエツセイやアフオリズムではない。松岡讓氏などの物は、隨筆とアフオリズムの中間を行ったやうなところがある。

日本人の書く隨筆といふものは、どうしても『枕草紙』や『徒然草』の傳統であり、花鳥風月の趣味性を中心主題とするやうである。この趣味性の代りに哲學觀を入れ代へたものが、即ち西洋流のエツセイであり、さらにそのエツセイを寸鐵的に緊縮したのがアフオリズムである。

1. 朔太郎は「ニーチェについての雜感」において既に次のように述べている：「近頃日本の文壇では「日常性の哲學」といふことが言はれて居る」（萩原朔太郎「ニイチェについての雜感」『浪漫古典』第1巻第7輯、1934年10月、p. 117）。「日常性の哲学」はシェストフの『悲劇の哲学』の和訳の反響で広まった言葉である。三木清「シェストフ的不安について」『三木清全集』岩波書店 p.392-408（『改造』1934年9月に発表）、または河上徹太郎「レオ・シェストフについて」レオ・シェストフ著、河上徹太郎訳『虛無よりの創造』、芝書店、1934、p. 182-184を参照。

De l'aphorisme[1]

HAGIWARA Sakutarō

Pour parler de l'aphorisme, on emploie couramment au Japon le mot « *shingen* » (maxime, proverbe). Cependant, cette traduction n'est pas exacte. Ce que désigne le mot « *shingen* », par exemple dans les « proverbes de Salomon » (*Solomon no shingen*), est de l'ordre de la morale, du dicton, et, raisonneur et sans dimension humaine, il n'informe nullement sur un quelconque contenu littéraire. L'aphorisme, lui, n'a pas cette insensibilité, et est littéraire en ce qu'il compte parmi les expressions littéraires pures au même titre que le roman ou la poésie (c'est-à-dire des expressions directes qui viennent de l'expérience personnelle de la vie, non de spéculations à partir de la raison et de la connaissance). Pour le dire en peu de mots, l'aphorisme est une catégorie de l'essai. C'est un essai fait plus dense par concision extrême, dont l'essence est plus poétique, plus artistique, et c'est pourquoi il serait juste de l'appeler « la perle de l'essai ».

L'aphorisme n'est ni *shingen* ni *keiku* (trait d'esprit). Alors, comment doit-on traduire ce mot ? Si on le traduit par « la perle de l'essai », il faut se pencher sur la traduction du mot « essai ». D'ailleurs, au Japon, il n'y a encore aucune traduction exacte du mot « essai ». Quelques-uns le traduisent par « petit traité » (*shōronbun*). D'autres, plus vaguement, appellent du nom d'essai tout ce qui relève de la critique (*hyōron*). Mais il est pourtant évident que l'essai et le traité sont deux choses radicalement différentes. Le traité est un produit abstrait du savoir, et donc non littéraire, tandis que l'essai est une chose purement littéraire, qui centre son propos sur les émotions de la vie, les expériences personnelles du sujet, et cette expression aussi touche au plus haut raffinement en tant que produit de l'art. (En Occident, l'essai sert de modèle aux ouvrages qui traitent de l'art d'écrire). Traduire essai par traité, de quelque façon qu'on y réfléchisse, est une erreur. Il y a encore d'autres gens qui traduisent le mot « essai » par « *zuihitsu* » (texte au fil du pinceau). Traduire ainsi est

De l'aphorisme
HAGIWARA Sakutarō | Annexe

beaucoup plus approprié que de traduire par « petit traité ». Il est certain que l'essai fait partie du même type de forme littéraire[2] que celle du texte au fil du pinceau. C'est pourquoi à l'inverse, des textes japonais comme les *Notes de l'oreiller* ou les *Heures oisives* sont conformes à ce que l'on appelle essai dans la littérature à la façon occidentale.

Mais si l'on y réfléchit sérieusement, l'essai et le texte au fil du pinceau diffèrent eux aussi. Le texte au fil du pinceau japonais décrit les beautés de la nature (*kachōfūgetsu*) et adopte le style bas d'une conversation de cérémonie du thé pour aborder des choses personnelles de la vie quotidienne. En ce qui concerne l'essai occidental, il s'appuie nécessairement, par essence, sur un je ne sais quoi relevant de la philosophie, de la pensée, et de plus, ce qui y est écrit se saisit de manière très large de thèses touchant à la culture humaine. (Pour reprendre une expression à la mode, les thèses présentées dans les essais relèvent d'une philosophie qui s'extrait de la quotidienneté[3]). C'est pourquoi l'essai présente un style[4] qui ressemble à celui du traité, et de ce point de vue, « petit traité » devient inversement une meilleure traduction que texte au fil du pinceau. C'est-à-dire que la traduction par « texte au fil du pinceau » est une mauvaise traduction qui ne regarde que la forme et non l'esprit, tandis que « petit traité » est, à l'inverse, une mauvaise traduction qui ne regarde que l'esprit sans regarder la forme.

*

Depuis l'ère Meiji[5], on a traduit au Japon la grande majorité du vocabulaire littéraire occidental : « roman », « drame », « critique », « poésie lyrique »... Mais jusqu'à aujourd'hui, de manière singulière, un seul mot est resté non traduit, produisant un vide. C'est le mot « essai ». Le fait qu'il n'y ait pas de traduction signifie qu'en réalité, ce genre n'existe pas au Japon. Au sein du cercle littéraire japonais ne s'est jamais développé de littérature de l'essai. Lorsqu'un Japonais tente d'écrire un essai, cet essai se transforme sans faillir en un traité guindé ou en un texte au fil du pinceau frivole. Les Japonais savent écrire des traités ou des textes au fil du pinceau, mais sont curieusement incapables d'écrire des essais.

À ce propos, ainsi que je l'ai dit plus haut, l'aphorisme est l'essai par excellence, ou pour le dire autrement sa « perle » littéraire la plus raffinée. Dans un cercle littéraire japonais déjà sans essai, il est naturel qu'il n'y ait pas non plus cette perle que constitue l'aphorisme. En Occident, l'aphorisme dans son sens large est considéré comme une catégorie relevant de la poésie, et est compté parmi les formes que les poètes se doivent de pratiquer, au même titre que la poésie lyrique et la poésie épique. C'est-à-dire que l'aphorisme est la « poésie de la pensée ». C'est donc parce que les poètes japonais ne possédaient pas traditionnellement cette « poésie de la pensée », et que dans le cercle littéraire contemporain, personne n'écrit encore d'essais ou d'aphorismes, que nous sommes dans cette situation où la traduction même du mot « essai » n'existe pas.

*

Pascal et Nietzsche sont connus pour être des aphoristes de renom. Nietzsche surtout a défriché un tout nouveau monde littéraire grâce à l'aphorisme. Au XXe siècle, Gourmont a écrit nombre d'excellents aphorismes grâce à sa sensibilité de poète. Quant à ce qui est traduit au Japon, les aphorismes de Jacob et de Cocteau sont aussi intéressants. De tous les poètes occidentaux, il n'y en a presque aucun qui n'a jamais écrit d'aphorismes, et tous se distinguent par leur excellence artistique. Que l'on dise de l'aphorisme qu'il est une forme littéraire de poètes, c'est bien naturel.

Parmi les écrivains japonais, seul le regretté Akutagawa Ryūnosuke a écrit des aphorismes. La plupart des écrits d'Akutagawa, récits ou autres, sont tous comme des sortes d'essais (des essais ayant pris une forme narrative). Peut-être faudrait-il dire qu'Akutagawa a été, au sens strict, un essayiste

Annexe

De l'aphorisme
HAGIWARA Sakutarō

plutôt qu'un romancier. Cependant, *Saihō no hito* [L'Homme de l'ouest], œuvre qu'il a écrite à la fin de sa carrière, est un roman écrit sous forme aphoristique qui n'a pas son pareil. *Shuju no kotoba* (Paroles d'un nain), paru dans *Bungei Shunjū*, était lui fait d'aphorismes purs, mais contre toute attente, c'est une œuvre bien ennuyeuse parce qu'elle est sans profondeur et ressortit d'un *witz* propre aux gens d'Edo[6]. Les textes au fil du pinceau d'Uchida Hyakken sont tenus en haute estime, mais sont tout de même par essence des textes au fil du pinceau japonais, et ce ne sont donc pas des essais ou des aphorismes à la mode occidentale. Il y a dans les textes d'autres écrivains comme Matsuoka Yuzuru quelque chose qui est comme à mi-chemin entre le texte au fil du pinceau et l'aphorisme.

Les textes au fil du pinceau écrits par des Japonais s'inscrivent quoi qu'il arrive dans la tradition des *Notes de l'oreiller* et des *Heures oisives*, et leur thème central est un certain goût pour les beautés de la nature. Un texte où on substituerait à ce goût un regard philosophique serait un essai à la mode occidentale. Si en outre on le condensait à la manière d'un trait d'esprit, alors on obtiendrait un aphorisme.

1. Publié pour la première fois dans la revue *Serupan/Le Serpent* (n° 64), juin 1936, p. 33-34.
2. Sakutarō emploie ici l'expression « *bungaku keitai* » sans doute en référence à la philosophie allemande (le mot *keitai*, l'apparence telle qu'elle résulte d'un assemblage organique, est souvent utilisé pour traduire le mot *Gestalt*). Voir aussi Miki Kiyoshi, « Bungaku keitai-ron », *Miki Kiyoshi Zenshū* [Œuvres Complètes de Miki Kiyoshi], Iwanami shoten, 1967, p. 51-76, en particulier la deuxième moitié.
3. Sakutarō fait référence ici à l'expression « philosophie de la quotidienneté » (*nichijōsei no tetsugaku*), popularisée avec la réception de la traduction japonaise de *La Philosophie de la tragédie* de Lev Chestov. Il la notait déjà dans son essai « Nietzsche ni tsuite no zakkan » [Impressions sur Nietzsche], paru dans le numéro d'octobre 1934 de la revue *Roman koten* (Hagiwara Sakutarō, « Nietzsche ni tsuite no zakkan », *Roman koten*, n°7 vol. 1 (10/1934) p. 117). Sur les rapports entre l'expression « philosophie de la quotidienneté » et la pensée de Chestov, voir notamment Miki Kiyoshi, « Shesutofu-teki fuan ni tsuite » [Sur l'inquiétude chestovienne], *Miki Kiyoshi Zenshū* [Œuvres Complètes de Miki Kiyoshi], Iwanami shoten, p. 392-408 (première publication dans le numéro de septembre 1934 de la revue *Kaizō* (*The Reconstruction*)) et Kawakami Tetsutarō, « Reo Shesutofu ni tsuite » [À propos de Léon Chestov], dans Lev Chestov, *Kyomu yori no sōzō* [La création *ex-nihilo*], traduit par Kawakami Tetsutarō, Shibashoten, 1934, p. 182-184.
4. En japonais, *yōshiki*, c'est-à-dire, l'apparence ou la forme en ce qu'elle peut être partagée par des objets semblables, dans ce qu'elle a de stylisé (on traduit par exemple l'expression « style gothique » par *goshikku yōshiki*).
5. 1868-1912.
6. Ancien nom de Tokyo. On désigne par l'expression « gens d'Edo » (ou « enfants d'Edo », *Edokko*) les gens dont la famille est originaire de Tokyo sur plusieurs générations et qui possèdent donc un ancrage culturel propre à cette ville et à son histoire.

あとがき

　本論文集の内容は、日本学術振興会の科研費の助成を受け（研究課題「日本のアフォリズム文学の誕生・比較文学の観点から」、KAKENHI n° 21K12972）、2023年に明治学院大学で開催されたシンポジウムに基づいています。明治時代以降の日本におけるアフォリズムの発展の歴史をより広範な視点から考察し、言語、時代、文学ジャンルの境界を超えた「文学」のあり方を議論すべく、各分野の専門家に協力を仰ぎました。というのも、アフォリズム草創期に斉藤緑雨と芥川龍之介が新聞や雑誌に寄稿していた作品を見ると、美的な魅力を持つ、単独で読める文学作品というより、風刺のきいた、当時の歴史的・社会的事情と密接な関係を持つ文章になっているからです。従来の比較文学研究はおもに文学的なアフォリズムを対象としてきましたが、ここではあえて文学的ではないアフォリズムについても検討しようと考えました。文学的なアフォリズムと同様に、そうしたアフォリズムが切り取られ、抜粋・引用され、反響を呼ぶメカニズムを検証することで、こうした初期の作家たちのアフォリズムの特徴、そしてその後に登場した作家たちとの相違をよりよく理解できるのではないかと考えたのです。

　その際、シンポジウムの参加者がすべての内容を理解し、言語を選んで議論できるよう、日本語とフランス語の両方を使用言語にしました。かなり欲張りだったと後になって反省したのですが、周囲の協力を得て、シンポジウムの当日にはすべての発表の概要を二言語で参加者の手元に届けることができました。発表者の先生方には

発表の準備に加え、事前に概要の執筆を引き受けていただき、また同僚の杉本圭子先生にはシンポジウムの運営の面で大変助けていただいたうえに、日本語テクストの翻訳と校正もご担当いただきました。

　本書はシンポジウムの成果に基づいて出版されました。言語の壁を越えた対話に協力して参加してくださった執筆者のみなさまに、また翻訳、校正、編集に協力してくださった杉本圭子先生に、厚く御礼申し上げます。

　アフォリズムについての研究は端緒についたばかりです。この特殊な形態の文章は、形式的には格言、教訓から風刺的な言葉遊び、詩に至るまで、そして17世紀のヨーロッパから現代の日本に至る広範な文化圏にわたり、変容を遂げてきました。読者のみなさまには本書を通じて、アフォリズムをめぐって行われた多言語による豊かな対話の一端を味わっていただければ幸いです。アプレミディ出版の富永玲奈さんには、一般的とは言いがたい主題をめぐっての、しかも二言語で書かれた論文集の出版企画を引き受けていただき、心から感謝申し上げます。富永さんには編集の各工程で丁寧に相談に乗っていただき、またデザイナーの中川理子さんのご協力のもと、二つの言語のレイアウトの問題をきれいに解決していただきました。この場を借りてお礼を申し上げます。

　　　　　　　　　　　　2024年9月　ボーヴィウ・マリ＝ノエル

Postface

Ce livre recueille les contributions des chercheuses et chercheurs qui ont participé au symposium « Aphorisme et *doxa* » qui a eu lieu en 2023 à l'Université Meiji Gakuin. Ce symposium a été organisé dans le cadre d'un projet de recherche individuel financé par la Société Japonaise pour la Promotion de la Science (projet KAKENHI n°21K12972), qui porte sur l'introduction de l'aphorisme occidental au Japon au début du XXe siècle. Il s'agissait de faire appel à des spécialistes pour fixer des repères traversant les époques, les aires culturelles et les frontières mêmes de ce que comprend la « littérature », pour mieux comprendre la forme qu'avait prise, dans un premier temps, l'aphorisme japonais tel qu'il s'est manifesté sous le pinceau ou la plume de ses premiers auteurs que sont Saitō Ryokuu et Akutagawa Ryūnosuke, c'est-à-dire, un aphorisme très fortement lié au support du journal, ancré dans l'actualité, usant facilement de la satire. Il fallait donc explorer le versant non littéraire de l'aphorisme, ainsi que ses mécanismes de troncation, de citation et d'échos pour mettre en perspective la pratique aphoristique de ces écrivains japonais, et les mutations de cette pratique après eux.

J'ai tenu à ce que les participantes et les participants puissent dialoguer dans la langue de leur choix et avoir accès au contenu de l'ensemble du symposium. J'étais loin d'imaginer alors la difficulté et la charge de travail qu'impliquait cette décision, mais les efforts conjugués de chacune et chacun nous ont permis d'avoir le jour même des résumés dans les deux langues de chacune des interventions. Cela n'a été possible que parce que toutes et tous ont bien voulu alourdir le travail de préparation de leur intervention de la rédaction d'un résumé à rendre à l'avance, et parce que ma collègue, Sugimoto Keiko (qui a été également d'un soutien sans faille sur le plan logistique, et sans qui ce livre n'aurait pas vu le jour) a bien voulu prendre en charge les traductions et les relectures des textes rédigés en japonais.

C'est sur la base de ce travail que ce livre a été élaboré. Je tiens à remercier ici chaleureusement encore une fois les autrices et les auteurs pour leur participation, et tout particulièrement Sugimoto Keiko pour son implication dans le travail de traduction et d'édition. J'espère que les lectrices et lecteurs de ce livre auront ainsi un petit aperçu de la richesse des échanges que nous avons eus autour de cette forme si particulière qu'est l'aphorisme, dont l'étude des métamorphoses prenant en compte à la fois le plan de la forme – de l'écriture gnomique à la poésie en passant par l'emploi didactique et le jeu d'esprit – et celui des aires culturelles – ici, de l'Europe du XVIIe siècle au Japon contemporain – n'est encore qu'à peine esquissée. Tominaga Reina, directrice de la maison d'édition japonaise Après-midi (en français dans le texte), a accepté de publier ce livre malgré les deux difficultés majeures que représentait le choix d'un sujet *a priori* mineur et la publication en deux langues. Elle a accompagné chaque étape de son élaboration. Aidée de la responsable de la maquette Nakagawa Michiko, elles ont élégamment surmonté les difficultés inhérentes à la mise en page des textes en français et en japonais de cet ouvrage. Qu'elles soient ici également très chaleureusement remerciées.

Septembre 2024, Marie-Noëlle BEAUVIEUX

執筆者プロフィール

ボーヴィウ・マリ=ノエル

リヨン第三大学比較文学博士、明治学院大学文学部フランス文学科准教授。とくに20世紀初頭の西洋文学と日本文学との関係を中心に研究。著書に *Littéraire, trop littéraire : des compositions fragmentaires d'Akutagawa Ryûnosuke* (Hermann, 2020)、論文に「大正期視覚メディアとフィクション―稲垣足穂『一千一秒物語』の言語表象」(『小説のフィクショナリティ 理論で読み直す日本の文学』ひつじ書房、2022、p. 305-322)、« Critique sociale et positionnement transnational chez Ōsugi Sakae et Akutagawa Ryūnosuke : deux stratégies d'écriture polémique dans le Japon de l'ère Taishō (1912-1926) »、*Revue des sciences humaines*, n° 351 (09/2023) がある。

Marie-Noëlle BEAUVIEUX

Docteure en littératures comparées de l'Université Lyon III et spécialiste de littérature japonaise moderne, elle est maîtresse de conférences dans le département de littérature française de l'Université Meiji Gakuin (Tokyo). Elle a notamment publié *Littéraire, trop littéraire : des compositions fragmentaires d'Akutagawa Ryûnosuke* (Hermann, 2020), « Taishō-ki shikaku media to fikushon – Inagaki Taruho Issen ichibyō monogatari no gengo hyōshō» (Takahashi Kōhei, Kubō Akihiro, Hidaka Yoshiki (éd.), *Shōsetsu no fikushonariti riron de yominaosu Nihon bungaku* [*Fictionnalité du roman : relire la littérature japonaise à travers les théories de la fiction*], Hitsuji shobō, 2022, p. 205-322) et « Critique sociale et positionnement transnational chez Ōsugi Sakae et Akutagawa Ryūnosuke : deux stratégies d'écriture polémique dans le Japon de l'ère Taishō (1912-1926) », *Revue des sciences humaines*, n° 351 (09/2023), p. 37-50.

ヴァンサン・シャルル

ヴァランシエンヌ大学准教授。専門は18世紀フランス文学（文学、思想史、美学）。著書に *Diderot en quête d'éthique* (1773-1784) (Classiques Garnier, 2014)、論文に « L'identité collective chez Diderot : de l'individu pluriel au personnage collectif », *Diderot Studies*, t. 37, 2022, p. 29-34 などがある。

Charles VINCENT

Maître de conférences en littérature française de l'Université Polytechnique des Hauts-de-France, il est spécialiste du XVIIIe siècle français (littérature, histoire des idées, esthétique), et plus particulièrement de l'œuvre de Diderot. Il est notamment l'auteur de *Diderot en quête d'éthique* (1773-1784) (Classiques Garnier, 2014) et de « L'identité collective chez Diderot : de l'individu pluriel au personnage collectif », *Diderot Studies*, t. 37, 2022, p. 29-34.

ブラン・ラファエル

リヨン高等師範学校准教授。専門は18世紀フランス文学。著書に *Casanova : Histoire de ma vie* (Atlande, Collection « Clefs-concours », 2020)、論文に « "Triompher par la force": Sexual

Violence and Its Representation in Casanova's History of My Life », Malina Stefanovska, Thomas Harrison (éd.), *Casanova in the Enlightenment: From the Margins to the Center*, Toronto, University of Toronto Press, 2020, p. 17-34 がある。

Raphaëlle BRIN
Maîtresse de conférences à l'École Normale Supérieure de Lyon, elle est spécialiste du XVIIIe siècle français. Elle a notamment publié *Casanova : Histoire de ma vie*, Atlande, Collection « Clefs-concours », 2020, ainsi que « "Triompher par la force": Sexual Violence and Its Representation in Casanova's History of My Life », dans Malina Stefanovska, Thomas Harrison (éd.), *Casanova in the Enlightenment: From the Margins to the Center*, Toronto, University of Toronto Press, 2020, p. 17-34.

國重 裕
龍谷大学教授。現代オーストリア・東欧文学、比較文学研究。著書に『母と娘の物語－戦後オーストリア女性文学の《探求》』、『言葉の水底へ－わたしをめぐるオスティナート』（以上、松籟社）、『壁が崩れた後－文学で読むドイツ統一後の東ドイツ社会』（郁文堂、2022）、詩集に『彼方への閃光』（書肆山田）などがある。

KUNISHIGE Yutaka
Professeur à l'Université Ryūkoku (Kyoto), il est comparatiste et spécialiste des littératures de l'Autriche et de l'Europe de l'Est. Il a notamment publié *Haha to musume no monogatari – Sengo Ōsutoria josei bungaku no « tankyū »* [Récits de mères et de filles – de la littérature féminine dans l'Autriche de l'après-guerre] et *Kotoba no suitei he – watashi o meguru osutināto* [Dans les profondeurs de la langue – l'ostinato du moi] aux éditions Shōraisha, ainsi que *Kabe ga kuzureta ato – bungaku de yomu Doitsu tōitsugo no Higashi Doitsu shakai* [Après la chute du mur – la société de l'Allemagne de l'est après la réunification dans la littérature] (Ikubundo, 2022). Il est aussi l'auteur d'un recueil de poésie, *Kanata e no senkō* [Éclairs sur l'Au-delà], aux éditions Shoshiyamada.

クレピア・カロリン
クレルモン＝オーヴェルニュ大学フランス文学博士。リール大学ERC（欧州研究会議）AGRELITA特別研究企画長。19世紀末フランスにおける文学と定期刊行物との関係が専門。著書に *Le Chat Noir Exposed: The Absurdist Spirit Behind a 19th Century French Cabaret*（Doug Skinner 英 訳, Black Scat Books, 2021）、共著として Caroline Crépiat, Denis Saint-Amand, Julien Schuh（編著）, *Poétique du Chat Noir*, Nanterre, Presses Universitaires de Paris Nanterre, 2021がある。

Caroline CRÉPIAT
Docteure en littérature française de l'Université Clermont Auvergne, Caroline Crépiat est

ingénieure de recherche à l'Université de Lille. Ses travaux analysent les rapports littérature/presse à la fin du XIXe siècle. Elle est notamment l'autrice de *Le Chat Noir Exposed: The Absurdist Spirit Behind a 19th Century French Cabaret* (Doug Skinner 英訳, Black Scat Books, 2021), et a publié avec Denis Saint-Amand, Julien Schuh, *Poétique du Chat Noir*, Nanterre, Presses Universitaires de Paris Nanterre, 2021.

篠崎 美生子

明治学院大学教養教育センター教授。日本近代文学とナショナリズム、ジェンダーの関係を、主に芥川龍之介の文学とその受容のあり方を通して研究。このほか、原爆文学、文学から見る近代の日中関係などにも言及。著書に『弱い「内面」の陥穽——芥川龍之介から見た日本近代文学——』(翰林書房、2017)がある。

SHINOZAKI Mioko

Professeure de la faculté des enseignements généraux de l'Université Meiji Gakuin (Tokyo), elle est spécialiste de l'œuvre d'Akutagawa Ryūnosuke et de sa réception. Elle s'intéresse aussi aux questions du nationalisme et du genre dans la littérature japonaise moderne, ainsi qu'à la littérature de la bombe atomique et aux relations sino-japonaises dans la littérature. Elle a notamment publié *Yowai « naimen » no kansei – Akutagawa Ryūnosuke kara mita Nihon kindai bungaku* [Le piège de « l'intériorité » fragile – la littérature japonaise vue à travers Akutagawa Ryūnosuke] (Kanrin shobō, 2017).

朝比奈 美知子

東洋大学文学部国際文化コミュニケーション学科教授。19世紀フランス文学、日仏比較文化研究。著書に『森三千代——フランスへの視線, アジアへの視線』(単編著、柏書房、和田博文監修《ライブラリー 日本人のフランス体験》、第20巻、2011) 、*Gérard de Nerval et l'esthétique de la modernité* (Hermann, 2010)、訳書に『フランスから見た幕末維新』(編訳、東信堂、2004)、ジュール・ヴェルヌ『海底二万里』(上・下、岩波文庫、2007) がある。

ASAHINA Michiko

Professeure dans le département de communication interculturelle de la faculté des lettres de l'Université Tōyō (Tokyo), elle est spécialiste de la littérature française du XIXe siècle et des études culturelles comparées (domaines français et japonais). Elle a notamment publié *Mori Michiyo : Furansu e no shisen, Ajia e no shisen* (Kashiwa shobō, 2011) et « Un simple archéologue ou poète que je suis : l'inspiration du capharnaüm dans l'imaginaire de Nerval » (Jacques Bony, Gabrielle Chamarat-Malandain, Hisashi Mizuno (éd.), *Gérard de Nerval et l'esthétique de la modernité*, Hermann, 2010, p.65-80.) Elle a aussi édité et traduit une sélection d'articles du journal *L'Illustration* sous le titre *Furansu kara mita bakumatsu ishin* (éditions Tōshindō, 2004) et publié une traduction de *Vingt-mille lieues sous les mers* de Jules Verne sous le titre *Kaitei nimanri* en deux volumes aux éditions Iwanami bunko (2007).

杉本 圭子

明治学院大学文学部フランス文学科教授。19世紀フランス文学研究、とくにスタンダールを中心とするレアリスム小説、旅行記を中心に研究。訳書にスタンダール『恋愛論』(上・下、岩波文庫、2016)、著書に『スタンダール変幻』(共著、慶應義塾大学出版会、2002)、*Réception et créativité : le cas de Stendhal dans la littérature japonaise moderne et contemporaine* (Julie Brock (éd.), Peter Lang, 2013) がある。

SUGIMOTO Keiko

Professeure du département de littérature française de la faculté des Lettres de l'Université Meiji Gakuin (Tokyo), elle est spécialiste du XIXe siècle français. Elle s'intéresse particulièrement au réalisme et à la littérature de voyage à travers l'œuvre de Stendhal. Elle a traduit *De l'Amour* (*Ren.ai-ron*, 2 volumes, Iwanami bunko, 2016) , et notamment publié « "Tetsushōnin" no mita Furansu » (Société japonaise des études stendhaliennes (éd.), *Sutandaru hengen : sakuhin to jidai wo yomu* [Stendhal aux mille couleurs : perspectives sur l'œuvre et sur l'époque]), Keio University Press, 2002) et « Du bon usage des éditions critiques pour la traduction japonaise : le cas du *Rouge et le Noir* » (Julie Brock (éd.), *Réception et créativité : le cas de Stendhal dans la littérature japonaise moderne et contemporaine*, Peter Lang, 2013).

越境するアフォリズム
シンポジウム「アフォリズムと通念──日仏独文学をめぐって」論文集
2025年3月15日　初版第1刷発行

編　　　者	ボーヴィウ・マリ＝ノエル	
著　　　者	ヴァンサン・シャルル	
	ブラン・ラファエル	
	國重　裕	
	クレピア・カロリン	
	篠崎　美生子	
	朝比奈　美知子	
	杉本　圭子	

装丁デザイン・組版　　中川　理子
編集・発行人　　富永　玲奈
発　行　社　　合同会社アプレミディ
　　　　　　　東京都新宿区富久町1-9-406
　　　　　　　https://apresmidi-publishing.com
印　　　刷　　有限会社ミノワ印刷

本刊行物はJSPS科研費21K12972の助成を受けたものです。

乱丁・落丁本はお取り替えいたします。
本書の無断転載、複写（コピー）は著作権法上での例外を除き禁じられています。
定価はカバーに表示しています。

©Marie-Noëlle BEAUVIEUX
Printed in Japan
ISBN978-4-910525-03-7